移动迷宫

找出真相
ZHAO CHU ZHENXIANG

James Dashner

[美] 詹姆斯·达什纳 著　袁 异 黄静雅 译

接力出版社
Publishing House

桂图登字：20-2015-002

图书在版编目（CIP）数据

找出真相／（美）达什纳著；袁异，黄静雅译.—南宁：接力出版社，2015.7
（移动迷宫）
书名原文：The Maze Runner
ISBN 978-7-5448-4046-0

Ⅰ.①找… Ⅱ.①达…②袁…③黄… Ⅲ.①长篇小说-美国-现代 Ⅳ.①I712.45

中国版本图书馆CIP数据核字（2015）第135447号

责任编辑：陈邑 王莹 美术编辑：严冬 责任校对：刘会乔
责任监印：刘冬 媒介主理：张猛 版权联络：董秋香
社长：黄俭 总编辑：白冰
出版发行：接力出版社 社址：广西南宁市园湖南路9号 邮编：530022
电话：010-65546561（发行部） 传真：010-65545210（发行部）
http：//www.jielibj.com E-mail：jieli@jielibook.com
经销：新华书店 印制：大厂聚鑫印刷有限公司
开本：880毫米×1260毫米 1/32 印张：12.5 字数：280千字
版次：2015年7月第1版 印次：2015年7月第1次印刷
印数：00 001—30 000册 定价：35.00元

献给林奈特，
这本书是一段长达三年的旅程，感谢你对我深信不疑

目 录

1 林间空地

　　他站立起来，开始了他的新生，周围漆黑寒冷，空气污浊，尘土飞扬。

　　金属地面与金属相接，一阵猛烈的晃动震撼着他脚下的地面。这突如其来的震动让他跌倒在地，手脚并用地向后爬了几步。虽然气温很低，可他额头上却不停冒出汗珠。他的后背撞上一面坚硬的金属墙，他沿墙面一直滑到房间的角落里才停下。他跌在了地面上，蜷起的双腿紧贴在身体上，心中祈祷他的眼睛能尽快适应黑暗。

　　剧烈的颠簸，使房间猛地向上升去，如同一部矿井中的老电梯。

　　从什么地方传来锁链与滑轮刺耳的声音，仿佛一座古老的钢厂在运转。那声音在房间里回荡，从四壁反射回来，带着空洞的金属般的呜咽。房间上升的过程中，漆黑的电梯前后摇摆，搅得男孩胃里恶心发酸。一股好像烧焦了的油味刺激着他的感官，让他感觉更难受了。他想哭喊，但却没有一滴泪水。他只能坐在那儿，孤身一人，等待。

我叫托马斯。他心想。

这……这是他所记得的关于自己生命的唯一内容。

他不明白这一切怎么可能发生。他的心智在毫无障碍地运转，努力判断四周的状况。他的思考中有知识在喷涌：现实与影像，记忆，世界的细节以及它运转的方式。他眼前浮现出挂在树梢的白雪，他在铺满枯叶的道路上奔跑，在吃汉堡包，月亮在青翠的草地上洒下苍白的月光，他在一汪湖水里游泳，一片繁忙的城市广场上，数不清的人们在为各自的工作奔忙。

然而，他不清楚自己从何而来，不清楚自己如何进了这台黑漆漆的电梯，不清楚自己的父母是谁，他甚至不知道自己姓什么。形形色色的人的影像在他头脑中闪过，但却一个也无法识别，他们的面孔化作了一抹抹挥之不去的色彩。他认不得其中任何一个人，也无法回忆起哪怕只言片语。

房间还在上升，还在晃动，拉升它的铁链发出的无休止的嘈杂声已经不再让托马斯感到烦心。过了好长时间，分分秒秒似乎拉长成了一个接一个钟头，但他却无法正确判定，因为每一秒钟都似乎是永恒。不过，这点小聪明他还是有的。凭着他的直觉，他知道自己已经上升了大约半个钟头。

奇怪的是，他感到自己的恐惧如同一群小蠓虫般被随风带走，取而代之的是强烈的好奇。他想知道自己在什么地方，究竟发生了什么。

伴随一阵嘎吱声，紧接着咣当一声巨响，上升的房间戛然而止。突如其来的停顿让托马斯无法保持先前蜷曲的姿势，他滑过坚硬的地板。他挣扎着爬起身，感到房间的晃动越来越小，最后一动不动了。一切归于沉寂。

一分钟过去。两分钟过去。他朝每个方向张望，但除了黑暗什么也看不见。他沿墙壁摸索，寻找出口，然而除了冷冰冰的金属之外什么也没有。他沮丧地哼了一声，声音在空气中放大，如同骇人的死亡呻吟。回声渐渐消散，四周恢复了寂静。他尖声呼叫帮助，用拳头在墙壁上一通敲打。

没有任何反应。

托马斯又退回到角落里，蜷起双臂，身体战栗，他的恐惧又回来了。他感到胸膛因为紧张而颤抖，仿佛他的心想要逃走，逃离他的躯体。

"有人吗？……救救……我！"他尖叫，每一个字都在撕裂着他的喉咙。

头顶上响起一阵嘈杂的叮当声，他惊得吸了一口气，仰头望去。屋顶上出现一道竖直的光线，托马斯看到它一点点扩大。伴随着刺耳的摩擦声，一扇双开滑动门被推开了。经过了黑暗中的长久等待，耀眼的光线刺痛着他的双眼。他转过头去，用双手捂住了脸。

他听到头顶上一阵嘈杂的人声，恐惧挤压着他的胸膛。

"看看那闪克。"

"他多大了？"

"活像个穿衣服的呆瓜。"

"你才是呆瓜，臭脸鬼。"

"伙计，这下面闻起来就像脚臭味！"

"希望你喜欢这次有来无回的旅行，菜鸟。"

"没有回程票，兄弟。"

托马斯被搞糊涂了，同时还很惊慌。那些声音非常奇怪，还带着回声。一些单词听来完全陌生，另一些则有那么一点儿熟悉。他让自己的眼睛慢慢适应，眯眼向那光线和说话的人瞥去。一开始他只看见晃动的影子，但很快就看见了身体的轮廓——那些人在头顶的洞口俯身向下张望，朝他指指点点。

这时候，仿佛相机镜头对焦，那些面孔清晰了。那是几个男孩，清一色的男孩——年纪有大有小。托马斯不知道自己在期待什么，但眼前出现的这些面孔让他感到困惑。他们不过是十几岁的少年，孩子。他心中的恐惧消散了些许，但还不足以平息他狂乱的心跳。

有人从上面放下一根绳索，绳子尽头挽成一个大环。托马斯犹豫了一下，将右脚伸进了圈子，紧紧抓住绳索，被向上拉去。一只只手伸了下来，很多的手抓住他的衣服，把他往上面拽。然后，世界在旋转，一团面孔、色彩与光线组成的迷雾。心中涌起的复杂情绪让他感到内脏拧结，扭曲着、拉扯着。他想尖叫，哭喊，呕吐，嘈杂的人声安静了下去。当他被拽上黑色箱体锋利的边缘时，有个人开口了。托马斯知道，他永远也忘不了那几句话。

"很高兴见到你，闪克，"男孩说，"欢迎来到林间空地。"

2 新的生活

　　一只只援助之手在他身边忙乱，帮托马斯站直了身子，替他掸去衣服和裤子上的尘土。光亮仍然让他感到有些眩晕，他踉跄了几下。虽然心中充满好奇，但身体的不适让他无法将四周的一切看个仔细。他四下转动脑袋，想搞懂这一切是怎么回事，但他的新伙伴们一言不发。

　　他缓缓转了一个圈，看到孩子们在窃笑，目不转睛地盯住他看；有人伸出手，用手指戳了戳他。这地方至少有五十个人，一个个衣服上沾满污渍，浑身散发出汗臭味，仿佛所有人都在辛苦劳作。他们的外貌、体形和种族各不相同，头发长短不一。托马斯忽然感到头晕，目光在男孩子们与这个古怪地方之间闪烁。

　　他们站在一个宽大的庭院之中，大小有几个足球场那么大，四周耸立起高大的灰色石墙，墙上点缀着茂盛的常春藤。墙壁一定有几百英尺高，在他们四周组成一个完美的正方形，每一面的正中间有一个与墙一般高的缺口。托马斯发现，那些开口与通道相连，通向外部长长的走廊。

"看看这菜鸟，"一个沙哑的声音说，托马斯并没有看到说话的人，"住进新住所时我会给他好看。"几个孩子笑了。

"闭上你的臭嘴，盖里。"一个更深沉的声音回答。

托马斯的目光回到围在身边的几十个陌生人身上，他知道自己必须谨慎——他感觉自己就像被下了药。一个高个子、方下巴的金发男孩对他不屑地哼了一声，脸上不带任何表情。一个胖乎乎的矮个子男孩烦躁地走来走去，用大大的眼睛上下打量托马斯。一个身材结实、浑身肌肉的亚洲孩子抱起胳膊，观察着托马斯，紧绷的衣服袖子在胳膊上卷起，向众人炫耀他的二头肌。一个黑色皮肤的男孩眉头紧蹙——与刚才欢迎他的是同一个人。还有数不清的人在关注他。

"我这是在哪儿？"托马斯问。在残缺不全的记忆中，这是他头一次听到自己的声音，令他感到吃惊。听起来似乎不大对劲——声调比自己想象的要高。

"不是什么好地方，"声音是从黑皮肤男孩口中传来的，"只要你自己能保持开心和冷静就好。"

"他会摊上哪个守护人？"人群后面传来一个人的喊声。

"我告诉你了，臭脸鬼，"一个尖尖的声音回答，"他是个呆瓜，所以他会成为杂活手——毫无疑问。"男孩咯咯地笑了，仿佛他刚讲了一句天大的笑话。

托马斯又感到了困惑带来的令人压抑的痛楚——听到那么多让人无法理解的言语，什么闪克、臭脸鬼、守护人、杂活手。这些话从这些孩子的嘴里脱口而出，那么自然，仿佛他无法理解倒显得是件怪异的事，似乎失忆偷走了他好多语言——让他无所适从。

纷繁复杂的情感在他的头脑与内心中争夺着控制权——困惑、好奇、惊慌、恐惧。然而与这些情感交织在一起的还有绝望到极点的阴暗，似乎是世界已经终结了他，抹去了他的记忆，并用可怕的东西取而代之。他想跑开，远远躲开这些人。

声音嘶哑的男孩在说话："……也做不下来，我敢用性命打赌。"托马斯还是看不见他的脸。

"我说了，闭上你的臭嘴！"黑皮肤孩子嚷嚷，"再这样唠唠叨叨下去，下次休息的时间减半！"

托马斯明白了，他一定是他们的头儿。他不喜欢众目睽睽的感觉。他集中精神打量着这个被男孩称为林间空地的地方。

庭院的地面看来是用巨大的石块堆砌而成，很多地方已裂开了缝，从中间探出高高的野草。一幢怪异、破旧的木头房子矗立在正方形庭院的一个角落，与灰色的石头形成鲜明的反差。几棵树环绕在房子周围，树根如同长满节瘤的手，探入了石头地面。另一个角落里是菜园——托马斯看到菜园里种有玉米、番茄、果树。

庭院的另一面有一片木头围栏，围栏中养了猪和奶牛。一大片树木铺满了庭院里的最后一个角落，最近处的那几棵东倒西歪，已经濒临死亡。头顶上天空湛蓝，没有一丝云彩。然而，虽是明亮的白昼，托马斯却找不到太阳的踪影。高墙瘆人的影子让人搞不清时间与方向——可能是清晨，也可能是午后。他深呼吸了几口，试着放松内心的紧张，空气中混合的味道向他迎面扑来，刚翻过的泥土、肥料、松枝，一些腐烂，还有一些发甜的味道。他知道，这是一片农场的味道。

托马斯回头看了看那些抓住他的人，感到局促却又按捺不住心中的疑问。俘虏，他心想，为什么我脑子里会冒出这样一个词来？他打量着他们的面孔，去领会每一个神情，借此评判他们。一个男孩的目光中有仇恨在燃烧，让他感到刺骨的冰冷。男孩愤怒至极，要是他拿着把刀走上来，托马斯也不会感到意外。男孩一头黑发，当两人的目光相遇时，男孩摇了摇头，转过身去，朝一根油腻腻的铁杆走去。铁杆旁是一只木头板凳。铁杆顶上无力地垂下一面彩旗，一丝风也没有，看不见旗帜上面的图案。

托马斯战战兢兢地望着男孩的背影，直到他回过身来坐下，托马斯连忙挪开了目光。

忽然，众人的首领——看样子十七岁左右的年纪——向前迈了一步。他衣着平常：黑色 T 恤衫，牛仔裤，网球鞋，电子表。不知什么原因，这地方的人的装扮令托马斯感到吃惊，仿佛每个人穿的都应该像囚服一样更压抑才对。黑皮肤男孩一头短发，脸上刮得光光的，除了愁眉不展，似乎看不出他有任何可怕的地方。

"说来话长，闪克，"男孩说，"你会慢慢去了解——我明天带你去各处参观。在那之前……只要别打坏任何东西就行。"他伸出一只手，"我叫艾尔比。"他在等待，显然是打算握手。

托马斯没有回应。直觉替他做出了决定。他一言不发，在艾尔比面前转过身，走到近旁的一棵树旁，一屁股坐下来，背靠在粗糙的树皮上。惊恐在他体内再一次膨胀起来，大得几乎无法承受。他深吸了一口气，强迫自己接受现实。既来之则安之，他心想，如果向恐惧低头，你不会有任何办法。

"那么就告诉我吧，"托马斯大声说，尽量让自己的声音保持平静，"说来话长，可以慢慢说。"

艾尔比瞥了一眼离他最近的朋友们，眼睛转了转。托马斯又观察着人群，与他最初的估计差不多——这里有五六十个人，有十五六岁的少年，也有与艾尔比差不多大的年轻人——看样子他是最年长的之一。在这一刻，托马斯突然意识到，他甚至不知道自己多大岁数，这令他感到越发难受。这个念头让他心底一沉——他迷失了一切，甚至不清楚自己的年纪。

"说真的，"他说，不再故作勇敢，"我这是在哪儿？"

艾尔比走到他身边，盘腿坐下。人群跟他走过来，站在了他的身后。一个个脑袋探来探去，孩子们朝各个方向伸长了脖子，想看得更清楚。

"要是不害怕，"艾尔比说，"那你就不是人了。如果你的举止哪怕有一点不同，我就会把你从悬崖上扔下去，因为这说明你是个疯子。"

"悬崖？"托马斯问，脸色发白。

"算了吧，"艾尔比说着，揉了揉眼睛，"没办法这样谈下去，你明白吗？我们不会在这儿杀死你这样的闪克，我保证。只要记得别丢了小命，争取活下去——无论你怎么说。"

他顿了一下。托马斯意识到，刚才的那些话一定让自己的脸更加苍白了。

"伙计，"艾尔比说着用双手捋了捋头上的短发，发出一声长叹，"我对此并不在行，自从尼克死后，你是第一个到这里的菜鸟。"

托马斯瞪大了眼睛，另一个男孩走上前，开玩笑地在艾尔比头顶上拍了拍。"等待该死的参观吧，艾尔比，"他的腔调里带着怪异的口音，"这孩子还什么都没听懂，就要被吓出心脏病了。"他弯下腰，朝托马斯伸出手来，"我叫纽特，菜鸟，如果你能原谅我们呆头呆脑的新首领，我们会感到高兴之至。"

托马斯伸手与男孩握了握——他显得比艾尔比友好许多，个子也比艾尔比高，但看样子要比艾尔比小一岁左右。他留了一头长长的金发，披在T恤衫上，肌肉健硕的胳膊上青筋突起。

"别闹了，臭脸鬼，"艾尔比咕哝着，把纽特拽到身边坐下，"至少他还能听明白我一半的话。"人群里传来一阵稀稀拉拉的笑声，所有人都聚在了艾尔比和纽特身后，往前挤得更紧了，想听听他们打算说些什么。

艾尔比摊开双臂，手掌向上。"这地方被称作林间空地，知道吗？我们在这里生活，在这里吃饭，在这里睡觉——我们把自己称为空地人。那就是所有你……"

"谁把我送到这儿来的？"托马斯问，恐惧最终让位给了愤怒，"怎么……"

可是没等他说完，艾尔比伸手打断了他。他抓住托马斯的衣服，向前起身。"起来，闪克，站起来！"艾尔比站起身，把托马斯拽了起来。

托马斯站起身，又感到了无以名状的恐惧。他退到树边，想从艾尔比手中挣脱开来，艾尔比与他直面相对。

"别打断我，孩子！"艾尔比嚷嚷，"混蛋，如果我们把一切都告诉你，你会尿湿裤子，甚至当场毙命。收尸工会把你拖走，这样你就对我们没用了，对吗？"

"我压根儿就不知道你在说什么。"托马斯缓缓地说，话语里的沉着让他自己都感到吃惊。

纽特抓住艾尔比的肩膀。"艾尔比，等一等。你这是在伤害他，而不是在帮助他，你明白吗？"

艾尔比松开托马斯的衣服，退开了，胸口因为急促的呼吸一起一伏。"我没时间装好人，菜鸟。过去的生活已经结束，新的生活已经开始。尽快学会规则，去倾听，而不是聒噪。你明白了吗？"

托马斯看了纽特一眼，期望得到他的帮助。他内心的一切都在翻涌，在刺痛，快要淌下的泪水烧灼着他的眼睛。

纽特点点头。"新手，你明白他的话，对吗？"他又点点头。

托马斯愤怒了，恨不得找个人痛打一顿，然而他只是说了句："是的。"

"很好，"艾尔比说，"第一天。对你来说今天就是第一天，闪克。就要天黑了，行者很快就会回来。传送箱今天来晚了，我们没时间参观。明天一早，醒来之后我们就去。"他扭头看看纽特，"给他找张床，让他睡一觉。"

"好的。"纽特说。

艾尔比的眼睛回到了托马斯身上，眯缝起来。"过几个星期，你就会开心起来，闪克。你会开心，乐于助人。第一天来的时候我们谁都不懂，你也一样。新的生活从明天开始。"

艾尔比转过身，从人群中间挤过，向角落里东倒西歪的木头房子走去。大多数孩子也走了，离开之前每个人都向托马斯投来若有所思的目光。

托马斯抱起胳膊，闭上眼睛，深吸了一口气。空虚吞噬了他的内心，但立刻便被悲哀替代，这深深刺痛着他的心。这一切超出了他的想象——他在哪里？这是什么地方？监狱吗？如果那样，他为什么会被送到这里？又会待多久？这里的人语言怪异，而且似乎没有一个人介意他是死是活。泪水差一点儿又盈满了他的双眼，但他忍住不让它流淌下来。

"我做了什么？"他低声说，并不打算让所有人都听见，"我做了什么——他们为什么送我到这里来？"

纽特拍拍他的肩头说："菜鸟，你现在的感受，我们都曾体会过。我们都有过第一天，从那个黑箱子里出来。感觉很糟，的确如此，而且对你来说很快还会变得更糟，这是事实。可是一段时间过后，你就会为真相与正义而奋斗。我看得出来，你不是个可恶的胆小鬼。"

"这地方是监狱吗？"托马斯问，若有所思，试图在他的过去找到一个突破口。

"你都问了四个问题了，对吗？"纽特回答，"无法给你个满意的答案，无论如何现在还不行。现在你最好安静下来，接受改变——清晨会在明天到来。"

托马斯不再说话，他低下头，两眼盯着开裂的石头地面。一排小叶野草顺着石块生长，黄色的小花从石缝中探出头来，仿佛在寻找已长久消失在林间空地高墙内的阳光。

"查克比较适合你，"纽特说，"有点儿胖的那个闪克，不过论到说话做事，还是个不错的小子。待在这儿，我马上就回来。"

纽特话音刚落，一声刺耳的尖叫突然划破长空。叫声高亢而尖厉，几乎不像是人声，在石头庭院中回荡开来。在场的孩子都一齐扭过头，向声音传来的地方看去。托马斯发现，那声音是从木头房子那儿传来的，他感到自己的血液仿佛化作了冰冻的污泥。

就连纽特也蹦了起来，大吃了一惊，紧皱的额头透露着他的不安。

"混蛋，"他说，"难道那些医护工连十分钟都对付不了那孩子，离不开我的帮助吗？"他摇摇头，轻轻踢了踢托马斯的脚，"去找查克，告诉他，就说由他来负责给你安排住宿。"接着，他朝房子的方向转过身，跑开了。

托马斯背靠粗糙的树皮滑下去，又坐在了地上。他靠在树上，闭上眼睛，希望能从这个可怕到极点的梦境中醒来。

3 神秘木屋

托马斯坐了好一会儿，太大的压力让他无法动弹。他终于强迫自己向破旧的房子看去。一群孩子在屋子外踱来踱去，焦急地盯着楼上的窗户，似乎在期待一头可怕的野兽从碎裂的玻璃和木头中一跃而出。

头顶树枝间传来的一阵金属敲击声引起了他的注意，他抬起头来。一道银色与红色的光吸引了他的视线，消失在树干的另一面。他挣扎着爬起身，走到树的另一侧，伸长脖子寻找刚才听到的声音，但他只看见光秃秃的灰色与棕色树枝，如同活生生的手指白骨向外探出。

"那是刀锋甲虫。"有人说。

托马斯向右扭过头去，看到一个男孩站在不远的地方正打量着他。他身材矮胖，岁数很小——或许是目前见到的人群中最小的一个，约莫十二三岁。他棕色的头发垂在耳朵和脖子上，触到了肩头，蓝眼睛在有些楚楚可怜的面孔上闪动，脸颊胖胖的，有些发红。

托马斯冲他点点头："什么甲虫？"

"刀锋甲虫，"男孩说着指了指树梢，"它不会伤害你，除非你傻到去摸它们。"他停了一下，"闪克。"说出最后一个字的时候他显得不那么自然，似乎还没有完全掌握林间空地的方言。

又是一声尖叫，这一声更长，也更刺激人的神经，刺破了空气，让托马斯心头一颤。油然而生的恐惧有如在他皮肤上凝结的露水。"那边究竟是怎么回事？"他指着房子问。

"不知道，"胖乎乎的男孩回答，他的嗓音里依然带有些童音似的高音，"本在那儿，病得比一条狗还重。它们抓住了他。"

"它们？"托马斯不喜欢男孩提到这个词的时候口气中的仇恨。

"是啊。"

"它们是谁？"

"你最好永远都不要明白。"男孩回答，显然对目前的状况非常焦虑，他伸出一只手，"我叫查克。在你出现之前，我是菜鸟。"

这就是我今天晚上的向导？托马斯心想。他无法摆脱内心的极度不安，而此刻又多了些恼怒。这一切都那么令人费解，他的脑袋都快炸开了。

"为什么每个人都叫我菜鸟？"他问，飞快地握了握查克的手，然后松开了。

"因为你是最新来的菜鸟。"查克指着托马斯哈哈大笑。这时房子里又传来一声尖叫，仿佛一头被虐待的饥饿野兽。

"你怎么还能笑得出来？"托马斯问，尖叫声把他吓坏了，"听起来好像那儿有人快死了。"

"他不会有事的，只是会经受很多痛苦。只要他们及时赶回来，得到血清，就不会有人死。只存在有与无，生与死。"

这句话让托马斯顿了一下："怎么会经受很多痛苦？"

查克的目光游离了，似乎不知道该怎么说。"呃，被鬼火兽螫了。"

"鬼火兽？"托马斯越来越搞不懂了。螫，鬼火兽。这些词都给人压上了难以承受的恐惧，他突然不再那么肯定自己真愿意去了解查克在说些什么了。

查克耸耸肩，眼睛一转，目光转到了别处。

托马斯失望地叹息一声，靠在了树上。"看样子你了解的情况也比我多不了多少。"他说，不过他知道这并不是真的。他的失忆太过诡异，他还能记得世界的运转方式，但却缺失了细节、面孔、人名，仿佛一本从未被翻过的书，但每隔十几个单词便丢失掉一个，让阅读变得痛苦而混乱，他甚至不清楚自己的年纪。

"查克，你觉得……我有多少岁？"

男孩上下打量了他一番。"我说有十六岁。要是你想知道，在五英尺九英寸……棕色头发。哦，还丑得不行。"他扑哧一笑。

托马斯吃惊极了，几乎没有听到后面他在说什么。十六岁？他十六岁？他感觉自己比那老得多。

"你当真吗？"他停顿了一下，寻找着恰当的措辞，"怎么……"他甚至不知道怎么开口。

"别担心，接下来的好几天你都会不知所措，不过之后你就会习惯这地方，我就是这样。我们生活在这里，就这么简单，总比住在一堆克伦克里好。"他瞥了托马斯一眼，也许是在期待他的问题，"克伦克是便便的代名词，它掉进马桶的时候会发出'克伦克'的声音。"

托马斯看了查克一眼，无法相信他会说出这样的话来。他除了"那挺好"之外什么也说不出来。他站起身，从查克面前朝老房子走去，对那个地方来说，陋室这个词更加贴切。它大约三四层楼高，随时都有可能倒塌——混合着原木、木板、粗麻绳，窗户似乎是随意拼凑在一起，大面积长满藤蔓的石墙在屋后高耸入云。他穿过庭院，燃烧柴火和烹调某种肉类的独特味道让他的肚子咕噜噜叫了起来。现在知道，刚才的叫声不过是个生病的孩子发出来的，这让托马斯感觉好些了，直到他去想造成这一切的原因……

"你的名字？"查克在身后问，小跑赶了上来。

"什么？"

"你的名字？你还没有告诉我们——我知道你还记得这个。"

"托马斯。"他的声音小得几乎自己都听不见——他的思绪已经飞到了另外一个方向。要是查克说中了，他刚刚发现了与其他男孩的某种关联。他们共同之处——失忆。他们都记得自己的名字。为什么不是他们父母的名字？为什么没有任何一个朋友的名字？为什么没有他们的姓？

"很高兴认识你，托马斯，"查克说，"别担心，我们会照顾你。我到这里来已经整整一个月了，我对这地方了如指掌。你可以信赖查克，好吗？"

托马斯眼看就要走到木屋的前门，木屋是男孩子们聚集的地方，突如其来的怒火占据了他的心头。他回身面对查克。"你什么都还没告诉我，我可不认为那是在照顾我。"他扭头向大门走去，打算进去看个究竟。连他自己都不清楚，这突如其来的勇气与决心来自何方。

查克耸耸肩。"我讲的东西对你不会有任何好处，"他说，"我基本上也只算是个菜鸟。不过，我可以成为你的朋友——"

"我不需要朋友。"托马斯打断了他的话。

他走向大门，这是在风吹日晒之下已然褪色的一块木头门板。他拉开门，看到几个面无表情的男孩站在一段变了形的楼梯之下，阶梯和栏杆朝各个方向和角度扭曲着，深色墙纸铺满了大厅和走廊。目光中唯一可见的装饰便是三脚桌上的一个布满灰尘的花瓶，还有一张身穿老式白裙的古代女人的黑白画像。这让托马斯想起了电影里的鬼屋，地面上还有些木地板不见了踪影。

这地方弥漫着尘土与发霉的味道——与屋外怡人的味道形成巨大反差，荧光灯在屋顶上闪烁。他还没有去想过，令人不解的是，在林间空地这样一个地方，电是从哪里来的。他端详画像中的老女人，她是否曾经住在这里，照料这些人？

"嘿，瞧，是菜鸟。"一位年长的男孩喊。托马斯吃了一惊，发现说话的是刚才用死一样的目光看他的那个黑发男孩。他约莫十五岁光景，高高瘦瘦。鼻子有个小拳头那么大，活像一个畸形的土豆。"这闪克也许是听到了老本像个女孩子似的尖叫，被吓得屁滚尿流了。需要换块尿布吗，没用的臭脸鬼？"

"我的名字叫托马斯。"他必须摆脱这家伙。他一声不吭地朝楼梯走去——仅仅是因为他们近在咫尺，仅仅是因为他不知道该做什么，该说什么。可是，这家伙，抬起一只手挡在了他面前。

"等一等，菜鸟，"他冲楼上伸出大拇指，"新人是不允许去见……被抓去的人的。纽特和艾尔比不会允许这样的事情。"

"你有什么问题？"托马斯问，尽量掩饰着声音中的恐惧，不去想这孩子说的"被抓"是什么意思，"我甚至不知道我在什么地方，我只想帮忙。"

"听我说，菜鸟，"男孩皱起了眉头，抱起胳膊，"我以前见过你。你出现在这里有些可疑，而我会查个水落石出。"

托马斯的血管里有一股热流在悸动。"我长这么大从来没见过你，我不知道你是谁，而且我根本不在乎。"他啐了一口。说真的，他怎么知道？这孩子怎么能记得他呢？

大个子发出一阵短促的大笑，中间夹杂着带痰的抽气声。他紧接着严肃起来，眉毛向内一弯。"我……见过你，闪克。这地方没多少人能说他们被螫过，"他朝楼梯上一指，"我可以。我知道老本的感受。我经历过，我在你'痛变'的时候见过你。"

他探出手，在托马斯胸膛上戳了戳。"我敢用你的第一顿饭和你打赌，本会说他也见过你。"

托马斯与他对视，但决定一个字也不说。惊恐又一次涌了上来，事情还会变得比这更糟吗？

"鬼火兽吓得你尿裤子了吗？"男孩带着嘲笑的口吻说，"现在有点儿害怕了吧？你也想被螫一下，是吗？"

同样一个词又出现了。螫，托马斯尽量不去想它，指了指楼上，生病的孩子发出的呻吟在房子里回响。"如果纽特在那上面，我想跟他谈谈。"

男孩没有说话，盯住托马斯看了好几秒钟，然后摇摇头。"你知道吗？你说得对，汤米，我不该对菜鸟太刻薄。上楼去吧，我相信，艾尔比和纽特会让你明白的。说真的，去吧，对不起。"

他轻拍了一下托马斯的肩膀，退后了一步，指指楼梯。可是托马斯知道，这孩子一定在耍什么花招，部分失忆并不会让人变成一个白痴。

"你叫什么名字？"托马斯问，以此拖延时间，同时在考虑自己是否应该上楼去。

"盖里，别让任何人骗你，我才是这里真正的首领。不是楼上那两个小子，是我。如果你愿意，你可以叫我盖里队长。"他破天荒地笑了，嘴里的牙齿倒是跟他丑陋的鼻子很相称。两三颗牙不见了，而且没有一颗哪怕是接近白色。盖里呼出的气刚好让托马斯吸进去一口，让他想起了遥不可及的可怕记忆，引得胃里一阵翻涌。

"好吧，"他说，对这家伙的厌烦让他想尖叫，恨不得在他脸上来一拳，"那就叫盖里队长。"他夸张地做了个敬礼的手势，感到体内肾上腺素在涌动，而且他知道自己做得有些出格。

人群中传来几声窃笑，盖里四下张望，脸涨得通红。他对托马斯怒目而视，眉头紧锁，畸形的鼻子也皱了起来。

"上楼去吧，"盖里说，"离我远点儿，你这个呆头呆脑的家伙。"他又向楼上一指，但目光一直盯住托马斯不放。

"好吧。"托马斯又四下看了看，有些尴尬，有些困惑，还有些愤怒。他感到面部热血涌动。没有人上来阻拦他按照盖里的话去做，除了查克——他站在前门，不停地摇头。

"你不该那么做，"小男孩说，"你是个菜鸟，你不能上去。"

"去吧，"盖里嘲笑地说，"上去吧。"

托马斯真后悔刚才走进了这地方，不过他的确想跟纽特谈谈。

他迈步跨上楼梯，每走一步，楼梯都在他的重压下吱嘎作响。若不是面临这样一个尴尬的境地，他也许会因为害怕从陈旧的木头上掉下去而停下脚步。一路向上，每一个碎裂的声音都让他眉头紧蹙。楼梯之上是一个平台，转向左边，连接着一段带栏杆的走廊，通向几个房间。只有一扇门底下的门缝里透出一丝光亮。

"痛变！"盖里在楼下喊，"我们拭目以待，臭脸鬼！"

似乎是嘲弄突然赋予了托马斯勇气，他走到亮灯的门边，不再去理会吱嘎作响的木地板和楼下的笑声，不再去理会那些令他无法理解的单词的烦扰，抑制住它们带来的可怕感觉。他伸出手，转动铜把手，打开了门。

房间内，纽特和艾尔比正蹲在一个人身边，那人躺在一张床上。

托马斯凑上前去，看看究竟是怎么回事。然而当他看清病人的状态时，他的心感到一阵冰冷，不得不忍住涌上喉咙的胆汁。

这一眼很短暂——只不过几秒钟，但已足够让他永远无法忘怀。一张扭曲、苍白的面孔因为极度痛苦而拧成了一团，裸露的胸膛非常可怕。病态的绿色血管在男孩的身体和四肢上纵横交错，紧绷的纹路清晰可见，如同皮下一条条的绳索。男孩身体上遍布紫色的瘀伤，红色皮疹，带血的抓痕。他突出的眼睛布满血丝，来回转动。这场面已经深深烙入了托马斯的心。这时候艾尔比跳了起来，挡住了他的视线，但他挡不住呻吟与叫声。他把托马斯推出房间，在他身后砰地关上了门。

"你到这上面来干什么，菜鸟？"艾尔比嚷嚷，嘴唇因为愤怒而紧绷，两眼好似着火了一般。

托马斯感到浑身无力。"我……呃……需要得到答案。"他喃喃道，但他的语气中没有一点强势——他感到自己的内心已经屈服。那孩子究竟出了什么事？托马斯倚在走廊的栏杆上，两眼盯着地板，不知道该如何是好。

"给我滚下去，马上，"艾尔比命令，"查克会帮助你。要是让我在明天早上之前再见到你，我保证你不会再多活一天。我会亲手把你扔下悬崖，你懂了吗？"

托马斯感到羞愧，感到害怕，他觉得自己好像缩小成了一只小老鼠。没有说一句话，他推开艾尔比，以最快的速度走下了老朽的楼梯。顾不得楼梯下张口结舌的人们和他们的目光——特别是盖里——他走出门，拉起查克的胳膊。

托马斯恨这些人，恨所有的人，除了查克。"让我离那些人远点儿。"托马斯说。他觉得，查克也许是他在这世上唯一的朋友。

"你现在明白了，"查克回答，他的声音有些尖，似乎很激动，"不过我们先得去弗莱潘那儿给你拿点儿吃的。"

"我不知道还能不能吃得下东西。"在他目睹刚才的一切之后。

查克点点头。"是啊，你会的。我在之前那棵树那儿跟你碰面，十分钟后。"

托马斯巴不得赶紧离开这房子，走回到树边。他才刚刚了解到生活在这里是什么样子，就已经希望这一切结束。他愿意付出任何代价，只要让自己回忆起从前的生活，任何事情，他的妈妈、爸爸，一个朋友，他的学校，某个爱好，一个女孩。

他眨了几下眼睛，尽量让自己忘却在小屋中看到的景象。

痛变，盖里把它称为痛变。

天气并不冷，可是托马斯又哆嗦了一下。

4   诡异迷宫

托马斯靠在树上等待查克。他打量着林间空地的四周。高墙的影子拉长了许多，已经爬上另一面覆盖着常春藤的石头表面。

至少这能帮助托马斯判断方向——木屋坐落在西北角，被笼罩在阴影之下的一片黑暗区域之中，小树林在西南角。菜园所在的地方有几个工人在田地间走过，这片区域占满了林间空地的整个东北角。畜栏在东南角，能听到哞哞、咯咯还有汪汪的叫声。

庭院的正中央，传送箱还敞开着一个大洞，仿佛在吸引他跳进去，带他回家。在那旁边，大约南面二十英尺的地方，有一幢用粗糙的混凝土块砌成的低矮建筑，唯一的入口是一扇压抑的铁门，没有一扇窗户。一个硕大的圆形把手，很像钢质方向盘，看样子是开门的唯一方法，与潜水艇的门很相似。看到了这些，托马斯不知道是不是内心那种感觉更强烈——对于里面究竟是什么的好奇，或是对于去探寻的恐惧。

托马斯的注意力挪到了林间空地的四面高墙正中的四个巨大

缺口上。就在这时查克来了，怀里抱了两个三明治，一些苹果，还有两个装水的金属杯。一种如释重负的感觉涌上心头，这让托马斯自己都感到吃惊——他在这里并非孤独无助。

"对于我在晚餐之前闯进他的厨房，弗莱潘不大高兴。"查克说着在树旁坐下了，示意托马斯也跟他一起，托马斯照做了。他伸手抓起三明治，但又犹豫了一下，在小木屋里见到的扭曲可怕的面容浮现在他面前。不过很快，饥饿还是胜出了。他咬了一大口，火腿、奶酪和蛋黄酱的美味充盈着他的口腔。

"啊，伙计，"托马斯嚼着满嘴的食物嘟囔，"我快饿死了。"

"告诉过你了。"查克嚼起了自己的三明治。

又咬过两口之后，托马斯终于道出了刚才一直萦绕于心头的问题："那个叫本的家伙究竟是什么毛病？他看起来甚至不像是人了。"

查克朝房子望了望。"真的不知道，"他心不在焉地咕哝，"我没看见他。"

托马斯看得出来，这男孩有什么在瞒着他，但决定不去追问。"哦，相信我，你可不希望见到他。"他继续吃饭，一面咬着苹果，一面观察高墙上的缺口。虽然从他坐的位置很难看清什么，但通向外部走廊出口的石头边缘有些奇怪。望着高耸的石墙，他有种不适的眩晕感，仿佛他飞到了空中，而不是坐在原地。

"那外面是什么？"他终于打破沉寂问道，"这是一座巨大城堡的一部分还是什么？"

查克犹豫了一下，显得有些局促。"呃，我从来没有走出过林间空地。"

托马斯停了一下。"你隐瞒了一些事情。"他终于说，吃完最后一口食物，又喝了一大口水。无法从任何人那里得到答案的挫败感开始折磨他的神经。然而，即便他得到了答案，他也不知道它们是否真实，想到这一点让他感觉更难受了。"你们这些人干吗这么神秘兮兮的？"

"事情就是这样子。这地方的事情非常诡异，我们大多数人只知道其中一些片段，对所有情况一知半解。"

查克对托马斯刚才所说的话置若罔闻，这令托马斯感到愤怒。他似乎并不在意丢掉自己的小命。这些人究竟有什么问题？托马斯站起身，朝东边的缺口走去。"好吧，没人说过我不能到处走动。"他必须去了解情况，否则他会发疯。

"哇哦，等一等！"查克喊，一路小跑追了上来，"当心，那些门就要关闭了。"他听起来已经上气不接下气。

"关闭？"托马斯说，"你在说什么？"

"那些门，你这个闪克。"

"门？我可没见到什么门。"托马斯知道，查克并不是在无中生有——他知道自己错过了什么显而易见的东西。他变得心神不宁，发现自己放慢了脚步，不再那么急切地想走到高墙边去了。

"你把那些大缺口叫作什么？"查克向上指着高墙上的巨大空隙，它就在三十英尺开外。

"我会叫它们大缺口。"托马斯说。他试图用打趣来消除心中的不安，但这并不奏效，他对此感到失望。

"哦，它们就是大门，而且每晚都会关闭。"

托马斯不再说话，觉得查克一定是说错了。他抬起头，从左看到右，端详那些巨大无比的石板，不安的感觉变成了十足的恐惧。"你在说什么，它们会关闭？"

"过一分钟你会亲眼看见，行者们很快就会回来，那些高墙将会移动，直到空隙完全封闭。"

"看样子你的脑袋被门挤了。"托马斯嘟囔。他看不出这些巨大无比的高墙怎么可能移动——他对此完全可以肯定，于是松了一口气，觉得查克不过是在跟他说笑。

两人走到缺口，这里通向外面多条石板路。托马斯打了个呵欠，亲眼所见的一切让他脑子一片空白。

"这里被称作东门。"查克说，仿佛骄傲地展示了一件他刚刚创作的艺术品。

托马斯几乎没有听见他在说什么，从近处看，高墙甚至更为高大，这令他感到震惊。高墙至少二十英尺宽，墙上的缺口一直通到高耸的顶部。缺口的边缘很光滑，不过两侧都有一种重复的奇怪图案。东门的左面，每隔一英尺的距离就有一个直径约几英寸的深洞，深洞钻进了石头当中，从地面附近一直延伸向上。

门的右侧，墙边上探出一根根一英尺长的杆子，也是几英寸的直径，与另一面的洞口相对应，它们的作用显而易见。

"你在开玩笑？"托马斯问，心中的恐惧又涌了上来，"你不是在逗我？这些墙真的会动？"

"你以为我在说什么？"

对于这样一种可能，托马斯很难让自己去相信。"我不知道，我以为会有一扇能够关闭的转门，或是能从高墙里滑出的小墙。这些墙怎么可能移动呢？它们那么高大，从外表看它们已经在这里屹立了上千年。"这些墙会关闭，会将他困在这个被称为林间空地的地方，这个念头吓人到了极点。

查克摊开胳膊，显得有些失落。"我不知道，可它们就是会动，会发出摩擦的噪声。迷宫里也是一样，那些墙每天夜里都会变化。"

一个新的细节突然抓住了托马斯的注意力，他回头望着小男孩。"你刚才说什么？"

"什么什么？"

"你把它叫作迷宫，你说：'迷宫里也是一样。'"

查克涨红了脸。"我不跟你说了，不跟你说了。"他走回到了刚才的树下。

托马斯没去管他。此刻，林间空地之外的一切让他感到强烈的好奇。一个迷宫？面前的东门之外，他能看到三条通道，分别在左边、右边和中间。几条走廊的高墙与环绕林间空地的类似，地面采用与庭院里相同的巨大石块铺设而成。走廊里的常春藤显得更为茂盛。远处墙上有更多缺口连接着其他通道。更远的地方，中间的直路在差不多一百码之外的地方走到了尽头。

"看来倒真像是个迷宫。"托马斯低声自语，差点儿自己笑出了声，似乎事情总在变得越发诡异。有人抹去他的记忆，把他扔进一个巨大的迷宫中间。这一切如此疯狂，疯狂得有些好笑了。

一个男孩出人意料地出现在前方的一个转角，从右边的一条支路走上了中间的通道，朝着他和林间空地的方向跑了过来，托马斯被吓得心脏停跳了一拍。男孩浑身是汗，满脸通红，衣服粘在了身上。他没有放慢脚步，从托马斯身边跑过的时候几乎没有对他看上一眼，就径直朝传送箱附近的混凝土矮房子跑去了。

他从身边经过的时候，托马斯转过身，目光紧紧盯住这个疲惫的奔跑者，不知道为什么，这新出现的状况会让自己如此惊讶。大家为什么不都走出去，在迷宫里搜索？这时候，他发现还有别的人从林间空地的其他三个缺口跑了进来，每一个人都在奔跑，与刚才从他面前飞奔而过的男孩一样精疲力竭。如果这些刚从迷宫回来的人都如此疲惫憔悴，迷宫一定不是什么好地方。

他好奇地观察着这一切，几个人在小房子的大铁门前会合了。其中一个男孩转动锈迹斑斑的转盘，使劲的时候发出一阵呻吟。查克刚才提到过行者，他们在那儿究竟干什么呢？

大门终于打开，伴随着很吵的金属互相摩擦的声音，男孩子们把它拉开了。几个人消失在门内，回身把它拉上，发出咚的一声响。托马斯目瞪口呆，心中拼命寻找对这一切可能的解释，但什么结果都没有。不过那瘆人的老房子让他感到一阵令人不安的寒意，浑身起了鸡皮疙瘩。

什么人扯了扯他的衣袖，把他从沉思中拽了回来，查克回来了。

托马斯还没来得及去细想，问题已经如连珠炮般脱口而出了。"这都是些什么人，他们在干什么？那房子里究竟有什么？"他转过身，指着东门的方向，"你们为什么会住在一个诡异的迷宫里？"未知的问题让他感到了极度的压力，他脑袋疼得都快炸开了。

"我一个字也不能再多说了。"查克回答，强调之中注满了新的威严，"我想你应该早一点上床睡觉——你需要睡眠。啊！"他停了一下，举起一根手指，捂住右边的耳朵，"就要来了。"

"什么？"托马斯感到奇怪，因为查克突然变得像个大人似的，而不是刚刚还渴望得到朋友的那个小男孩。

轰鸣声在空中炸响，吓得托马斯跳了起来，紧接而来的是一阵可怕的挤压和摩擦的声音。他向后退了好几步，摔倒在地上，整个大地都在震撼。他四下张望，不知所措。高墙正在关闭，它们真的在合拢——将他困在林间空地之中。汹涌而来的幽闭恐怖的慌乱让他喘不过气，挤压着他的肺部，仿佛水充满了胸腔。

"镇定，菜鸟，"查克在嘈杂中大声喊，"只是墙的声音！"

托马斯几乎听不见他在说什么，正在关闭的大门让他目瞪口呆，浑身发抖。他挣扎着爬起身，哆嗦着后退几步，好看得更清楚，他无法相信自己的眼睛。

右面的巨大石墙完全违反了所有已知的物理原理，因为它正沿地面滑行，移动中溅起火花与尘土，石头与石头碰撞在一起，挤压的声音侵入了他的骨髓。托马斯发现，只有右面的墙在移动，朝向左面相邻的墙，突出的部分慢慢滑进另一侧的洞中，紧密闭合在一起。他看了看其他的几个缺口，感到脑子比他的身体转动得还快，头昏眼花，胃里有如翻江倒海。林间空地的四个方向，都是只有右侧的墙在移动，朝着左边的高墙，门上的缺口缓缓闭合。

不可能，他心想，这是怎么做到的？他拼命压制住想逃走的冲动——赶在石墙关闭之前逃出林间空地的冲动。终于，理智占据了上风——外面的迷宫要比墙内的境况更加不可预测。

他在头脑中苦苦思索，想搞清楚它的结构是怎样一个原理。

数百英尺高的巨大石墙，如同滑动玻璃门一般在移动——他过去生活中的一幅影像在他心中闪过。他拼命想抓住那记忆，不让它溜走，努力用面容、名字或是一个地方填满那影像，但它却消失在一片模糊之中。一阵悲伤的痛楚刺穿了他此刻复杂的心情。

他望着右墙滑到了自己的终点，连杆找到了各自的结合点，严丝合缝。四扇大门为入夜闭合了，林间空地上回荡着隆隆的声响。托马斯感到最后的一丝恐惧飞快地穿过他的身体，然后消失了。

令人惊异的镇定松弛了他的神经，他长长地松了一口气。"哇哦。"他说，除了这样一句轻描淡写的话，他不知还能说什么好。

"'没什么'，艾尔比会这样说，"查克咕哝道，"你再过一阵子就会熟视无睹了。"

托马斯再次环顾四周，这地方给人的感觉与刚才已迥然相异，所有的高墙固若金汤，没有一丝缺口。他在想象这样一件东西的目的，可不知道哪一个猜测更糟——被困在这高墙之内，还是免受墙外某种东西的伤害。这个念头终结了他短暂的平静，在他心中激起了对外面的迷宫里无数种可能的猜测，每一种都令人生畏。恐惧再一次占据了他的内心。

"快来，"查克说着又拉了拉托马斯的衣袖，"相信我，当夜色降临的时候，你会希望自己在床上。"

托马斯明白自己没别的选择，他尽力压抑住心中的复杂感受，跟查克走了。

5　记忆拼图

他们来到了"大屋"——查克对倾斜的木头与窗户构造的称呼，走到后面，木屋与石墙之间的阴影之中。

"我们要去哪儿？"托马斯问。他依然在为那些闭合的高墙感到震撼，心中还带着对迷宫的思索，带着困惑，带着恐惧。他告诉自己不能再这样下去，否则会把自己逼疯。他努力让自己找回常态，于是便尝试着开了个苍白无力的玩笑："如果你想要得到晚安吻，还是算了吧。"

查克立刻回答："闭上嘴，跟紧点儿。"

托马斯长吸了一口气，耸耸肩，跟男孩走在木屋后面。他们蹑手蹑脚地向前，来到一扇落满灰尘的小窗前。一束柔和的光透过玻璃投在石墙与常春藤上，托马斯听到屋内有什么人在走动。

"浴室。"查克低声说。

"那又怎么样？"紧张让托马斯感到皮肤发麻。

"我喜欢这样做，在临睡前给我带来无穷的快乐。"

"做什么？"托马斯隐隐感到，查克要做的不是什么好事，"我也许该……"

"闭上嘴看我就是了。"查克悄无声息地踏上窗台下的一个大木箱子，身子伏得低低的，脑袋的位置刚好不让屋内的人看见他。接着，他抬起一只手，在玻璃上轻轻敲了敲。

"这太傻了。"托马斯低声说。对于恶作剧来说，这或许是个再糟糕不过的时间——纽特或者艾尔比或许就在房间里。"我可不想惹麻烦，我才刚到这里！"

查克用手捂住嘴，强忍住笑意。他没有理会托马斯，伸手又敲了敲窗户。

光线中闪过一个影子，窗户滑开了。托马斯连忙躲藏起来，尽可能让身体紧贴在墙根。他无法相信，自己被卷进了对某个人的恶作剧之中。窗户的角度暂时能让他避免被人发现，不过他知道，若是屋内的人探出头来看个究竟，他和查克立刻就会被发现。

"谁呀？"浴室里的男孩子喊，嗓音嘶哑，怒气冲冲。托马斯不由得屏住了呼吸，因为他知道那是盖里——他听得出那声音。

没有丝毫的征兆，查克忽然把脑袋探到窗口，用尽全身力气尖叫起来。从浴室内传来的叮叮咚咚的碰撞声说明，恶作剧起到了效果——紧随而来的一连串咒骂表明，盖里对此极度不爽。托马斯此时的感觉复杂而怪异，夹杂着害怕与尴尬。

"我要杀了你，白痴！"盖里大声嚷嚷，不过查克已经跳下木箱，向林间空地中间跑去。托马斯听到盖里打开里面的门，冲出浴室。他呆住了。

托马斯终于从不知所措中回过神来，随他的新朋友——也是唯一的朋友——一路狂奔。但他刚转过屋角，盖里便尖叫着从大屋里冲了出来，仿佛一头挣脱束缚的猛兽。

他冲托马斯一指。"给我过来！"他大叫。

托马斯的心头一沉，几乎已经缴械投降。一切迹象表明，他也许会得到迎面一拳。"不是我干的，我发誓。"他说。他站在原地，对面前的男孩迅速做出了判断，发觉自己不应该害怕成那样。盖里的个头并不是想象的那么大——如果有必要，托马斯完全对付得了他。

"不是你？"盖里咆哮，他慢慢地大步走到托马斯跟前，停下脚步，"那你怎么知道有些事情自己没做呢？"

托马斯一言不发，他的确感到不适，但却一点儿也不似刚才吓得要死了。

"我可不是傻子，菜鸟，"盖里怒道，"我刚才在窗户里看见查克的肥脸了。"他又一指，这次直指托马斯胸前，"不过你最好马上决定，谁是你的朋友，谁是你的敌人，听见了吗？再玩一次这样的恶作剧，我才不管这是不是你的娘娘腔主意——我会让你血肉横飞。听懂了吗，菜鸟？"没等托马斯反应，盖里已经转过身，大步走了。

托马斯只盼望这事赶紧结束。"对不起。"他嘟囔道，自己都觉得这句话太傻。

"我认识你，"盖里头也不回地说，"我痛变的时候看见你了，我会查清楚你究竟是谁。"

托马斯看着这个大个子消失在大屋里。他记不得太多，但有什么东西告诉他，他从来没有对什么人有过这般强烈的憎恨。他真的恨这家伙，这一点让他感到吃惊，他真的非常恨他。他一回头，发现查克站在那儿，两眼看着地面，面带尴尬的神色。"非常感谢，伙计。"

"对不起，要是我知道里面是盖里，我就不会这样做了，我发誓。"

出乎自己的意料，托马斯居然哈哈大笑。一个钟头之前，他还以为自己再也不会笑了。

查克上下打量了托马斯一番，这才惴惴不安地笑笑："怎么了？"

托马斯摇摇头："别担心，这个……闪克活该，我甚至还不知道闪克是什么，这太棒了。"他感觉好多了。

两个钟头之后，菜园附近的一片草地上，托马斯躺在一只柔软的睡袋里，查克躺在他身边。这是一片他先前并没有注意到的宽阔草坪，不少人选择这里当作睡觉的地方，托马斯觉得有些奇怪。不过显而易见的是，大屋里并没有足够的房间容纳所有人，至少这里还算暖和。这又勾起他心中已不知道问过多少次的问题——他们究竟在什么地方。他对掌握地名并不擅长，不论国家和元首，抑或是世界如何划分。林间空地里的所有孩子对此也都一无所知——即便他们知道，也没有表露出来。

他静静地躺了好久，望着天空的星辰，倾听林间空地上有人谈话发出的轻柔的私语声。入睡并不容易，他无法摆脱萦绕身心的绝望与无助——查克对盖里的恶作剧带来的短暂欢乐早就消失得无影无踪，这是漫长而奇怪的一天。

这一切如此……诡异。他还记得关于生活的诸多小事——吃饭、穿衣、学习、玩耍、世界的大体模样，不过所有能够填满这幅画面，能够创造出真实而完整的记忆的细节全都被抹去了，就仿佛透过一英尺深的泥水去看这幅影像。甚于一切的是，他感到……哀伤。

查克打断了他的思绪。"喂，菜鸟，你熬过了第一天。"

"勉强。"现在不行，查克，他好想说，我没心情跟你说话。

查克用胳膊肘撑起身子，在一旁望着托马斯。"在接下来的两天，你会学到很多东西，并开始习惯，那样好吗？"

"呃，是啊，我想还好。这些古怪的单词和短语都是从哪儿来的呢？"似乎他们借用了别的语言，将它融合进了自己的语言当中。

查克砰的一声又倒下了。"我不知道——还记得吗，我也刚到这里一个月时间。"

查克让托马斯感到怀疑，他是否有意隐瞒了某些情况。他是个特别的孩子，滑稽，而且显得天真，但谁说得清呢？说真的，他与林间空地里的一切没什么两样，充满神秘。

过了几分钟，漫长一天的疲惫终于袭上了托马斯，他已经处于半睡半醒的边缘。可是，仿佛有一只拳头在他脑子上推了一把，然后松开手。一个念头在他头脑里忽然冒了上来，一个出乎他意料的念头，他不知道它从何而来。

忽然间，林间空地、高墙、迷宫——这一切显得……熟悉，亲切。一缕镇定的暖流涌过他的胸膛，自从他发现自己来到这地方，他破天荒第一次不再感到林间空地是这世上最糟糕的地方。他平静下来，发现自己睁大了双眼，呼吸也屏住了好久。刚才发生了什么？他心想，有什么变了吗？然而讽刺的是，事情会好起来的想法让他感到有些不安。

虽然不知道该如何去做，但他知道了自己需要去做什么，他搞不懂。这种感觉——这种顿悟如此奇怪，既陌生又熟悉，但它感觉……是正确的。

"我想成为他们中的一员，到外面去，"他大声说，不知道查克是否已经睡着，"到迷宫里去。"

"哈？"这是查克的回答，托马斯听到他的口气里带有些不快。

"行者，"托马斯说，希望自己能搞懂这念头是从哪里冒出来的，"无论他们在那儿做什么，我希望加入。"

"你都不知道自己在说什么，"查克嘟囔着翻了个身，"睡觉吧。"

托马斯又感到一股信心在胸中涌动，虽然他的确不知道自己在说什么。"我要做一个行者。"

查克回转身，用胳膊撑起身体。"你现在可以把那个小念头忘掉了。"

托马斯不清楚查克会有什么反应，但他不打算放弃。"别想……"

"托马斯，菜鸟，我的新朋友，算了吧。"

"我明天去跟艾尔比说。"一个行者，托马斯心想，我甚至还不知道那是什么意思。我是不是彻底疯了？

查克笑了一声，躺下了。"你真是个呆瓜，快睡吧。"

可是托马斯步步紧逼。"那其中有些东西——我有种熟悉的感觉。"

"快……睡……觉。"

这时候托马斯忽然明白过来——他感到好像有几块拼图被放在了一起，他不知道最终的画面将会是什么。他接下来说的话仿佛是从另一个人口中说出来的："查克，我……我想我去过那儿。"

他听到朋友坐起身，听到沉重的呼吸声，但托马斯翻过身去，不肯再多说一个字，担心刚刚才找到的勇气会被破坏，担心会失去此刻充满他内心的令人欣慰的平静。

睡神的降临比他想象的容易多了。

6　鬼火兽

什么人把托马斯摇醒了。他猛地睁开眼，看见一张面孔凑在近前。四周依然笼罩在清晨尚未亮起的暗影之中。他张开嘴想说话，但被一只冰冷的手捂住了嘴，紧得无法张开。惊恐蔓延开来，直到他看清面前来的究竟是谁。

"嘘，菜鸟。现在还不想吵醒查克，对吗？"

来的人是纽特——看样子在这里是居于第二位的首领，空气中弥漫着他清晨起床的口气。

虽然托马斯有些吃惊，但警觉立刻消散了。他按捺不住心中的好奇，不知道这个孩子想要什么。托马斯点点头，拼命用眼神表示同意，最后纽特终于放开了手，退后站起了身。

"快来，菜鸟，"高个子男孩低声说，他弯下腰，把托马斯拽起来——他格外强健，几乎把托马斯的胳膊都要拽下来了，"应该在起床前让你看些东西。"

此刻托马斯已经睡意全无。"好吧。"他只说道，准备马上跟他走。他知道自己应该保持一丝疑虑，还没理由去相信任何一个人，不过好奇心最终还是占了上风。他飞快地弯下腰，踏进鞋子。

"我们去哪儿？"

"跟我来就好了，紧跟上我。"

他们悄悄走过一个挨一个熟睡的孩子，好几次托马斯差一点儿被绊倒。他踩到了什么人的手，换来一声痛苦的呻吟，然后是小腿肚上结结实实挨了一下。

"抱歉。"他低声道，没有理会纽特不满的神情。

他们走出草地，踏上庭院里坚硬的灰色石板路，纽特拔腿向西面的墙跑去。刚开始托马斯犹豫了一下，搞不懂他干吗要这样跑，但很快便回过神来，以同样的步伐跟了上去。

光线很暗，但所有的障碍物都隐约可见黑色的暗影，所以他一路向前飞奔。纽特停下的时候，他也停下了。两人站在高墙边上，墙高耸过他们头顶，如同摩天大楼——在他被抹掉的记忆里残留的又一个不经意出现的模糊影像。托马斯注意到微小的红色灯光在闪烁，沿着墙面时动时停，时亮时暗。

"那些是什么？"他压低了嗓子说，不知道自己的声音是否跟自己的感觉一样颤抖，闪烁的红光在暗中警告什么。

纽特站在墙边一片厚厚的常春藤前两英尺的地方。"在你需要知道的时候，你自然就会知道，菜鸟。"

"好吧，把我送到一个不着边际，又得不到任何答案的地方，这太愚蠢了，"托马斯停了一下，连自己都感到吃惊，"闪克。"他接着说，将所有的挖苦都融入了这个词当中。

纽特大笑，但很快便停了下来。"我喜欢你，菜鸟。现在闭上嘴，让我给你看样东西。"

纽特走上前，将手探进厚厚的常春藤，从墙上分开几股藤蔓，露出下面一扇布满灰尘的窗户——这是一扇约两英尺宽的正方形窗户。这时候窗户里黑漆漆的，似乎被刷成了黑色。

"你在找什么？"托马斯轻声问。

"别着急，孩子，它很快就会出现了。"

一分钟过去了，又是一分钟，然后又过了好几分钟。托马斯有些坐立不安，不知道纽特如何能安静耐心地站在原地，死死盯住什么也看不见的黑暗。

就在这时候，它变了。

一束诡异的微光从窗户里透了出来，在纽特的身体和脸上投下摇曳的七色光芒，仿佛他正站在一个被照亮的游泳池边。托马斯一动不动，使劲看去，努力分辨窗户里究竟有什么，他的嗓子被什么哽住了。那是什么？他心想。

"那一面就是迷宫，"纽特低声说，睁大眼睛，仿佛有些出神，"我们所做的一切——我们所有的生活，菜鸟——都围绕着迷宫展开。我们钟爱的每一天里，钟爱的每一秒，我们都是为了迷宫，去解决所有隐藏的秘密。它都会有答案，你知道吗？我们想让你看到这一切，让你明白为什么你不能把它搞砸，为什么这些高墙每天晚上都会关闭，让你明白你为何永远不能到那外面去。"

纽特退后了一步，藤蔓还抓在手里。他示意托马斯走到他的位置，透过窗户向外看。

托马斯这样做了，身子向前倾去，鼻子碰到了冷冰冰的玻璃。他的眼睛用了一秒钟才看清另一面移动的物体——透过污垢与尘土，看到纽特希望他看到的东西。他这样去做的时候，感觉自己的心一下子提到了嗓子眼儿，仿佛冰冷的风从面前吹过，让空气在瞬间凝固了。

一头奶牛大小，身形硕大而厚实的动物，没有明显的外形，在外面通道的地面上扭曲蠕动。它爬上墙的另一面，咚的一声跳上了窗户厚厚的玻璃。托马斯吓得尖叫一声，从窗户边猛然向后退去——不过那东西弹了回去，玻璃并没有损坏一丝一毫。

托马斯深吸了两口气，又靠上前去。四周太黑，无法看得清楚，但怪异的光线不知道从什么地方发散出来，显露出模糊不清的银色尖刺和反光的躯体。带有工具的尖头从它的身体上向外探出，有如胳膊一般：一片锯锋，一把大剪刀，还有一根根长杆——其用途只能引人猜测。

这鬼火兽是一种可怕的动物与机器的混合体，它似乎觉察到有人在观察它，似乎很清楚在林间空地的高墙内有些什么，似乎正企盼进入高墙，饱餐一顿人肉。托马斯感到胸中涌起冷冰冰的恐惧，如同肿瘤般蔓延开来，让他无法呼吸。虽然被抹去了记忆，但他确信自己从来没见过这般可怕的东西。

他退后几步，昨夜刚刚才寻到的一点儿勇气也烟消云散了。

"那东西是什么？"他的五脏六腑都在颤抖，不知道自己是否还能吃得下东西。

"我们叫它们鬼火兽，"纽特回答，"可怕的东西，对吗？令人庆幸的是，鬼火兽只在夜间出没，还得感谢这些高墙。"

托马斯咽了一下口水，怀疑自己是否还能离开这地方。他渴望成为行者的想法受到了极大的打击，不过，他必须这样去做。

不知怎的，他坚信自己需要这样去做。这感觉如此怪异——特别是在他目睹刚才的一切之后。

纽特漫不经心地望着窗外。"现在你知道迷宫里究竟隐藏着什么了吧，我的朋友？现在你明白，这不是开玩笑。你被送到了林间空地，菜鸟，我们希望你生存下来，帮助我们完成来到这里的使命。"

"什么样的使命？"托马斯问，虽然他害怕听到答案。

纽特回过头，死死盯住他的眼睛。黎明的第一缕光线照在了他们身上，托马斯看清楚了纽特面孔上的每一个细节，他紧绷的皮肤，皱起的眉头。

"寻找出去的路，菜鸟，"纽特说，"破解可怕的迷宫，找到回家的路。"

两个钟头之后，大门重新开启了，隆隆的轰鸣声，伴随着大地的震撼，直到大门完全打开。托马斯坐在大屋外一张歪歪扭扭的破旧野餐桌前，鬼火兽在他心中挥之不散。它们究竟是干什么用的？它们夜里究竟在做什么？被这般恐怖的东西袭击会有什么后果？

他努力摆脱这些影像的纠缠，将注意力转移到别的东西上。行者——他们只是一言不发地离开了，全速冲进迷宫，消失在转角。他一边在心中想象他们的样子，一边用叉子挑起鸡蛋和熏肉，没有跟任何人讲话，甚至包括查克——他静静地坐在他身旁。这可怜的孩子想尽了一切办法想跟托马斯挑起话题，可他拒绝做出任何回应，他只想一个人独处一会儿。

他想不明白，他的脑子已经超出了负荷，试图去搞懂这一切看来不大可能的境况。一个高墙耸立的迷宫怎会如此巨大？几十个孩子在不知道尝试了多长时间之后仍然无法将它破解？这样的结构如何能存在？而更重要的问题是，为什么？这样的东西可能会是出于什么样的目的？所有人为何会出现在这里？他们已经来了多久？

虽然他希望把这一切抛开，可邪恶的鬼火兽却一直萦绕在他心上。每当他眨眼或是揉眼睛的时候，它鬼魅般的影子便会跳到他眼前。

托马斯知道自己还算得上机灵——他能从骨子里感觉到这一点。然而，这地方没有任何东西能让人理解，只除了一点——他注定要做一个行者。为什么他会有这般强烈的感觉？即便是现在，在他亲眼目睹生活在迷宫中的鬼火兽之后？

有人拍了一下他的肩膀，他从沉思中惊醒过来。他抬起头，发现艾尔比站在他身后，两只胳膊交叉在一起。

"你难道不该精神焕发了吗？"艾尔比说，"今天早上欣赏过窗外的景致之后？"

托马斯站起身，心中希望这就是得到答案的时刻——又或许是在希望，能从令人绝望的思绪中找到可以让他转移注意力的事情。"足以让我期盼更加了解这地方。"他说，只盼望不要激怒面前的人，他前一天已经领教过艾尔比暴怒的样子。

艾尔比点点头。"参观从现在开始，我和你，闪克。"他刚要迈步，但又停下了，举起一根手指，"在结束之前不要向我提任何问题，明白了吗？我们有一整天的时间让你唠叨。"

"可是……"看到艾尔比扬起的眉毛，托马斯又把话咽了回去。为什么这家伙表现得这么混蛋？"可是你得告诉我一切——我需要了解一切。"昨天夜里，他决定不向任何人提起，这地方诡异地似曾相识，他有种曾经到过这里的奇怪感觉——他记得关于这里的事情，把这一点告诉别人似乎并不是个好主意。

"想告诉你的，我就会告诉你，菜鸟，我们走吧。"

"我能一起去吗？"查克在桌子边问。

艾尔比弯下腰，拧了一下男孩的耳朵。

"哎哟！"查克尖叫起来。

"你难道没有别的工作要做吗，傻瓜？"艾尔比说，"有很多事情在等待你。"

查克白了他一眼，对托马斯说："玩得开心。"

"我会尽力的。"他忽然为查克感到难过，真希望大家能对这孩子好一点儿。不过，对此他无能为力，他该走了。

他跟上艾尔比，期盼这就是正式参观的开始。

7　第一号准则

　　他们朝传送箱的方向走去，此时它已经关闭——金属的双开门平放在地面上。门上刷的白漆早已褪色剥落。天色已经大亮，影子展开的方向与托马斯昨天见到的正好相反。他依然没有见到太阳，不过它似乎随时都有可能从东边的墙头一跃而出。

　　艾尔比向下指着两扇门。"这就是传送箱，一个月一次，我们会迎来你这样的菜鸟，从不例外。每过一周，我们就会得到补给，衣服和食物。不需要很多——足够我们在林间空地中生存。"

　　托马斯点点头，提出问题的欲望让他感到浑身发痒。我需要用胶带封住自己的嘴。他心想。

　　"我们对传送箱并不了解，你明白吗？"艾尔比接着说，"它从哪里来，如何到的这里，谁在掌控。把我们送到这里的人什么也没告诉过我们。我们有所需的电，种植培养大部分所需的食物，获得衣服，等等，都通过这个传送箱。我们曾经试过一次，把一个菜鸟放回到传送箱里——一切全部停止运转，直到我们把他弄出来。"

托马斯很想知道，当传送箱不在那儿的时候，门的下面究竟有些什么，不过他忍住了。他内心里掺杂着各种情感——好奇、沮丧、惊愕——全都与早晨见过鬼火兽之后挥之不去的恐惧交织在一起。

艾尔比继续往下说，并不费心去看托马斯的眼神。"林间空地被分成了四个部分，"他举起手指，一一列出了四个部分的名称，"菜园，血屋，大屋，死角，你听懂了吗？"

托马斯犹豫了一下，然后摇摇头，露出不解的神情。

艾尔比的眼皮飞快地眨了眨，接着往下说，他似乎能同时思考一千种此刻他更愿去做的事情。他一指东北角，那是田地和果树所在的地方。"菜园——我们在那里种植庄稼。地上有管子，让我们从中取水——一直都有，否则我们早就饿死了。这地方从来不下雨，从不。"他指了指东南角，那里有畜栏和牲口棚。"血屋——我们饲养和屠宰动物的地方。"他又指着简陋的生活区。"大屋——这地方比我们刚来的时候大了一倍，因为他们送来了木头和金属，所以我们得以不断扩大。不好看，但却实用，只是我们大多数人都睡在露天。"

托马斯感到晕乎乎的，太多的问题在他心中冒出来，他无法控制。

艾尔比指了指西南的角落，一片树林的前面是几棵病快快的树木，还有长凳。"我们把它称作死角。那个角落的后面是墓地，在密林之中。没什么太多别的东西。你可以去那儿坐坐，休息休息，闲逛一番，随你。"他清了清嗓子，看样子打算转变话题，"在接下来的两周时间里，你要每天分别为不同的守护人工作——直到我们了解你擅长什么。杂活手，垒砖，装袋，挖土——总有一件会坚持下去，总是如此，来吧。"

艾尔比朝南门，也就是被他称为死角和血屋之间的地方走去。托马斯跟在他身后，扑鼻而来的尘土和粪肥的气味让他皱起了鼻子。墓地？他心想。在一个到处是十几岁孩子的地方，为什么还需要一个墓地？这个念头比起艾尔比一直提到的那些让人费解的单词更令他不安——好像喂养员和装袋工，听起来不是什么好事。他差一点儿就打断了艾尔比，好在他强迫自己闭上了嘴。

他感到懊恼，注意力转到了血屋附近的畜栏。

几头奶牛在细嚼慢咽食槽里绿色的干草。猪懒洋洋地躺在泥塘里，偶尔摆动一下的尾巴才能让人知道它们还活着。另一个畜栏里养着绵羊，另外还有鸡圈和火鸡笼。工人在这里忙碌，仿佛他们一生都在农场上劳作。

我为什么会记得这些动物？托马斯想不明白。这里没有任何地方谈得上新鲜或者有趣——他知道它们叫作什么，通常吃些什么，外表是怎么样。诸如此类的内容为何会保留在他的记忆当中，而不是他从前在哪里见过这些动物，又是跟谁一道？在这错综复杂的情况之中，他的失忆令人感到沮丧。

艾尔比指指后面角落里的大牲口棚，原先的红色油漆已经褪色，化作了发暗的锈色。"那后面是屠宰工工作的地方，令人作呕的东西，令人作呕。要是你喜欢血，你可以成为屠宰工。"

托马斯摇摇头，屠宰工听起来不怎么样。他们向前走去，他注意到林间空地的另一面——那个被艾尔比称为墓地的区域。他们去过的角落更远处，树木更加茂盛，更鲜活，长满了树叶。虽然是白天，但黑色的暗影填满了树林深处。托马斯抬起头，终于看见了太阳，不过它很怪异——比正常的颜色更偏橘红。让他吃惊的是，这又是他心中残留的另一个选择性记忆。

他的目光回到了墓地，一个闪亮的圆盘依然浮现在他视线中。他眨眨眼，摆脱残留的影像，他突然又看到了红色光线，在树林深处的暗影中闪耀跳动。那是些什么东西？他心想。之前艾尔比对他的问题听而不闻的态度让他感到愤怒，他的讳莫如深实在恼人。

艾尔比停下了脚步，托马斯惊讶地发现他们已经走到了南门，高耸的出口嵌在两端的高墙之间。厚厚的灰色石板上裂开了缝隙，墙上覆盖着藤蔓，它是托马斯想象中最为古老的东西。他仰起头去看高墙的顶部，心中有种怪异的感觉，他仿佛是在朝下，而不是在朝上看。他摇晃着退后一步，他的新家的结构再一次令他感到敬畏。他的目光回到艾尔比身上，此刻他正背对出口。

"这外面就是迷宫。"艾尔比伸出大拇指向身后一指，顿了一下。托马斯朝那个方向望去，透过作为林间空地出口的高墙间的空隙，墙外的通道与那天早些时候透过东门的窗户看到的几乎一样。这个想法让他一个激灵，他不禁猜测，有一头鬼火兽会随时向他们冲过来。他的身体下意识地后退了一步。镇静。他责备自己，脸上感到有些难堪。

艾尔比继续他的讲述。"我到这里已经整整两年了，比我先来的几个人已经死了，没有人比我来得更久。"托马斯瞪大了眼睛，心跳加速。"两年来我们一直在试图破解迷宫，但并不走运。与这里的大门一样，外面那些可恶的高墙在夜间也会移动。要绘出一张地图并不容易，非常不容易。"他冲混凝土砌成的房子点了点头，昨天晚上行者就走进了那里面。

又一阵痛楚刺穿了托马斯的脑袋——同一时间有太多东西需要他去思索。他们已经到这里两年了？迷宫里的墙会移动？有多少人已经死去？他走上前，想仔细看看迷宫，仿佛答案都写在了墙上。

艾尔比伸出一只手，在托马斯胸前推了一把，他踉跄后退了好几步。"不能到外面去，闪克。"

托马斯只能将自尊放在一旁。"为什么不行？"

"你以为我派纽特在起床前去找你是为了寻开心？混蛋，那是第一号准则，一旦违反你就永远得不到宽恕。除了行者之外，没有人——没有任何人可以进入迷宫。违反这条规定，如果你没有死在鬼火兽嘴里，我们也会亲自动手杀了你，懂我的意思吗？"托马斯点点头，心中却在抱怨。他相信艾尔比是在夸大其词，希望如此。无论怎样，如果昨晚查克说的那些话还让他有任何疑问，此刻也都烟消云散。他希望成为行者。他一定会成为一名行者。在他的内心深处，他知道自己必须到那儿，到迷宫中间去。尽管他了解，也亲眼目睹了一切，但这愿望有如饥饿或是口渴引起的欲望，在向他召唤。

南门左面墙上的动静引起了他的注意，他的反应很快，刚好看见一道银光闪过。一丛常春藤晃动了一下，那东西消失在藤蔓之间。

托马斯对墙上一指。"那是什么？"在他意识到之前，话已脱口而出了。

艾尔比甚至懒得去看。"结束之前不许提问题，闪克。我究竟还要告诉你多少次？"他顿了一下，叹了一口气，"刀锋甲虫——造物主就是通过这种方式来观察我们。你最好别——"

他被一阵四下响起的刺耳警报声打断了。托马斯用双手捂住耳朵，四处张望，他的心都快蹦出了胸膛。当他回头去看艾尔比的时候，他停下了。

艾尔比并没有表现出害怕，他显得……困惑，吃惊，警报声响彻空中。

"怎么回事？"托马斯问。看样子他的导游并不认为这就是世界末日，这让他感到宽慰——然而即便如此，托马斯也厌倦了一次次袭来的恐惧。

"奇怪。"艾尔比只说了这两个字，在林间空地中搜寻什么，眯起了眼睛。托马斯注意到，血屋的畜栏中的人在四处张望，显然与他一样困惑。一个人冲艾尔比大叫，那是一个瘦削的矮个男孩，浑身沾满了泥水。

"那是怎么回事？"男孩问，希望从艾尔比这里找到缘由。

"我不知道。"艾尔比用漠然的声音回答。

可是，托马斯再也忍不下去了。"艾尔比！这究竟是怎么回事？"

"传送箱，臭脸鬼，是传送箱！"艾尔比只说了这几个字，便向林间空地中间飞奔而去，在托马斯看来他显得有些慌乱。

"怎么了？"托马斯追问，快步赶了上去。告诉我！他好想对他尖叫。

可是艾尔比既不回答，也没有放慢脚步。靠近传送箱的时候，托马斯发现几十个孩子在庭院中奔跑。他发现了纽特，冲他喊了一嗓子，抑制住心中正在膨胀的恐惧。他告诉自己不会有事，告诉自己这一定有个合理的解释。

"纽特，出什么事了？"他大喊。

纽特朝他看了一眼，点点头，走了过来，在一片混乱当中显得出奇的冷静，他使劲在托马斯后背上拍了一巴掌。"这说明有个菜鸟就要从传送箱里上来了，"他顿了一下，似乎在期待托马斯的反应，"马上。"

"那又怎么样？"托马斯望着纽特，这才发现他刚才误以为纽特是镇定的，实际上纽特带着难以置信的神情——甚至还有些激动。

"那又怎么样？"纽特回答，微微张开了嘴，"菜鸟，我们从来没有过两个菜鸟在同一个月出现，更不必说连续两天。"

说罢，他朝大屋的方向跑了。

8 警报声响起

警报响了足足两分钟，最后才停下了。人群聚集在庭院中央，围在钢铁大门旁边。托马斯吃惊地发现，他是昨天才刚刚到这里。昨天吗？他心想，真的是在昨天吗？

有人捅了捅他的胳膊肘，他回过头，查克出现在他身旁。

"怎么样，菜鸟？"查克问。

"很好，"他回答，虽然这远非事实，他指了指传送箱的大门，"干吗每个人都那么紧张？难道所有人不都是这么来的吗？"

查克耸耸肩。"我不知道，我猜是因为从前一直有规律可循。每月一个，在每个月的同一天。也许天晓得哪个负责人觉得你是个天大的错误，所以派个人来替代你。"他咯咯笑道，用胳膊肘在托马斯肋骨上顶了顶，尖尖的笑声让托马斯莫名其妙地又增添了几分对他的好感。

托马斯假装瞪了他的新朋友一眼。"你真讨厌，真的。"

"是啊，不过我们现在是朋友了，对吗？"查克这一次笑翻了天，发出又尖又细的呼哧声。

"看样子你并没有给我太多选择。"然而真实的情况是，他需要一个朋友，而查克还算不错。

男孩抱起胳膊，显得十分满意。"很高兴就这么定了，菜鸟，这地方每个人都需要个朋友。"

托马斯抓住查克的衣领，跟他开起了玩笑。"好吧，朋友，那就叫我的名字，托马斯，否则等传送箱离开之后我把你扔到那个窟窿里去。"这句话让他心中闪出一个念头，他松开了查克，"等等，你们有没有……"

"试过了。"没等托马斯说完查克便回答。

"试过什么？"

"在它送完人之后下到传送箱里去，"查克回答，"不管用，只有等到空无一人它才会下降。"

托马斯记得艾尔比告诉过他这件事。"我知道，可是如果……"

"试过了。"

托马斯好不容易才忍住——这样的状况着实令人恼火。"伙计，真是很难跟你交流。试过什么？"

"在传送箱下降之后下到窟窿里去。不行。门可以打开，但里面空空如也，黑漆漆的，什么东西也没有。没有绳子，没有。这样行不通。"

怎么可能呢？"你们……"

"也试过了。"

这次托马斯终于抱怨了一声："好吧，什么？"

"我们朝窟窿里扔了些东西，听不到落地的声音，它们坠落了很长时间。"

托马斯停了一下，然后才回应，但希望这一次不要再被打断。"你到底是什么人啊，你懂读心术还是怎样？"他尽可能加上讽刺的口气。

"聪明而已，就这样简单。"查克眨眨眼。

"查克，别再跟我挤眉弄眼了。"托马斯微笑着说。查克的确有些烦人，但他的某些方面似乎能缓解事情的恐怖程度。托马斯深吸了一口气，又向洞边的人群看去。"那么，送来的东西需要多长时间才能到达这里？"

"通常在警报响过之后半个钟头。"

托马斯想了一秒钟，一定还有什么他们未曾尝试过的别的办法。"你确定吗？你们有没有……"他停了一下，等待再次被打断，但这次却没有，"你们试过自己做根绳子吗？"

"是的，他们试过，用常春藤，尽可能做到了最长。这么说吧，那个小试验进展得不那么顺利。"

"什么意思？"后来呢？托马斯心想。

"当时我还没来，不过我听说，自告奋勇去尝试的孩子刚下去了十英尺左右，有什么东西在空中嗖地掠过，把他齐整整地切成了两半。"

"什么？"托马斯哈哈大笑，"我可不相信。"

"哦，是吗，机灵鬼？我可见过这可怜孩子的尸骨，就像一块生奶油被刀拦腰切断。他们把他装进一个盒子里，提醒后来的孩子别再做这种傻事。"

托马斯在等待查克发笑，他觉得这不过是个玩笑——谁听说过有人被切成两半的？但查克一直没有笑。"你是说真的吗？"

查克的目光与他对视。"我没有撒谎，菜……呃，托马斯。走吧，我们去看看究竟来的是谁。真不敢相信，你当菜鸟只当了一天，呆头。"

托马斯和查克一边走，一边问了一个未曾提起过的问题。"你们怎么知道送来的不是补给或是别的什么？"

"如果是那样，警报就不会停止，"查克回答，"补给会在每周的同一个时间送达。嘿，快瞧。"查克停下脚步，指着人群中的一个人说。那人是盖里，他正死死盯住两人看。

"见鬼，"查克说，"他不大喜欢你，伙计。"

"是啊，"托马斯咕哝，"我早就知道了。"彼此彼此。

查克用胳膊肘推了推托马斯，两人继续向人群走去，默默等待着。托马斯所有的问题都被抛在了脑后，见过盖里之后，他不想再多说话。

查克显然跟他不同。"你干吗不直接跟他对质，问他有什么毛病？"他尽量让自己听来很强硬。

托马斯希望自己有足够的勇气，但此刻这听起来是史上最糟糕的想法。"好吧，比方说，他的同伴比我多多了，跟他挑起争斗不是个明智之举。"

"是的，不过你比他聪明，而且我敢打赌，你比他更快。你肯定能拿下他，还有他那些朋友。"

站在他们前面的一个男孩回头看过来，面带愠色。

一定是盖里的朋友。托马斯想。"你不能闭上嘴吗？"他嘘了查克一声。

一扇门在他们身后关上了，托马斯回过头，发现艾尔比和纽特正从大屋走过来，两人都显得很疲惫。

　　托马斯见过他们帮助本恢复神志——他面前浮现出本在床上扭动的可怕模样。"查克，伙计，你必须告诉我，痛变究竟是怎么回事，他们在那里面对可怜的本做了什么？"

　　查克耸耸肩。"我并不了解细节，鬼火兽会对人使坏，让你遭罪。等到一切结束之后，你就会变得……不同。"

　　托马斯感觉终于有机会得到一个正面的回答。"不同？那是什么意思？这跟鬼火兽有什么关系？这是不是就是盖里说的'被蜇'？"

　　"嘘。"查克把一根手指放在嘴边。

　　托马斯几乎要绝望地尖叫起来，但并没有发作。他决意要让查克晚一点儿再对他讲出实情，无论查克愿不愿意。

　　艾尔比和纽特走过来，推开众人挤到前面，站在传送箱门边。每个人都安静下来，托马斯第一次注意到了电梯上升的摩擦与咔嗒声，让他想起了前一天噩梦般的旅程。忧伤向他袭来，仿佛他在重温失忆之后在黑暗中醒来的那可怕的几分钟。无论新来的孩子是谁，托马斯为他感到难过，因为他正在经历同样的事情。

　　沉闷的隆隆声宣布了诡异电梯的到来。

　　托马斯充满期待地注视纽特和艾尔比分别站在了门的两侧，一条裂缝将正方形金属从正中央分成了两半。每一侧都有一个简单的钩形门把手，他们一齐用力将门拉开。伴随着金属的刮擦声，门开了，一阵烟尘从四周的石头上升腾而起。

　　林间空地里一片死一般的沉寂，纽特弯下腰，向传送箱里仔细查探，远处一头山羊微弱的咩咩声在庭院里回荡。托马斯尽可能向前探出身子，希望看上一眼新来的人。

纽特猛地向上一抽，身体恢复到了竖直的状态，困惑让他的脸拧成了一团。"天哪……"他气喘吁吁，茫然地四下张望。

这时候，艾尔比也看了个清楚，带着同样的反应。"不可能。"他喃喃道，神色有些发呆。

数不清的问题同时响了起来，每一个人都开始向前挤去，朝小小的洞口里张望。他们究竟在里面看到了什么？托马斯心想，他们看到了什么？他感到一种莫名的恐惧，与他早上趴在窗前看见鬼火兽的时候相差无几。

"等一下！"艾尔比大声喊，所有人都安静下来，"先等一下！"

"好吧，出什么事了？"有人在后面嚷嚷。

艾尔比站起身。"两天里出现了两个菜鸟，"他说话的声音像是在低语，"两年了，从来没有变过，现在却是这样。"接着，不知道为什么，他忽然直视托马斯，"这究竟是怎么回事，菜鸟？"

托马斯茫然地回望着他，脸涨得通红，胃里一阵收缩。"我怎么知道？"

"你干吗不直接告诉我们，这下面究竟是什么，艾尔比？"盖里叫道。人群中又是一阵低语声，又一股人潮涌了上来。

"你们这些闪克，闭嘴！"艾尔比大叫，"告诉他们，纽特。"

纽特又朝传送箱里看了一眼，然后神色凝重地面对人群。

"来的是个女孩。"他说。

每个人都同时在讲话，托马斯只听得东一言西一语。

"一个女孩？"

"她是我的！"

"她长得什么样？"

"她多大了？"

托马斯被淹没在一片混乱中。一个女孩？他还从没想过为什么林间空地只有男孩，没有女孩。事实上，他甚至还没有时间注意到这一点。她是谁？他不知道。为什么……

纽特再次让大家安静。"这还不是问题所在，"他说着朝传送箱里一指，"我想她已经死了。"

两个男孩拿来几根用常春藤编成的绳索，将艾尔比和纽特放进了传送箱里，由他们负责将女孩的尸体带上来。让人无语的震惊情绪在林间空地的大多数人中间蔓延开来，他们神色凝重地踱来踱去，踢起地上的石子，一声不吭。没人敢承认他们迫不及待想要看看那个女孩，但托马斯觉得，他们的好奇心绝不亚于自己。

盖里是在地面拉住绳索的人之一，他们准备好将女孩、艾尔比和纽特拽上来。托马斯仔细打量着盖里。他的眼睛带着黑眼圈——几乎有些病态，这一瞬托马斯忽然比刚才感到更怕他了。

电梯井深处传来艾尔比的喊声，他们准备好了，盖里与另外两个人开始拉动绳索。几声口号之后，女孩死气沉沉的身体被拽了上来，越过门边，放在林间空地的一块石板之上。大家立刻涌上前去，在她四周挤作一团，空气中明显弥漫着一种激动情绪。可是，托马斯却待在原地没动，怪异的沉寂让他感到害怕，仿佛他们刚刚打开的是一座新近下葬的墓穴。

尽管心中充满好奇，但托马斯并不愿挤上前去看个究竟——所有人紧紧挤成一团。不过，在视线被挡住之前，他已经瞥到了

她一眼。她身材苗条，但个头并不低。据他估计，她身高差不多
五英尺半。从外表看，她约莫十五六岁，头发乌黑。然而真正引
人注目的却是她的皮肤：毫无血色，仿佛珍珠一般。

纽特和艾尔比跟着爬出了传送箱，挤到女孩没有生命征兆的
身体前。人群又挤成了一团，挡住了托马斯的视线。几秒钟过后，
人群分开了，纽特伸手对托马斯一指。

"菜鸟，到这儿来。"他说话的口气已经顾不得什么礼貌了。

托马斯的心几乎跳到了嗓子眼，双手微微冒汗。他们想要他
看什么？事情正一点点变得越来越糟糕。他逼迫自己走上前，尽
量让自己做出无辜的样子，而不是一个自知有罪却假装无辜的人。
噢，镇定，他告诉自己，你什么事情都没有做错。然而他有种奇
怪的感觉，也许他真做了什么错事，自己却没有意识到。

男孩子们闪出一条道来，走过的时候大家都在盯住他看，仿
佛迷宫、林间空地还有鬼火兽这一切都是他的过错。托马斯不愿
去看任何人的目光，担心自己流露出负疚的神色。

他走到纽特和艾尔比身边，两人跪在女孩身旁。托马斯不愿
正视他们，只专注地端详着女孩。虽然面色苍白，但她非常漂亮，
而且不仅仅是漂亮，可以说是美丽动人。柔滑的发丝，毫无瑕疵
的皮肤，完美的嘴唇，修长的双腿。以这样的目光去看一个死去
的女孩，这让他感到不适，但他无法让自己不去看她。不会有多
久了，他感到一阵反胃，心想，她很快就会开始腐烂。这样病态
的想法甚至出乎他自己的意料。

"你认识这个女孩吗，闪克？"艾尔比问，听起来有些恼怒。

这个问题令托马斯感到震惊。"认识她？我当然不认识。我一

个人都不认识，除了你们。"

"那不是……"艾尔比刚开口，却又闭上了嘴，代之以沮丧的一声叹息，"我是说，她看起来是否似曾相识？有没有感觉，你从前见过她？"

"不，什么都没有。"托马斯看看自己的脚，又看看女孩。

艾尔比皱紧了额头。"你确定吗？"他似乎不相信托马斯说的每一个字，几乎是面带怒色。

他凭什么认为我跟这有关系？托马斯想。他坦然与艾尔比目光相对，以他所知道的唯一答案做出了回应："是的，怎么了？"

"算了吧，"艾尔比喃喃道，低头看了看女孩，"这不可能只是个巧合。连续两天，出现两个菜鸟，一个活的，一个死的。"

艾尔比的话似乎有那么些道理，惶恐在托马斯心中闪过。"你不会觉得我……"他连话都说不下去了。

"得了，菜鸟，"纽特说，"我们可没说是你杀了这女孩。"

托马斯的脑子在飞快地转动。他确信自己从未见过她——然而就在这时候，一丝细小的疑虑涌上心头。"我发誓我没见过她。"他还是说，他已经受够了指责。

"你……"

没等纽特说完，女孩忽然竖起身子坐了起来。她大口大口地吸气，猛地睁开双眼，使劲眨了几下，环顾四周的人群。艾尔比吓得大叫一声，一屁股跌倒在地。纽特猛吸了一口气，蹦了起来，从她身边狼狈地退开了。托马斯一动不动，他死死盯住女孩，吓呆了。

蓝色眼睛火辣辣的目光在来回闪动，她深吸了几口气，粉红色的嘴唇在颤抖，嘴里不停嘟囔着什么，让人无法听懂。接着，她说了一句话——声音空洞而困惑，但却异常清晰。

"一切都会痛变。"

托马斯惊恐地注视着她，她眼睛向上一翻，仰面倒在了地上。倒地的时候，她右手的拳头向空中一伸。她的身体不动了，但拳头依然僵直，指向天空。攥在她手心里的，是一张被揉作一团的纸。

托马斯想吞咽，但他的嘴干极了。纽特跑上前，掰开她的手指，抓起那张纸条。他的手颤抖着展开纸条，跪倒在地，把它摊开在地上。托马斯挪到他身后，看了看纸条。

纸上用粗粗的黑色字体潦草地写着几个字：

　　她是最后一个。
　　确定无疑。

9 奇特的关联

林间空地被一种怪异的沉寂笼罩了，仿佛有一阵灵异的风吹过这里，带走了所有的声响。纽特为那些看不到纸条的人大声读出了纸条上的内容。可是，这并没有引来混乱与嘈杂，每一个人都目瞪口呆。

托马斯本以为会听到叫喊，听到数不清的问题与争吵。然而，没有一个人开口，所有的目光都聚焦在女孩身上。她躺在那儿，仿佛睡着了一般，胸膛一起一伏，带着浅浅的呼吸。与众人最初的想法不同的是，她还活着。

纽特站起身，托马斯希望得到一个解释，一个理性的声音，一个令大家放心的姿态。然而，他只是团起纸条，使劲把它捏成一团，皮肤上血管暴起，托马斯的心一沉，不知道为什么，这样的状况令他感到极度不安。

艾尔比将手拢在嘴边："医护工！"

托马斯不明白他在说什么，但他听到过这个词，他忽然被撞到了一旁。两个岁数较大的男孩从人群中挤了过来，一个平头，高个子，鼻子有大个儿柠檬大小；另一个矮个子，鬓角的黑发之间已悄然爬上了灰白的发丝。托马斯只能寄希望他们能有办法说明这一切。

"我们拿她怎么办？"高个子问，他的声音很高，出乎托马斯的意料。

"我怎么知道？"艾尔比说，"你们两个闪克才是医护工——想个办法。"

医护工，托马斯在心中重复着这几个字，突然恍然大悟，他们在这里一定与医生近似。矮个子已经跪倒在女孩身旁，摸了摸脉搏，俯身去听她的心跳。

"谁说过克林特可以先碰她的？"有人在人群中喊，紧接着是几声吵闹和笑声，"我是下一个！"

他们怎么还能开这样的玩笑？托马斯心想，女孩已经半死。他打心底里感到厌恶。

艾尔比眯缝起眼睛，嘴角露出紧张的笑容，似乎与幽默没有半点关系。"任何人要是敢动这个女孩，"艾尔比说，"晚上就给我睡在迷宫里，与鬼火兽做伴。驱逐出去，没有商量。"他顿了一下，缓缓转了个圈，仿佛想让每个人看清他的表情，"任何人都不许碰她！任何人！"

这是托马斯头一次喜欢从艾尔比嘴里说出来的话。

被称作医护工的矮个子克林特——如果刚才那人没说错他名字的话，检查完毕站起了身。"她没事，呼吸正常，心跳正常，虽然稍有些慢。你们的猜测跟我一样，不过我得说，她处在昏迷之中。杰夫，我们得把她送到大屋去。"

他的同伴杰夫走上来，抓起她的胳膊，克林特则抓住她的双腿。托马斯希望自己除了旁观还能多做些什么——每过一秒钟，他都越来越怀疑艾尔比先前所说的话是事实。她的确有几分似曾相识，他仿佛感到自己与她存在某种关联，虽然他心中还无法解读，这个念头让他感到紧张。他环顾四周，仿佛有人会听见他内心的疑虑。

"数到三，"高个子医护工说，他身材高大，弯下腰后显得很滑稽，如同一只正在祈祷的螳螂，"一——二——三！"

两人一使劲，把她抬了起来，但差一点儿把她抛到了空中——她一定比他们想象的要轻得多。托马斯差一点儿叫出来，告诉他们小心。

"看样子我们得对她观察一段时间，"杰夫好似在自言自语，"要是她没有很快醒来，我们可以喂她一些流质食物。"

托马斯的胃里一紧，他知道，他一定与这个女孩存在着某种关联。他们先后在相邻的两天到达；她的模样似曾相识；尽管了解了那么多可怕的事情，他仍然有一种强烈的要成为一名行者的愿望……这一切意味着什么？

在两人抬走她之前，艾尔比弯下腰，对她的面容又端详了一番。"把她放在本的隔壁，派人日夜照料她。在得到我的允许之前，最好什么都别对她做。不管她是讲梦话还是有什么动静——你们都得向我汇报。"

"是。"杰夫嘟囔，和克林特一起朝大屋走了。他们一边走，女孩的身体一边被颠来颠去。其他的人终于开始谈论这件事，慢慢四下散去，各种各样的说法开始在人群中传播开来。

托马斯注视着这一切，陷入了沉思。奇特的关联并不是只有他一个人能感觉得到。几分钟前对他的毫不掩饰的指责证明，其他人也在怀疑些什么，但究竟是什么呢？他已经彻底摸不着头脑——被指责只能让他感觉更糟。仿佛读懂了他的心思，艾尔比走过来，握住他的肩膀。

"你真的从来没见过她？"他问。

托马斯犹豫了一下才回答："不……没有，我不记得见过她。"他希望自己颤抖的声音没有出卖自己的疑虑。如果他从前真的认识她呢？那会说明什么？

"你肯定吗？"纽特站在艾尔比身后追问道。

"我……不，我不这么认为。你们为什么要这样盘问我？"这一刻托马斯只盼望夜幕早一点儿降临，能让他一个人独处，可以上床睡觉。

艾尔比摇摇头，松开了托马斯的肩膀，回身对纽特说："一切都乱了，召集议事会。"

他说话的声音很小，托马斯觉得没有别人能听见，但他的口气让人有种不祥的预感。随后，首领和纽特一起走了。让托马斯感到宽心的是，查克向他走了过来。

"查克，议事会是什么？"

查克为自己知道答案感到骄傲。"也就是守护人在一起碰面——只有在怪异或者可怕的事情发生时他们才会召集。"

"哦，我猜今天的情况同时符合这两点。"托马斯的肚子咕噜噜叫了起来，打断了他的思绪，"我刚才没吃完早饭，能弄点儿吃的吗？我快饿死了。"

查克抬头望着他，眉毛抬了起来。"看到那小妞就让你觉得饿了吗？你一定比我想象的还要神经质。"

托马斯叹了一口气："给我找点儿吃的就行了。"

厨房很小，但却拥有制作一顿可口的美餐所需要的一切。一只大炉子，一台微波炉，一个洗碗机，两张桌子。厨房显得有些陈旧破落，但却整洁。看到这些电器和熟悉的布局，托马斯感到他的记忆——真实、确定的记忆呼之欲出。可是一如既往，最基本的部分依然缺失——名字、容貌、地点、事件。这几乎令人发狂。

"坐下，"查克说，"我给你弄点儿吃的，不过我发誓这是最后一次。还好弗莱潘不在——我们打劫他的冰箱，会让他很恼火。"

托马斯庆幸这里没有别人，查克从冰箱里翻出些盘子和食物，托马斯从一张小塑料桌旁拖开一把椅子坐下。"真是疯了，这怎么可能是真的？有人把我们送到了这里，一个邪恶的人。"

查克停顿了一下说："别抱怨了，接受现实，别再去想它。"

"是啊，没错。"托马斯望出窗外，这似乎正是一个提出萦绕他心中的无数问题的好时机，"这里的电是从哪里来的？"

"管他呢！我会欣然接受。"

真是个惊喜，托马斯心想，没有答案。

查克端着两个盘子走到桌旁，盘子里装了些三明治和胡萝卜。面包又厚又白，橙黄色的胡萝卜闪亮诱人。托马斯的肚子在哀求他赶紧行动，他拿起三明治，狼吞虎咽起来。

"噢，伙计，"他塞了满嘴的食物嘟囔，"至少吃得还不错。"

不用再跟查克再多说一句话，托马斯就能吃光盘子里的东西。好在查克也并不想说话。在托马斯残缺的记忆里，虽然刚刚经历了那么多诡异的事件，但他又回归了平静。他填饱了肚子，补充了能量，头脑也得到了片刻的安宁，他决定从这一刻开始停止抱怨，着手解决问题。

吃完最后一口，托马斯靠在了椅背上。"那么查克，"他用餐巾擦着嘴巴说，"我要怎么做才能够成为行者？"

"别提了。"查克从盘子上抬起头，他正在面包屑里挑挑拣拣。他低沉地打了个嗝，把托马斯吓了一跳。

"艾尔比说，我很快就开始随不同的守护人尝试，所以，我什么时候才能有成为行者的机会？"托马斯耐心等待，希望从查克嘴里得到一些切实的信息。

查克夸张地白了他一眼，毫不掩饰地表明他觉得这是一个多么愚蠢的念头。"过几个钟头他们就会回来，你干吗不直接去问他们？"

托马斯没有理会他的嘲笑，打算继续深究下去："每天晚上返回后他们都在做什么？那幢混凝土房子里究竟有什么东西？"

"地图，他们回来之后马上碰面，趁着还没有遗忘。"

地图？托马斯被搞糊涂了。"可是如果他们打算绘制一张地图，他们不是有纸，可以直接在外面画吗？"地图。在这段时间听到的所有消息当中，这一条引起了他最强烈的兴趣，这是第一条预示可能为他们的困境带来解决办法的线索。

"他们当然会那样做，不过他们还有别的东西需要讨论，进行分析什么的。此外，"男孩眼珠一转，"他们大多数时间都在奔跑，而不是书写，所以他们才会被称为行者。"

托马斯思索着行者和地图，迷宫真有这么大，过了两年他们依然没有找到出口吗？这似乎不大可能。可是，他想起艾尔比说过，那些墙会移动。是不是他们所有人都被判决要在这里了此一生，直到死去呢？

判决，这个词让他感到恐惧，刚才吃饭时才找到的希望的火光伴随着平静的咝咝声熄灭了。

"查克，假使我们全都是罪犯怎么办？我是说——我们都是杀人犯什么的？"

"哈？"查克抬头看过来，仿佛他是个疯子，"这样可笑的念头是从哪里冒出来的？"

"你想想，我们都被抹去记忆，被迫住在一个看似没有出口的地方，被一群凶残的鬼火兽守卫团团包围。听起来这不就像是个监狱吗？"他大声说出这几句话，这种可能性似乎越来越大，恶心的感觉占据了他的胸膛。

"我也许才十二岁，伙计，"查克指着自己胸前，"最多十三岁。你真觉得我会做过足以让我在牢里度过余生的事情吗？"

"我不在乎你做了什么还是没做什么。无论怎样，你已经被送进了监狱。这地方对你来说像是在度假吗？"噢，天哪，托马斯心想，真希望我想错了。

查克想了一阵子。"我不知道，比起……"

"是啊，我知道，比住在一堆垃圾里要好。"托马斯站起身，将椅子推回到桌子下。他喜欢查克，不过试图跟他进行理智的对话几乎没有可能，只能说是令人沮丧，惹人恼火。"给你自己再做一个三明治——我出去转转，晚上见。"

赶在查克提出要陪他一道去之前，他已经走出厨房，踏进了庭院。林间空地又恢复如初——人们在为各自的工作忙碌，传送箱已然关闭，阳光沐浴着一切。发狂的女孩带来预示厄运的纸条，就好像从来没有发生过。

参观的行程被迫缩短，他决定在林间空地自己走走，仔细看看和感受一下这个地方。他朝东北角走去，一排排高耸的绿色玉米秆看似已经准备好收割。这里也种有别的东西：土豆、生菜、豌豆，还有很多托马斯不认识的农作物。

他深吸一口气，很喜欢泥土与农作物的新鲜气息。他非常确定，这样的味道会给他带回来些许令人愉快的记忆，然而什么都没有出现。他走到近前，发现几个男孩在小块田地里除草采摘。一个人面带微笑冲他挥挥手——真实的笑容。

也许这地方并不那么糟糕，托马斯想，并非所有人都那么混蛋。他又深吸了一口沁人心脾的空气，让自己摆脱那些杂乱的思绪——还有很多东西他愿意去看。

接下来是东南角，年久失修的木头围栏里养了一些奶牛、山羊、绵羊和猪，不过没有马。真糟糕，托马斯想，骑手绝对比行者更快。走到近处，他感觉自己在来到林间空地之前一定跟动物打过交道。它们的气味、声音，对他来说全都如此熟悉。

这里的气味不如庄稼地里那么好闻，不过比他想象的要好多了。他观察着这一片区域，越来越觉得人们把这里管理得井井有条，干净整齐。他们的组织能力令他感到赞叹，他们的辛勤劳动让他感到钦佩。他可以想象，如果这里的每个人都又懒又蠢，这地方会变得多么可怕。

最后，他走到了西南角，靠近树林的地方。

他走近稀稀拉拉、没有树叶的一片树林，这后面是一片更为茂盛的树木。忽然有什么模糊的东西从他脚边一闪而过，紧跟着一阵急促的咔嗒声。他吃了一惊，低下头去，刚好看见阳光在某个金属般的东西上面反射回来——一只玩具老鼠——急匆匆地从他身边跑过，跑进小树林里去了。等他反应过来那并不是一只老鼠，它已经跑到了十英尺开外——它更像是一只蜥蜴，至少有六条腿，带着修长的银色身体一阵疾跑。

刀锋甲虫。他们就这样监视我们。艾尔比说过。

他看到一道红光在那东西面前扫过，似乎是从它眼睛里发出来的。逻辑思维告诉他，一定是他的心智在将自己欺骗，但他发誓自己看到它浑圆的后背上用硕大的绿色字体写着"WICKED"（"World in Catasstropke，killzone Experiment Department"的缩写，意为"灾难世界，杀戮地带实验总部"，简称"灾难总部"——译者注）几个字母。这如此怪异，他必须探究清楚。

托马斯朝急速飞奔的间谍追了上去，短短的几秒钟之间，他已经跑进了浓密的树丛，四周顷刻间暗淡下来。

10 鬼魅影子

他无法相信，阳光在刹那间消失得无影无踪。从林间空地中间看，树林并不大，也许有两英亩的面积，不过树木参天，树干粗壮，一棵一棵紧挨在一起，头顶上的树冠枝叶茂盛。四周一片青翠柔和的色调，仿佛一天之中只有短短几分钟的黄昏。

这里既美丽又可怕，二者兼而有之。

托马斯以最快的速度向前移动，在浓密的植被间穿行，枝叶拍打在他脸上。他弯下腰躲避一根低矮的树枝，差一点儿跌倒。他连忙伸手抓住一根枝条，向前摆动身体，重新找回了平衡。地上铺满的厚厚树叶和落下的枝条，在他身下噼啪作响。

他的目光一直紧盯住在树林间疾行的刀锋甲虫，它走得越深，散发出的红光便在黑暗的环境中越发明亮。

托马斯已经跑进树林三四十英尺，不停躲闪，猫腰，倒退。刀锋甲虫跳上一棵大树，爬上树干。然而等托马斯追到树下，那东西已经不见了踪影。它消失在茂密的枝叶之间，仿佛根本就不曾存在。

他跟丢了那小东西。

"臭脸鬼。"托马斯低声说，几乎是在说笑，几乎。虽然这话听来怪异，但在他嘴里说出来却很自然，似乎他已经变成了一位空地人。

右方的一根树枝啪地响了一声，他猛地扭过头去。他屏住呼吸，仔细听去。

又是一声，这一次更响了，就好像有人在膝盖上折断了一根树枝。

"谁在那儿？"托马斯喊，一阵恐惧涌上心头。他的声音在头顶的树冠上反射回来，在空中回响。他一动不动地立在原地，一切回归了寂静，只剩下远处几只鸟儿的歌声。没有人回答，也再没有声音从那个方向传出。

没有来得及细想，托马斯已经向刚才声音传来的方向走去。他并没有刻意掩藏自己的行踪，一边走一边推开枝叶，任它们反弹回刚才的位置。他眨眨眼，努力让自己的眼睛适应越来越暗的环境，真希望自己带来了一把手电筒，他想到了手电筒和他的记忆。他又一次回忆起过去一件真实的东西，但却无法将它与确切的时间与地点对应起来，无法将它与任何人或是时间关联起来。实在令人沮丧。

"有人在那儿吗？"他又问。再也没有了声音，他感到安心了一些。也许只是什么动物，也许是另外一只刀锋甲虫。为防万一，他喊道："是我，托马斯，菜鸟。嗯，倒数第二个菜鸟。"

他皱皱眉，摇了摇头，此刻倒更希望这地方没人，他听起来像个十足的白痴。

依然没有回应。

他绕过一棵大橡树，猛然停下脚步，后背上涌起一阵冰冷，他来到了墓地。

这片空地不大，差不多三十英尺见方，长满了一层厚厚的带叶杂草，与地面贴得很近。托马斯看到几个简陋的木头十字架插在地上，横竖交叉的地方是用粗糙的线缠在一起的。墓碑被刷成了白色，但刷漆的人显得很匆忙——上面到处是一滴滴凝固的油漆，中间还露出一缕缕木头的颜色，名字被刻在了木头上。

托马斯迟疑地走上前，走到最近的一个，蹲下身看了看。光线非常暗，好似在看透黑色的迷雾。就连鸟儿也停止了鸣叫，仿佛已经上床睡觉。昆虫的声音轻得几乎让人察觉不到，至少比平常小了不少。托马斯头一回发现树林里是多么潮湿，湿漉漉的空气在他额头和手背上凝成了汗珠。

他在第一个十字架边俯下身，它很新，上面写的名字是斯蒂芬——最后一个字母 n 超小，被挤到了边上，因为雕刻墓碑的人没有事先估计好刻下这几个字需要多大的地方。

斯蒂芬，托马斯心想，心中涌起一种出人意料却超然的悲伤，你究竟有着什么样的故事？是被查克烦死的吗？

他站起身，走到另一个十字架跟前。这个十字架四周长满了杂草，底座周围的地面很坚实。无论这里面埋的是谁，他一定是最先死去的人之一，因为他的墓看起来最旧，他的名字叫乔治。

托马斯四下张望，发现还有十余座别的墓。有两个跟刚才看到的第一个几乎一般新。一道银色的亮光引起了他的注意。这光与把他带到树林里来的刀锋甲虫不同，但却同样怪异。他在一个个墓碑前查看，走到一个覆盖着肮脏的塑料或是玻璃片的墓前，它的边缘沾满了污泥。他眯起眼睛，努力分辨里面究竟有什么东西。看清楚之后，他倒吸了一口凉气。这是一座坟墓的窗户——里面摆放着一具已经腐烂、布满灰尘的尸体。

托马斯吓坏了，但好奇心驱使他凑近前去看个究竟。这座墓比正常的要小——死去的人只有上半身被放在里面。他想起了查克的故事，那个男孩在传送箱下降之后尝试用绳索爬下了洞里，却被什么东西拦腰切成了两半。玻璃上刻了几个字，托马斯好不容易才分辨出上面写的内容：

愿这一半闪克警醒众人：
你无法从电梯井中逃脱。

托马斯奇怪地感到一阵想笑的冲动——这一切看来荒谬至极，似乎不是真的。但同时他也为自己的浅薄感到生气。他摇摇头，走到旁边去看更多死者的名字，这时候树枝折断的声音又响了起来，而这一次就在他正前方，墓地另一面的树丛后面。

接着又是一声响，一声接着一声，越来越近，树林里越发阴暗了。

"谁在那儿？"他的声音颤抖而空洞——好像在一个隔音的隧道中讲话，"这真的很愚蠢。"他不愿承认自己有多么害怕。

那人没有回答，但是不再躲藏，撒腿飞奔起来，穿过墓地中间空地的树林边缘，围绕着托马斯站立的地方转起了圈。他呆住了，几乎被恐惧压垮。几英尺外的地方，来人发出的声音越来越响。托马斯终于看到一个身材瘦削的男孩模糊的身影，一瘸一拐地快步奔走。

"谁在……"

托马斯话还没说完，男孩已冲出了树丛。他只看见苍白的皮肤和硕大的眼睛一闪——一个鬼魅般的影子吓得他大叫一声，他想要逃走，可惜已经太晚了。那影子跳向空中，飞过他头顶，撞上他的肩膀，用两只强有力的手抓住了他，托马斯被撞翻在地。他感到一块墓碑戳中了他的后背，咔嚓折成了两段，在他后背上划过一道深深的口子。

他对攻击他的人拳打脚踢，皮肤和骨骼的影子从他头顶上飞过，他拼命想抓住什么。他的模样好似鬼火兽，有如噩梦般的恐怖，但托马斯知道，这一定是个空地人，一个发疯的人。他听到男孩的牙齿一张一合，发出可怕的啪啪的声响。紧接着，他感到一阵剧烈的剧痛，男孩的嘴咬中了他，深深咬进了托马斯的肩膀。

托马斯尖叫一声，疼痛如同一股肾上腺素钻进了他的血液。他用双手的手掌拼命抵住攻击者的前胸，使劲向外推去，伸直了胳膊，肌肉紧绷，抵挡着压在自己身上的扭动的身影。男孩终于退开了，尖厉的断裂声在空中响起，又一个十字架被折断了。

托马斯手脚并用地爬到一旁，拼命喘气，终于看清了那个疯子一般的攻击者。

那个生病的男孩。

本。

11 暗藏杀机

自从托马斯在大屋见过本之后，似乎他只是略有好转。他身上除了一条短裤之外什么都没穿，白得不能再白的皮肤包在骨头上，如同紧紧包裹在一捆柴火外的一张纸。麻绳一般的血管散布在身体上，跳动着，发出绿色——但已不似前一天明显。他充满血丝的眼睛盯住托马斯，仿佛看到了一顿美餐。

本蹲下身子，准备跃起，再次发动进攻。不知在什么时候冒出了一把刀，紧握在他右手之中。托马斯心中的恐惧让他感到恶心，他依然无法相信正在发生的一切。

"本！"

托马斯朝声音传来的方向看去，惊异地发现艾尔比站在墓地边，在微弱的光线下活像个幽灵。托马斯顿时觉得放下了心——艾尔比手里拿着一把大弓，箭在弦上，暗藏杀机，对准了本。

"本，"艾尔比又说，"马上给我住手，否则你就活不到明天。"

托马斯回头去看本，他正恶狠狠地盯住艾尔比，舌尖舔来舔去，湿润着嘴唇。那孩子究竟会是哪里出了问题？托马斯想，这男孩变成了鬼火兽，为什么？

"要是你杀了我，"本尖叫道，口沫飞溅，几乎飞到了托马斯脸上，"那你就杀错了人。"他对托马斯怒目而视，"他才是你要杀的闪克。"他的声音里充满疯狂。

"别傻了，本，"艾尔比镇静地说，弓箭依然瞄准本不放，"托马斯才刚到这里，没什么好担心的。你还在经受痛变的折磨，不该下床到处乱跑。"

"他不属于我们中的一个！"本叫喊，"我见过他，他……他很坏。我们必须杀了他！"

托马斯本能地后退了一步，本刚才的话让他感到害怕。本在说什么？本见过他？他为什么觉得托马斯很坏？

艾尔比的武器纹丝不动，依然对准了本。"把这个问题留给我和守护人去解决，臭脸鬼。"他举起弓箭的手端得稳稳的，仿佛借助一根树枝作为支撑，"马上给我住手，回到大屋里去。"

"他想带我们回家，"本说，"带我们走出迷宫。我们最好都从悬崖上跳下去！我们最好互相残杀！"

"你在说什么……"托马斯开口了。

"闭上你的嘴！"本尖叫，"闭上你丑陋背叛的嘴！"

"本，"艾尔比平静地说，"我数到三。"

"他坏，他坏，他坏……"本在低声自语，像是在唱歌。他前后摇摆着，刀子在两手间交替，目光死死盯住托马斯。

"一。"

"坏，坏，坏，坏，坏……"本的脸上露出了微笑；他的牙齿似乎在放光，在暗淡的光线下泛着绿光。

托马斯再也看不下去了，他只想离开这里，可他一动也不动，呆若木鸡。

"二。"艾尔比提高了声音，充满了警告的意味。

"本，"托马斯说，拼命想搞懂这一切，"我不是……我甚至不知道……"

本尖叫一声，发出歇斯底里的狂笑。他向空中跃起，挥出了手中的刀。

"三！"艾尔比大喊一声。

弓弦颤动的声音，一个物体划破空气的嗖嗖声。那东西击中了目标，发出湿润的令人作呕的扑哧声。

本的脑袋猛地向左一偏，身体转过一个圈，迎面倒在了地上，脚对着托马斯的方向，他没有了声息。

托马斯跳起身，跌跌撞撞地向前跑去。长长的箭柄从本的脸颊上穿出来，但流出的鲜血并不如托马斯想象的那么多，只是一点点向外渗，在黑暗中透着黑色，仿佛原油一般。唯一还在动的是他右手的小指，抽搐着，托马斯忍住想要呕吐的感觉。本是因为他才死的吗？这是不是他的错？

"走吧，"艾尔比说，"装袋工明天会来处理他。"

这里刚刚发生了什么？托马斯暗想，他望着没有了生命的躯体，世界在他眼前倾斜了，我对这孩子究竟做过些什么？

他抬起头，想要得到答案，可是艾尔比已经走了，只有一根还在晃动的树枝证明他刚才曾站在这里。

托马斯从树林里回到炫目的阳光下，揉了揉眼睛。他一瘸一拐，脚踝痛得几乎要让他尖叫，可他已记不得刚才在什么时候受的伤。他举起一只手，小心地摸了摸刚才被咬的地方，另一只手捂住肚皮，似乎这能止住忍受不住的呕吐。本的脑袋被射中的样子浮现在他心中，箭以一种不自然的角度竖起，鲜血从箭柄上流淌下来，汇聚在一起，渐渐滴落，溅起在地面……

这一幕成为压垮他的最后一根稻草。

他跪倒在树林边一棵凹凸不平的大树旁，大口吐了起来，不断反胃，咳嗽着，一滴不剩地吐出了胃里令他感到发酸恶心的胆汁。他浑身发抖，似乎呕吐永远无法停止。

这时候，他脑子里忽然冒出一个念头，仿佛他的头脑也在嘲弄他，打算让事情变得更糟。

他来到林间空地已经差不多二十四小时了，也就是一整天，就是这样。回想所发生的一切，所有的事情都如此可怕。

无疑，事情只会变得比现在更好。

那天晚上，托马斯躺在地上，望着繁星闪烁的天空，不知道自己是否还能再睡得着。每一次他闭上眼睛，本可怕的样子便会蹦到他眼前，男孩疯狂的面孔充斥在他内心。无论是否睁眼，他总能听见箭头射进本的脸颊时液体四溅的扑哧声。

托马斯知道，他永远也无法忘记墓地里的那可怕的几分钟。

"说话啊。"自从他们铺开睡袋，查克已经是第五次这样说了。

"不。"托马斯的回答跟前几次一样。

"大家都知道发生了什么，这曾经发生过一两次。有些被鬼火兽叮过的闪克失去控制，攻击了别人，别以为你自己有什么特别。"

托马斯头一次觉得查克的性格从稍稍烦人变成了令人难以忍受。"查克，幸亏我这会儿没有拿着艾尔比的弓箭。"

"我只是……"

"住嘴，查克，睡觉吧。"托马斯无法去谈论这个问题。

最后，他的"朋友"真的睡着了。从林间空地上此起彼伏的鼾声判断，别的人也入睡了。几个钟头过后，已是深夜，托马斯依然是唯一一个无法入眠的人。他想哭，但却不能。他想找到艾尔比痛扁他一顿，不需要什么理由，但是也不能。他想尖叫，踢闹，吐口水，打开传送箱跳进下面无边无尽的黑暗，却仍然不能。

他闭上眼睛，强迫自己忘掉那些念头和暗影，不知到了什么时候，他睡着了。

早晨，查克不得不把托马斯拖出睡袋，拽他去淋浴，又把他拉进更衣室。自始至终，托马斯感到无精打采、无动于衷，他感到头疼，身体则需要更多的睡眠。早餐浑浑噩噩，吃完饭过后一个钟头，托马斯竟记不得自己吃了什么。他太累了，脑子里就好像被人侵入，从十几个地方敲击他的头骨，胸膛里一直有种烧心的感觉。

不过他看得出来，打瞌睡在林间空地宽阔的农场上是很让人看不惯的。

他跟纽特一起站在血屋的牲口棚前面，准备开始与守护人的第一次训练。虽然经历了难挨的早晨，他对于能了解更多情况实际感到兴奋，同时也能有机会让他不去想本和墓地。在他身边，奶牛哞哞，绵羊咩咩，猪儿也在尖叫。不远的某个地方，传来几声犬吠，托马斯暗自希望，弗莱潘可千万不要给热狗赋予某种新的含义。热狗，他心想，我上次吃热狗是在什么时候？我跟谁一起吃的？

"汤米，你在听我讲话吗？"

托马斯从恍惚中回过神来，望着纽特，天知道他已经讲了有多久，托马斯一个字也没听进去。"啊，对不起，昨晚失眠了。"

纽特装出同情的微笑。"不能怪你，刚经历了那么多糟糕的事。在那些事情之后，今天就让你全身心投入，你也许会认为我不近人情。"

托马斯耸耸肩。"工作也许是我能做的最好的事情，只要能让我转移注意力。"

纽特点点头，他的笑容变得更真实了。"你实际上跟你外表看起来一样聪明，汤米。这就是我们费尽心思把这地方管理得井井有条，让大家忙忙碌碌的原因。要是你懒惰下去，你就会感到悲伤。你应该开始忘记过去，平淡而简单。"

托马斯点点头，心不在焉地踢了一脚满是灰尘、遍布裂缝的石板地面上的一块碎石。"昨天来的女孩有什么最新的情况？"如果说有什么东西打破了这个漫长早晨的阴霾，那就是想到了她。他想了解她，搞清楚自己与她莫名其妙的关联。

"仍然在昏迷中沉睡，医护工用汤匙喂给她弗莱潘做的汤，观察她的生命状态等等。她似乎没什么大碍，只是现在依然人事不省。"

"这件事太怪异了。"要不是因为遭遇墓地与本的事件，托马斯可以肯定，一整晚他除了她之外别的什么都不会考虑。也许他依旧无法入眠，但却是因为一个完全不同的原因。他想知道她究竟是谁，他是否真的认识她。

"是啊，"纽特说，"我怀疑在这地方，怪异这个词早就见惯不惊了。"

托马斯望向纽特身后褪色的红色牲口棚，把关于女孩的考虑放到了一边。"那先做什么？挤奶还是宰几头可怜的小猪？"

纽特哈哈大笑，托马斯意识到，自从来到这地方，他还极少听到笑声。"我们总是让菜鸟从血腥的屠夫开始做起。别担心，替弗莱潘切开食物只是工作的一部分，屠夫负责一切关于小动物的工作。"

"关于我从前的生活，我什么都不记得，这很糟，说不定我以前就喜欢宰杀动物。"他不过是开了个玩笑，可纽特似乎根本没听明白。

纽特冲牲口棚点点头。"哦，等到今晚太阳下山的时候你就会什么都清楚了，我们去见见温斯顿——他是守护人。"

温斯顿是个满脸痘痘的孩子，个子不高但很强壮。在托马斯看来，守护人热爱自己的工作。他被送到这里来也许是为了做个连环杀手，他心想。

第一个钟头，温斯顿带托马斯四处转了转，告诉他各个围栏里关着些什么样的动物，鸡和火鸡的窝在哪里，牲口棚里又是如何划分的。狗是一只不招人喜欢的黑色拉布拉多犬，名叫汪汪。它从一开始便跟在托马斯脚边，这让托马斯感觉熟得也太快了。托马斯想知道这狗是从哪里来的，所以问了温斯顿。他回答说汪汪从一开始就在这里。好在它的得名只是个玩笑，因为它事实上相当安静。

第二个钟头，托马斯都在忙于应付农场的动物——喂食、打扫、修理围栏、清理克伦克。克伦克。托马斯发现自己正越来越频繁地使用林间空地的词语。

第三个钟头对托马斯来说是最难的，他不得不在一旁观看温斯顿杀一头猪，并把它的各个部位准备好用作将来的食物。走去吃午餐的时候，托马斯在心中暗暗发誓两件事情。第一，他的工作不会跟动物打交道；第二，他从今往后再也不吃来自猪身上的任何东西。

温斯顿让托马斯自己去吃饭，他自己则留在血屋，这对托马斯来说倒是没有问题。他走向东门，一路上眼前不停浮现在牲口棚的一个阴暗角落里，温斯顿啃着一只生猪脚，这家伙让他感到心惊肉跳。

刚走过传送箱，托马斯吃惊地发现，有人从迷宫左边西门进入了林间空地，他是一个胳膊强健、黑色短发的亚洲男孩，外表看比托马斯略微年长。行者刚跑进门便停下来，弯腰扶在膝盖上，拼命喘气。他的样子就好像刚跑了二十英里，满脸通红，浑身是汗，衣服湿透。

托马斯打量着他，好奇心占据了上风。他还从没有近距离观察过行者，也没有跟他们说过话。此外，按照过去两天的规律，这位行者回来的时间提前了好几个钟头。托马斯走上前，渴望会会这个人，问几个问题。

可是还没等他想好该如何开口，男孩已瘫倒在地上。

12 错误的举动

好几秒钟，男孩蜷成一团，一动不动。托马斯不知道该如何是好，在原地愣住不敢施以援手。要是这人有什么严重的问题怎么办？如果他已经被……螫了怎么办？要是……

托马斯猛地回过神来——行者显然需要帮助。

"艾尔比！"他大声喊，"纽特！有人吗？快来看看他！"

托马斯冲到男孩跟前，跪倒在他身旁。"嘿，你没事吧？"行者的脑袋耷拉在伸出的胳膊上，气喘吁吁，胸膛一起一伏。他还有意识，但托马斯从没见过有人累成这样。

"我……没事。"他在呼吸的间歇说，抬起了头，"你是谁？"

"我是菜鸟。"托马斯这才意识到，行者白天都在迷宫里，没机会亲眼目睹最近发生的事情。这家伙知道女孩的事了吗？也许……当然会有人告诉他。"我是托马斯，到这里刚两天。"

行者撑起身体，坐了起来，汗湿的黑头发贴在了头皮上。"哦，对了，托马斯，"他气喘吁吁地说，"菜鸟，你和那个小妞。"

艾尔比一路跑了过来，显得很生气。"你回来干什么，民浩？出什么事了？"

"冷静，艾尔比，"行者回答，似乎恢复了一点点力气，"帮个忙，给我弄点儿水——我把背包丢在外面了。"

可是艾尔比没有动，他在行者腿上踢了一脚，重重地，不像是在开玩笑。"出什么事了？"

"我连话都快说不出来了，呆瓜！"行者嚷嚷，声音有些嘶哑，"给我拿点儿水！"

艾尔比看了托马斯一眼，托马斯吃惊地发现，他脸上浮现出不易察觉的微笑，但立刻便消失在皱起的眉头之中了。"民浩是唯一能跟我这样讲话而不被踢下悬崖的闪克。"

紧接着，更让托马斯吃惊的是，艾尔比转身跑开了，大概真是给民浩拿水去了。

托马斯转身望着民浩。"他能容忍你这样对他颐指气使？"

民浩耸耸肩，擦掉额头上新冒出的汗珠。"你害怕那个没用的家伙？伙计，你还有很多东西要学，该死的菜鸟。"

这样的责难对托马斯的伤害超出了正常的范围，因为他认识这家伙才不过三分钟。"难道他不是这里的头儿吗？"

"头儿？"民浩嘟囔了一声，也许是在笑，"是啊，你要是愿意叫他头儿，随你的便，也许我们应该叫他总统先生。算了，算了——海军上将艾尔比，这下你懂了。"他揉揉眼睛，捂着嘴笑了。

托马斯不知道该如何继续这样的交谈——很难分清民浩什么时候在开玩笑。"如果他不是，那谁才是呢？"

"菜鸟，在你把自己搞蒙之前还是先闭嘴吧。"民浩叹了口气，似乎是烦了，紧跟着嘟囔起来，似乎是在对自己说话，"你们这些闪克干吗总是问些愚蠢的问题呢？真的好烦人。"

"那你期望我们怎么做呢？"托马斯感到怒火中烧。他好想说，就好像你刚来的时候不这样似的。

"按照要求去做，管好你的嘴，我期望会是这样。"

说到这句话的时候，民浩才第一次正视托马斯的脸，托马斯下意识地向后挪了几英寸。他立刻意识到，这是个错误的举动——他不能让这家伙以为，可以这样跟自己讲话。

托马斯跪起身，低头注视这个男孩。"是啊，我肯定你是个菜鸟的时候就是这样做的。"

民浩小心地打量着托马斯，然后直视他的眼睛说道："我是第一批到这里来的，呆货。在你搞清楚自己在说什么之前，先闭上你的臭嘴。"

托马斯感到稍稍有些害怕这个家伙，但更多的是厌烦了他的态度，他动了动身子准备起身。民浩突然伸出手来，抓住了他的胳膊。

"伙计，坐下，我只是在考验你的头脑。太有意思了，等下一个菜鸟来的时候你就会知道……"他的声音小了下去，皱起的眉头显露出若有所思的神情，"我猜不会再有菜鸟了，对吗？"

托马斯松弛下来，重新坐下。他能如此轻易就放松下来，自己也感到吃惊。他想到了那个女孩，还有纸条上说，她是最后一个。"不会有了。"

民浩微微眯起眼睛，似乎是在打量托马斯。"你见过那小妞对吗？每个人都说，也许你认识她。"

托马斯心中立刻增加了几分警觉。"我见过她了，一点儿也没觉得哪里熟悉。"他立刻便为说谎感到内疚，虽然这只是个小小的谎言。

"她火辣吗？"

托马斯犹豫了一下，他还从来没有往那方面去想过她。她人事不省，带来那张纸条，只说了一句话——一切都将痛变，可他倒是记得她漂亮的容貌。"是啊，我觉得她很火辣。"

民浩向后倒下，平躺在地上，闭上了眼睛。"是啊，你觉得。你对昏迷的小妞做了什么，对吗？"他又一阵窃笑。

"是啊。"托马斯很难判断自己是不是喜欢民浩——他的性格似乎每分钟都在变化。沉默许久之后，托马斯决定冒一个险。"那么……"他小心翼翼地问，"你今天找到什么了吗？"

民浩瞪大了眼睛，目不转睛地注视着托马斯。"你知道吗，菜鸟？这通常是你能问一个行者的最愚蠢、最白痴的问题，"他又闭上了眼睛，"不过今天是个例外。"

"你说什么？"托马斯壮起胆子，希望获得更多信息。一个答案，他心想，请给我一个答案！

"只需要等到伟大的海军上将回来，我可不喜欢把同样的话重复两遍。再说了，他也许不愿意让你听到。"

托马斯叹了一口气，这样的回答对他来说毫不意外。"那么，至少跟我说说，你为什么会这么累，你难道不是成天都在外面奔跑吗？"

民浩呻吟一声，直起身子，盘腿坐下。"是啊，菜鸟，我每天都在外面奔跑，我兴奋起来，跑得超快，累坏了。"

"为什么？"托马斯急切想知道迷宫里究竟发生了什么。

民浩抬起双手。"伙计，我告诉你了，耐心，等艾尔比将军回来。"

他的口气似乎缓和了一点，托马斯做出了决定，他喜欢民浩。"好吧，我闭嘴，只要确保艾尔比让我听听你的消息就可以了。"

民浩打量了他一秒钟："好吧，菜鸟，你说了算。"

过了一会儿，艾尔比带着一个装满水的大塑料杯子走了过来，把它递给民浩。他咕咚一口气喝光了水，连气都没喘一下。

"好啦，"艾尔比说，"说吧，究竟怎么了？"

民浩眉毛一扬，冲托马斯点点头。

"他没事，"艾尔比回答，"我不在乎这个闪克听到什么，你快说就行了！"

托马斯静静地坐在原地，期待着。民浩挣扎着站起身，每动一下便皱一下眉头，一举一动都显示出极度的疲惫。行者把身子靠在墙上，冷冷地看了两个人一眼。"我找到一个死的。"

"什么？"艾尔比问，"死的什么？"

民浩微微一笑："死的鬼火兽。"

13 驱逐谋杀者

提到鬼火兽这几个字的时候，托马斯便立刻被深深吸引了。想到那丑陋的东西就让他觉得可怕，不过他不明白，为什么找到一头死的就那么重要，难道这之前还从来没有过吗？

艾尔比的神情如同刚刚有人告诉他，他能长出翅膀，自由飞翔一般。"这可不是开玩笑的时候。"他说。

"瞧，"民浩回答，"换作我是你，我也不会相信。不过相信我，我的确发现了，又大又肥又丑。"

显而易见，这从来没有发生过。托马斯心想。

"你找到了一头死的鬼火兽。"艾尔比重复道。

"没错，艾尔比，"民浩说，言语里带着不满，"离这里两英里，靠近悬崖的地方。"

艾尔比朝迷宫外望了望，又看看民浩。"那么……你为什么不把它一起带回来？"

民浩又笑了，一半是呼噜声，一半是咯咯的笑声。"你不是喝了弗莱潘做的调味汁了吧？那些东西起码有半吨重，伙计。再说如果你不允许我出去自由行动，我才不会去碰它。"

艾尔比继续提出他的疑问。"它什么样子？金属尖刺是在身体里面还是外面？它能动吗，皮肤湿不湿？"

托马斯心中冒出了无数的问题——金属尖刺？湿漉漉的外皮？这究竟是怎么回事？不过他管住了自己的嘴，不能去提醒他们自己还在一旁，而他们该找个地方私下里说话去。

"算了吧，伙计，"民浩说，"你一定得亲眼看看去，它……太怪异了。"

"怪异？"艾尔比不解地问。

"伙计，我又累又饿，还中了暑。不过你要是想马上把它拖回来，我们说不定能赶到那儿，赶在高墙关闭前回来。"

艾尔比看了一眼手表。"最好等到明天起床。"

"这是你一星期以来说的最明智的话。"民浩靠在墙上直起身子，给艾尔比胳膊上一拳，然后有些一瘸一拐地朝大屋走去。他一边走，一边回过头说——看样子他全身正经受着疼痛。"我应该回那儿去，可是管他呢，我要先吃一些弗莱潘做的难吃的炖肉。"

托马斯感到一丝失望，他必须承认，民浩看起来的确应该得到休息，补充些食物，可他希望还能了解更多。

这时候，艾尔比突然对他转过身，把托马斯吓了一跳。"如果你了解什么情况却没有告诉我……"

托马斯厌倦了被人指责，说他了解内幕。这难道不是刚开始的问题吗？他什么都不知道。他直视男孩的眼睛，直率地问道："你干吗这么恨我？"

艾尔比脸上浮现出难以名状的表情——有疑惑，有愤怒，有震惊。"恨你？伙计，自从你出现在传送箱以来你还什么都没学会。这一切与仇恨、喜欢、爱恋、朋友什么的丝毫不相关。我们只关心一件事，那就是生存。把你懦弱的部分放开，如果你还有愚蠢的脑子的话，就动一动吧。"

托马斯觉得自己仿佛被扇了个耳光。"可是……你为什么不停指责……"

"因为这一切不可能是个巧合，呆瓜！你突然冒出来，然后第二天我们就迎来了一个菜鸟女孩，一张疯狂的字条，本打算咬你，死的鬼火兽。一定有什么事情在发生，在搞清楚情况之前我不会善罢甘休。"

"我什么都不知道，艾尔比。"在言语中加入些个人的情绪让他感觉很不错，"我甚至不知道自己三天前在什么地方，更不用说为什么民浩会找到一头叫作鬼火兽的死东西，所以请走开！"

艾尔比微微向后一仰，面无表情地看了托马斯好几秒钟，然后才说："算了吧，菜鸟。成熟一点儿，动动脑子，这绝不是在无中生有。不过要是你想起了什么，有什么觉得熟悉的东西，你最好讲出来，答应我。"

等到我找回一些真实的记忆，托马斯心想，除非我愿意分享。"是啊，我想是，不过……"

"只要对我发誓！"

说完这句话，艾尔比转身走了，不再多说一个字。

托马斯在墓地找到一棵树，树林边比较漂亮的一棵，树下有大片的阴影。他害怕回去跟屠夫温斯顿一起工作，也知道自己需要吃午饭，但在想通这一切之前，他不愿接近任何人。靠在厚实的树干上，他想要得到一阵微风，但什么也没有。

他感到眼皮发沉，这时查克破坏了他的宁静。

"托马斯！托马斯！"男孩尖叫着向他跑来，胳膊在空中飞舞，脸上写满了兴奋。

托马斯揉揉眼睛，呻吟了一声。除了半个钟头的小睡，他并不期盼得到更多。直到查克停在他面前，上气不接下气，他才抬起头来。"什么事？"

话是从查克嘴里慢慢倒出来的，在他喘气的间隙。"本……本……他没……死。"

所有倦意立刻从托马斯身上消散得没有了踪影，他站起身，面对面地问查克："什么？"

"他……没死，装袋工去处理他……箭没有射到他的脑子……医护工替他包扎了。"

托马斯扭过头，望向那片树林，昨天那个生病的男孩就是在那里攻击的他。"你一定是在开玩笑。我看见他……"他没死？托马斯不知道哪一种情感更强烈，困惑、宽慰，还是对再次遭受袭击的恐惧……

"哦，我也看过他，"查克说，"他被锁进了号子，半个脑袋都缠上了绷带。"

托马斯扭头看着查克。"号子？什么意思？"

"号子。在大屋北边，是我们的牢房。"查克朝那个方向一指，"他们马上把他关进了那里面，医护工只能在那里替他包扎。"托马斯揉揉眼睛。当他想明白自己的真实感受之后，负疚感将他压

得喘不过气来——本的死让他如释重负，他本以为自己再也不用担心去面对他。"那你们打算拿他怎么办？"

"今天早上守护人已经召开了议事会，一致做出了决定，本会恨不得那支箭射中了他的脑子。"

托马斯眯起眼睛，搞不懂查克的意思。"你在说什么？"

"他被驱逐了，就在今晚，因为试图谋杀你。"

"驱逐？那是什么意思？"托马斯必须问清楚，虽然他知道，如果查克认为这比死亡还要糟糕，那绝不是什么好事。

这时候，托马斯看见了来到林间空地之后最令人不安的一幕。查克没有回答，而是在微笑。微笑，不顾一切，不顾他刚才所说的是多么残忍。接着，他转身跑了，也许是要把这个激动人心的消息告诉别的人。

那天傍晚，在大门关闭前的半个钟头，纽特和艾尔比将所有成员聚集在东门。黄昏的第一缕暗影悄然爬上了天空，行者们刚刚归来，走进了神秘的地图室，铁门叮当作响地关闭了。民浩已经提前进入，艾尔比告诉行者们抓紧完成他们的工作——他希望他们在二十分钟内回来。

查克透露本被驱逐的消息时脸上带着笑容，这仍然令托马斯感到气愤。虽然他并不清楚那究竟意味着什么，但听起来绝不是件好事，特别是在此刻，所有人都站在离迷宫不远的地方。他们要把他送到那外面去吗？他想，去与鬼火兽做伴？

其他的人在窃窃低语，空气中弥漫着可怕的期待，紧张的情绪如同一片厚重的雾霾。可是托马斯一个字也没说，只是抱起胳膊站在那里，等待开场。他静静地站着，直到行者们从房子里鱼贯而出，一个个显得筋疲力尽，神色凝重。民浩是第一个走出来的，这让托马斯猜测，他是行者的守护人。

"把他带出来！"艾尔比喊，惊醒了托马斯的思绪。

他放下胳膊，转过身去，到处寻找本的踪影，恐惧在他心中慢慢堆积，心中在猜想那个孩子见到他之后会如何反应。

在大屋远处的一侧，三个大个子男孩出现了，实际上是拖着本一路走来的。他衣衫褴褛，几乎已直不起身，一条带血的厚绷带遮住了他半个脑袋和半张脸。他不肯放下脚，更不愿顺从。他的模样跟托马斯上次见到他的时候一样，死气沉沉，只除了一点。

他的眼睛是睁开的，而且因为恐惧而瞪得老大。

"纽特，"艾尔比用很轻的声音说，离他几英尺开外的托马斯听见了他说的话，"把长杆拿出来。"

纽特点点头，已经朝菜园的一个小工具房走去，他刚才显然一直在等待命令。

托马斯转过身背对本和警卫，可怜的男孩没有血色。他依然没有任何反抗，任由他们将他拖过庭院中间灰尘遍布的石板。他们走到人群边，把本拉起来站在艾尔比——他们的首领面前。本垂着脑袋，不肯去看任何人的目光。

"你这是咎由自取，本。"艾尔比说。他摇摇头，朝纽特走去的小屋望了一眼。

托马斯跟随他的目光看去，刚好看见纽特走出歪斜的房门。他手里拿了几根铝杆，首尾相连能够接成一根大约二十英尺长的杆。接好之后，他抓住一头上奇形怪状的东西，一路拖着它走回到了人群中间。金属杆在地面上摩擦发出的声音，让托马斯的脊梁上涌起一阵冰冷。

托马斯被这整件事吓坏了，他无法摆脱心中的负疚感——虽然他并没有做出任何激怒本的举动。这其中有什么会是他的错呢？他得不到答案，但他仍然感到愧疚，如同在他血液中蔓延的瘟疫。

纽特走到艾尔比面前，把手里的金属杆递给他。托马斯终于看清了那奇怪的附件。粗糙皮革做成的一个圆环，用硕大的钉子固定在金属上。一个大大的带扣表明，它可以打开闭合，而它的用途再明显不过。

这是个项圈。

14　最后的尖叫声

托马斯看艾尔比解开了项圈，把它套在本的脖子上。带扣关闭时发出啪的一声巨响，本终于抬起头来。他眼中有泪光在闪动，鼻孔里流下一串串鼻涕，空地人默不作声地驻足旁观。

"求你，艾尔比，"本哀求道，他颤抖的声音可怜至极，托马斯无法相信这与一天前打算咬住他喉咙的人是同一个人，"我发誓，只是痛变让我的脑子生了病。我从来没想过要杀了他——只是一时失去了理智。求你，艾尔比，求你。"

从这孩子口中说出的每一个字，都如同一记重拳击打在托马斯的五脏六腑，让他越发感到负疚与困惑。

艾尔比没有理会本，他扯了扯项圈，确保它已经扣紧，牢固地连接在长杆上。他沿着长杆从本身边走过，捡起长杆，一点点在他手掌和手指间滑过。他走到尽头，紧紧抓住它，转过身面对人群。布满血丝的双眼，因怒火而皱起的面孔，沉重的呼吸——在托马斯眼中，他竟忽然显得如此邪恶。

而另一端则是异样的景象：本颤抖着、哭喊着，旧皮革做成的粗糙项圈锁住他苍白瘦弱的脖子，接在一根长杆上，将他与二十英尺外的艾尔比连在一起。铝杆中间有些弯曲，但只有那么一点点。即便从托马斯站的地方来看，它也是出奇的结实。

艾尔比用几乎算得上隆重的声音大声说，没有看任何人，但同时又是在注视每一个人："建筑工本，你因企图谋杀菜鸟托马斯而被判驱逐。守护者已经表态，而他们的决定不会改变。你不能再回来，永远。"长长的停顿，"守护人，在驱逐杆边各就各位。"

托马斯与本的关联变得如此公开，他痛恨这一点——痛恨他所感受到的罪责。再次成为众目睽睽的焦点，这只会给他带来更多的怀疑，他的罪恶感化作了愤怒与责难。最重要的是，他只希望本离去，希望马上结束这一切。

一个接一个，几个男孩走出人群，向长杆走去。他们用两手紧紧抓住它，仿佛是在准备进行一场拔河比赛。纽特是其中之一，还有民浩——这确认了托马斯刚才的猜测，他的确是行者们的守护人。屠夫温斯顿也占据了一席之地。

所有人就位之后——十位守护人均匀散开在艾尔比和本的周围——气氛变得沉默而寂静，只听见本低泣的声音。他不停去擦鼻子和眼睛。他左顾右盼，但脖子上的项圈让他无法看到铝杆和身后的守护人。

托马斯的情感又在变化，这样对待本显然有什么不对。他凭什么该得到这样的下场？难道不该为他做些什么吗？托马斯在今后的日子里会不会感到自责？快点结束，他在心中尖叫，马上结束吧！

"求你，"本说，绝望地提高了声音，"求……你！有谁帮帮我！你们不能这样对我！"

"闭嘴！"艾尔比在身后怒吼。

可是本没有理会，他开始拉扯脖子上的皮带项圈，恳求得到帮助。"什么人让他们住手！救救我！求你们！"他的目光扫过一个接一个人，眼神在哀求。每个人都无一例外地避开了他的目光。托马斯连忙躲到一个高个子男孩身后，不愿面对他。我无法再正视他的眼睛，他心想。

"如果让你这样的蠢货逃脱惩罚，"艾尔比说，"我们就不可能生存到现在。守护人，准备。"

"不，不，不，不，不，"本一直在说，压低了嗓子，"我发誓，我愿意做任何事情！我发誓再也不那样干了！求……"

他尖厉的哭声被东门开始关闭的隆隆声打断了，石头上火花四溅，右侧的高墙向左边滑动，发出雷鸣般的响声，准备在夜里将林间空地与迷宫阻隔开来。大地在脚下震撼，对于即将发生的一切，托马斯不知道自己是否还能看得下去。

"守护人，行动！"艾尔比大喊一声。

本被猛地向前一推，他的脑袋向后仰去。守护人将长杆朝林间空地外的迷宫推去。本的嗓子里发出近乎窒息的呼喊，压过了关闭的大门。他向前跪倒，但却被前面的一个黑色头发的大个子守护人拉了起来，对他一阵怒吼。

"不！"本尖叫，他不停挣扎，嘴里口沫四溅，用双手使劲拉扯项圈。然而守护人合在一起的力量太大了，迫使这个被宣判的男孩一步步接近林间空地边缘，右侧的高墙已几乎挪到了同样的位置。"不！"他一声接一声地尖叫。

他试图用脚顶住门口，但只坚持了不到一秒钟。长杆突然一歪，将他送进了迷宫。很快，他便四脚着地趴在了林间空地之外，身体拼命挣扎，试图挣开项圈，大门再过几秒钟便会死死关闭。

随着最后一记猛烈的挣扎，本终于在项圈中扭过了脖子，转过整个身体面对所有人。托马斯无法相信他面对的依然是一个人类——本眼中的疯狂，从他嘴里横飞的唾液，紧绷在苍白皮肤下的血管与骨骼，他的模样有如托马斯所能想象的任何异类。

"顶住！"艾尔比大叫。

本不停地尖叫，那声音尖锐刺骨，托马斯不得不捂住了耳朵。那是野兽般疯狂的吼声，无疑会将他的声带撕成碎片。在最后一秒，前面的守护人松开了长杆与项圈的连接部分，将长杆拉回了林间空地，让那孩子被放逐。高墙在可怕的隆隆声中关闭了，本最后的尖叫声戛然而止。

托马斯紧紧闭上双眼，惊异地发现，泪水已经淌下了他的脸颊。

15 成为一名行者

　　这已是连续第二天的晚上，托马斯心中带着无法磨灭的本可怕的面孔入眠，这一切在折磨着他。如果不是因为那个男孩，事情现在究竟会有什么不同？托马斯几乎要说服自己，他会非常满意、开心、积极地去了解自己的新生活，把成为行者当作奋斗的目标，几乎……在内心深处他知道，本只不过是他诸多问题中的一小部分。

　　可现在他走了，被驱逐到鬼火兽的世界当中，被送到它们捕食的地方，成为它们随心所欲的受害者。虽然他有很多的理由瞧不起本，但更多的却是替他感到难过。

　　托马斯无法想象那样的后果，在那最后的一刻，本在发疯似的抽动，吐唾沫，尖叫，从这一点上考虑，他不再怀疑林间空地那一条规则的重要性——那就是除了行者之外，别人不得进入迷宫，即便行者也只能是在白天。无论如何本已经被蜇过一次，这意味着他也许比任何人都清楚自己最后的结局。

那个可怜的家伙，他心想，那个可怜，可怜的家伙。

托马斯打了个冷战，翻过身。他想得越多，成为行者便越发不像是个好主意。可是，这个使命依然在召唤他，令人费解。

第二天一早，黎明的曙光刚刚升起在天空，林间空地里工作的嘈杂声便从沉睡中唤醒了托马斯。这是他来之后睡得最沉的一天。他坐起身，揉了揉眼睛，摇摇头想摆脱晕乎乎的感觉。他放弃了，又躺回了地面，希望不要有人来打扰他。

这只持续了不到一分钟。

有人拍了拍他的肩膀。他睁开眼，发现纽特正低头望着他。又怎么了？他心想。

"起来，你这条懒虫。"

"是啊，早上好，现在几点了？"

"七点，菜鸟，"纽特带着嘲笑的口吻说，"经过了难挨的两天，你以为我会让你睡懒觉？"

托马斯一骨碌坐起身，痛恨自己无法再躺上几个钟头。"睡懒觉？你们是什么人啊，一群农夫吗？"农夫——他怎么会记得这么多关于农夫的事？又一次，失忆让他感到懊恼。

"呃……是啊，既然你都提到了。"纽特一屁股坐在托马斯身边，盘起双腿。他一声不吭地坐了一会儿，倾听忙碌的嘈杂声在林间空地上响起。"今天要把你跟挖土工放在一起，菜鸟，看看这是否比切开血淋淋的猪猪更适合你的爱好。"

托马斯已经厌倦了被人像孩子一样对待。"你不是该停止那样称呼我了吗？"

"什么？血淋淋的猪猪？"

托马斯勉强笑笑，摇了摇头说："不，菜鸟。我已经不再是这里最后来的人了，对吗？那个昏迷的女孩才是。叫她菜鸟，我的名字是托马斯。"关于女孩的念头涌上他心头，让他回想起心中与她的联系，一种莫名的哀伤将他淹没了。他似乎在想她，希望见到她。这说不通，他心想，我甚至不知道她的名字。

纽特向后靠去，眉毛一扬。"告诉我，你过了一夜就变得有种了，对吗？"

托马斯没有理他，说："挖土工是什么？"

"就是那些在菜园里拼命干活的人——耕地、除草、播种什么的。"

托马斯朝那个方向点点头。"谁是他们的守护人？"

"扎特，这人不错，只要你工作不偷懒就成，他就是昨晚站在最前面的大个子。"

托马斯没有说话，他希望能度过一整天，不用去谈论本和驱逐的事。这个话题只会让他感到不适与内疚，所以他转变了话题。"为什么是你来叫醒我？"

"怎么，早上醒来第一件事不是想看见我的脸？"

"不怎么喜欢，所以……"他还没说完这句话，高墙开启的轰鸣声便将他打断了。他朝东门的方向望去，似乎在期盼能够看见本出现在高墙的另一边。可是，他看到的是民浩在做热身。托马斯发现他走到墙外，捡起个什么东西。

那是连接着项圈的一段铝杆，民浩看来满不在乎，将它扔给另一个行者。那人跑回来，把它放回了菜园附近的工具屋。

托马斯回头看了看纽特，感到不解。民浩怎么能对这一切表现得如此漠然？"究竟……"

"只有过三次驱逐，汤米。全都跟你昨晚见到的一样令人不快。然而每一次，鬼火兽都会把项圈留在门口的台阶上，这比任何事情都让人感到害怕。"

托马斯不得不赞同他的说法。"它们抓到了人之后会把他们怎么样？"他真的想知道这一点吗？

纽特只是耸耸肩，他的淡然并不令人信服，他更可能只是不愿去谈及这一点。

"那就跟我说说行者。"托马斯突然说，这句话仿佛是凭空冒出来的。他没有动，不过他感到一种奇怪的冲动，想为突然转换话题而道歉。他希望了解他们的一切。即便在经历过昨晚，即便在透过窗户见过鬼火兽之后，他依然想知道一切。他心中的冲动很强烈，虽然他不明白其中的原因，似乎他生来就是为了成为一名行者。

纽特犹豫了一下，显得有些不解。"行者？为什么？"

"我就想知道。"

纽特脸上露出怀疑的神色。"那些家伙，都是精英中的精英。必须如此，一切都要靠他们。"他捡起一块碎石，随手扔了出去，心不在焉地看它在地上弹了几下，不动了。

"那你为什么不是？"

纽特的目光回到了托马斯身上，犀利异常。"直到我几个月前腿受了伤，从那以后就再也无法恢复到从前。"他弯下腰，若有所思地揉了揉右脚踝，脸上闪过一丝痛苦的神色。那神色让托马斯觉得更多是来自记忆之中，而非身体仍能感到的痛楚。

"怎么弄的？"托马斯问。他觉得要是能让纽特说得越多，自己就能从中了解到越多。

"在鬼火兽中间奔跑，除了这还会有什么别的？我差一点儿被抓住。"他顿了一下，"一想到可能经历痛变，这念头仍然让我不寒而栗。"

痛变，托马斯觉得这也许能比别的任何话题为他带来更多的答案。"那究竟是什么呢？什么样的痛变？是不是每个人都会像本那样发疯，开始杀人？"

"本比其他人都要严重得多，不过我以为你想谈论的是行者。"纽特的口气是在警告，关于痛变的谈话已经结束。

这反倒让托马斯更加好奇，虽然他并不介意回到行者的话题上。"好吧，我洗耳恭听。"

"正如我说的，精英中的精英。"

"那你们怎么办？测试每一个人，看他们跑得有多快？"

纽特对托马斯露出不屑的神色："拿出点儿智慧好不好，菜鸟？汤米？不管你喜欢我叫你什么。能跑多快只是其中的一部分，事实上是很小一部分。"

这激起了托马斯的兴趣。"什么意思？"

"我说的精英中的精英，是指在所有方面。要想在迷宫中生存，你必须机智、敏捷、强壮，必须是个决策者，懂得多大的险值得去冒，不能不计后果，但也不能胆小怕事。"纽特伸直了腿，用双手撑住身体，"那外面非常可怕，你知道吗？我可一点儿也不怀念那地方。"

"我以为鬼火兽只在夜里才出来。"无论是不是天意，托马斯不愿撞上这些东西。

"是啊，通常是这样。"

"那为什么那地方还那么可怕？"他还知道些别的什么？

纽特叹了一口气。"压力，紧张，迷宫的布局每天都不一样，必须在心中规划出一切，想办法带我们走出这里，还有地图需要费尽心思。最糟糕的是，你总害怕自己无法返回。一个普通的迷宫就已经够难应付了，如果它每天晚上都发生变化，只要心智犯上两个错误，你就要跟这些恶毒的鬼火兽一起过夜了。没有空间与时间让你尝试，开不得半点玩笑。"

托马斯皱起眉头，他不太明白自己内心的动机为何会催他继续——特别是昨晚过后，他依然能感觉到它，无处不在。

"你为什么这么感兴趣？"纽特问。

托马斯犹豫了一下，思考着。他害怕再次大声说出这句话："我想成为一名行者。"纽特扭过头注视着他的眼睛，"你到这里来还不到一礼拜，闪克。对于求死的愿望来说还太早了一些，你不觉得吗？"

"我是认真的。"这件事托马斯自己也讲不通，但他却发自内心地希望去做。事实上，成为行者的愿望是唯一驱使他向前的动力，帮助他接受现实的困境。

纽特依然目光如炬地注视着他。"我也是，算了吧。从没有人在来的第一个月就成为一名行者，更别说第一个星期了。在我们把你推荐给守护人之前，你还需要证明很多东西。"

托马斯站起身，开始叠起他的卧具。"纽特，我是当真的。我不能成天去拔草——我会发疯。在被那个金属箱子送到这里之前我做过什么，我一无所知，但我的内心告诉我，成为行者是我的宿命，我能做到。"

纽特坐着没动，眼也不眨地望着托马斯，并没有提议要给他帮助。"没人说过你不能，不过现在最好还是先放一放。"

托马斯感到心中的急躁情绪在涌动。"可是……"

"听着，在这件事上请相信我，汤米。要是你在这地方走来走去，瞎扯说你的能力远远不止于做个农夫，你又如何如何优秀，准备好做个行者——你会给自己树立很多敌人，暂时先忘了它吧。"

树敌是托马斯最不愿见到的情况，不过他依然不肯放弃，他决定换个方式。"好吧，我去跟民浩谈谈。"

"很好的尝试，你这烦人的闪克。行者是在议事会上选出来的，如果你认为我就算得上冷酷无情，他们会当你的面嘲笑你。"

"你们都会知道，这正是我的特长，让我等待是在浪费时间。"

纽特站起来跟上托马斯，把一根手指戳在他脸上。"你听我一句，菜鸟，你听好了吗？"

让人吃惊的是，托马斯并没有感觉这句话是个威胁。他白了纽特一眼，但点了点头。

"你最好别再这样胡说，趁其他人还没有听到。这地方不是以这种方式在运转，我们所有的存在取决于按部就班。"

他停顿了一下。托马斯没有说话，害怕他见识过的说教即将开始。

"秩序，"纽特接着说，"秩序，你必须在你的呆瓜脑袋里不断重复这个字眼。我们在这里还神志健全的原因，是因为我们不惜代价维持秩序。秩序是我们驱逐本的原因，不能让疯子在这里到处乱跑，试图杀死我们的人，我们能那样吗？秩序，我们最不希望看到的就是你把这儿搞砸。"

托马斯心中的固执退去了，他知道是该闭嘴的时候了，他只说了一个字："是。"

纽特在他后背上拍了一巴掌。"我们做个交易。"

"什么？"托马斯感到希望又在升起。

"你闭上你的嘴，只要你表现出一些能力，我就把你加进潜在受训者的名单。如果你不管好自己的嘴，我会确保你永远见不到那一天，成交？"

托马斯痛恨等待，他不知道这将是多久。"这是个很烂的交易。"

纽特眉毛一扬。

托马斯终于点点头。"成交。"

"来吧，我们去弗莱潘那儿找点儿吃的，希望我们不要被噎死。"

那天早上，托马斯终于见到了臭名昭著的弗莱潘——只是远远地。那家伙正忙得热火朝天，给一群饥肠辘辘的人准备早餐。他肯定不到十六岁，但已经长出了大胡子，身上也到处钻出了体毛，仿佛每一个毛囊都在拼命逃脱他沾满了食物污渍的衣服的束缚。他不像是世界上最爱卫生的人，却要负责所有的烹调，托马斯想。他在心中暗暗记下，一定要当心在饭菜中可能出现的恶心的黑头发。

他和纽特在厨房外的一张野餐桌旁加入查克，这时一群空地人起身朝西门跑去，情绪激动地谈论着什么。

"出什么事了？"托马斯问，冷淡的反应令他自己感到吃惊。在林间空地，不断发生的新情况成了生活的组成部分。

纽特耸耸肩，津津有味地吃起了鸡蛋。"只是给民浩和艾尔比送行——他们要去查看那头死的鬼火兽。"

"嘿，"查克说话的时候，一小片熏肉从嘴里飞了出来，"对这一点我有个问题。"

"什么，查克？"纽特带着点讥讽的口吻问，"你的问题是什么？"

查克似乎在沉思。"嗯，他们发现了一头死鬼火兽，对吗？"

"是的，"纽特回答，"谢谢你分享这条新闻。"

查克出神地用叉子在桌上敲打了几下。"那么是谁杀死了那愚蠢的东西呢？"

问得好。托马斯心想。他在等待纽特给出答案，但是没有。他显然也毫无头绪。

16　会移动的墙

托马斯一上午都和菜园守护人一起"往死里干活"——纽特喜欢这么形容。在本被隔绝期间，扎特——个头挺高，一头黑发——一直站在瞭望杆前面，不知道为什么，浑身散发着酸牛奶味。他寡言少语，只是在托马斯能独自干活后，给他看了看那些常青藤绳。除草，修剪杏树，播种西葫芦种子，采摘蔬菜——这些活他都不喜欢，忙的时候也主动忽略身边一起的人，但厌恶的程度远比不上他在血屋时为温斯顿做的事。

在和扎特一起给一排长长的玉米苗除草时，托马斯觉得这是个问问题的好时机，扎特这个人似乎很好接触。

"那么，扎特……"他开口了。

这位守护人抬头看了他一眼，又埋头继续工作。这孩子眼睛无神，一张长脸——也不知怎的天生长着一副无聊的样子。"怎么了，菜鸟，你想干吗？"

"这儿一共有多少守护人啊？"托马斯装作漫不经心的样子问

道，"都能做什么工作？"

"嗯，这儿有建筑工，杂活手，装袋工，厨子，画地图的，医生，承重工，血屋人。当然，还有行者。也许还有其他工种，我不是很清楚。我大多数时候都是一个人，忙自己的事。"

有的工种一看名字就知道是干什么的，有几个托马斯不明就里。

"杂活手是干吗的？"他知道查克就是干这个的，但查克从不提起，甚至抗拒谈论自己的工作。

"做不了其他活的小子就干这个——打扫厕所，清理洗澡的地方，擦厨房，杀戮过后打扫血屋，什么都干。我向你保证，和这些怂货一起待上一天，你绝不想再去干那份工作。"

托马斯对查克不由得产生了愧疚感，为他感到难过。那孩子一直在努力，想成为大家的朋友，但似乎没人喜欢他，甚至都不会注意到他的存在。没错，他是喜欢大惊小怪，话也特别多，但正是他的存在让托马斯感到高兴。

"承重工呢？"托马斯边问边拔出一根粗大的草，带出好多泥巴。

扎特清了清嗓子，一边回答手里还不忘继续忙活。"他们负责菜园里的一切重体力活，挖沟渠之类的。其他时间他们会做点儿其他的活。事实上，许多空地人都做不止一份工作，有人跟你说过吗？"

托马斯不理睬他的问题，决定问到越多的答案越好，继续向他发问。"装袋工呢？我知道他们负责处理死人，但总不会死那么多吧，不是吗？"

"这些人就是最诡异的人群了。他们的工作有点像护卫，又有点像警察。不过大家喜欢称呼他们装袋工。那天我过得挺有意思的，兄弟。"说到这儿，扎特偷笑起来。托马斯第一次听说他也干过这个工作——就算是个猜想，可能性也是挺高的。

托马斯心里有很多问题，太多太多，但查克和空地的其他人什么解答都不想给他。

幸好遇上了扎特，他好像很愿意说话。可突然间，托马斯不想开口了。不知怎的，那女孩再次跃进了他的脑海，完全出乎他的意料。接着，他想到了本，想到了死去的鬼火兽。鬼火兽死了，这应该是件好事，可大家的表现并非如此。

他的新生活真是一团糟。

他深深地、长长地吸了口气。干自己的活吧，他想。他埋头苦干起来。

傍晚时分到了，托马斯累得只想倒下——这一天他都弯着腰，在泥土里用膝盖前进，这份工作真的很让人沮丧。哦，再想到血屋以及所谓菜园，他的心情更是差到极点。

行者，休息时他想道，就让我做个行者吧。突然他发现自己的这个愿望很强烈，强烈得都让他觉得荒唐。他并不能理解，也不知道为什么会有这个想法，只是那种感觉让他无法摆脱——对那女孩也是同样的想法。他摇摇头，把这些心思暂时搁置一旁。

他累得浑身酸软，向厨房走去，准备弄点儿吃的，喝点儿水。尽管两小时前刚吃过午饭，但此时的他还是能再大吃一顿，吃一头猪也许都不在话下。

他咬了一口苹果，走到查克身边，一屁股坐下。纽特也在，不过他独自坐着，不理周围的人。他双眼发红，额头满是深深的皱纹。托马斯看着纽特咬起了手指——这个大男孩以前从未这么做过。

查克注意到纽特有些不对劲，问出了托马斯心里的问题。"他怎么了？"他低声问道，"看起来跟你刚被送出传送箱的表情一模一样。"

"我哪知道？"托马斯回应道，"你干吗不直接问他？"

"你们讲的每个字我都能听见，"纽特大声说道，"怪不得大家都讨厌睡在你们这些臭脸鬼旁边。"托马斯感觉自己就像行窃当场被捉一样，不过他真的挺着急的——纽特是空地里他喜欢的为数不多的人中的一个。

"你怎么了？"查克问，"无意冒犯，不过你看起来真像被人打过一样。"

"都是因为这世界上的一切美妙的生物。"他答道，随即发起呆来，久不言语。就在托马斯准备再问一个问题，催促纽特说话之时，他又开口了。"那个从传送箱里冒出来的女孩一直在呻吟，嘴里冒出的都是些奇怪的话，可就是醒不过来。医生尽力喂她吃东西，可她吃得越来越少。我跟你说，她有什么地方不对劲。"

托马斯低头看看手中的苹果，咬了一口。苹果变得酸涩起来——他意识到自己开始担心那个女孩了，担忧她的安危，那感觉就好像自己早已认识她一样。

纽特长长地叹了口气。"管他呢，这还不是真正让我烦心的事。"

"那是什么呢？"查克问。

托马斯身子往前一倾，好奇心让他暂时忘记了那女孩。

纽特看向迷宫的一个出口，眼睛一眯。"艾尔比和民浩，"他喃喃道，"他们一个小时之前就应该回来的。"

托马斯还没反应过来，工作又开始了，他又拔起了野草，一边干活，一边倒数计时。他的眼睛时不时地看向西门，密切关注着那儿有没有艾尔比和民浩的动静，纽特的担忧也影响到了他。

纽特说他们本来中午时分就该回来的，有充足的时间去查看鬼火兽的尸体，一两个小时就够了，完了就回来。可到现在两人都没回来，怪不得他满面愁容。查克说，也许他们还在外面探险，遇到了什么有趣的事，纽特严厉地看了他很久。托马斯在旁边看着，都觉得那眼神能把查克点着。

他永远都不会忘记紧接着出现在纽特脸上的表情。托马斯问，为什么纽特和其他人不直接进迷宫去找他们的朋友，纽特的脸上一下子写满了惊恐——脸颊一下子陷了下去，面色灰黄。过了一会儿，等表情恢复正常了，他解释道，往外派搜寻分队的做法是被严令禁止的，这么做只会导致失踪人数变多，可他脸上那恐惧的表情毋庸置疑。

纽特害怕迷宫。

不管外面那个世界对他造成了什么影响——也许和他久病不愈的脚踝有关——那影响都是极其可怕且深远的。

托马斯努力控制思绪，让自己不要多想，把注意力放在拔草上。

那天的晚餐气氛非常严肃、沉闷——和食物本身无关。弗莱潘和他手下的厨子们为大家做了一顿大餐，有牛排、土豆泥、青豆，还有热面卷。托马斯很快明白，弗莱潘的烹饪技术就是个笑话。平时大家有什么吃什么，吃完了还要。但今天，人们就像复生后的死人，吃完最后一餐就要被送往地狱，和魔鬼为伍。

行者都按时回来了，他们一批批进入空地，纽特从这扇门窜到另一扇门，毫不掩饰自己的惊慌——这一切都被托马斯看在眼里。只是艾尔比和民浩一直都没出现。纽特命令大家继续吃饭，吃掉弗莱潘提供的晚餐，他会一直站着，密切观察，等待着那久而未归的两人。没有人说话，但所有人都心照不宣，就连托马斯都知道，没多少时间了，门很快就要关上了。

托马斯不情不愿地和其他孩子一起，遵守命令，与查克、温斯顿坐在南面的野餐桌上吃着晚餐。他勉强吃了几口，再也受不了了。

"他们还没回来，我却坐在这儿，我受不了了。"他把叉子丢进盘里，"我要和纽特一起在门口等着。"他站起来，往外走。

不出所料，查克紧随其后。

他们在西门发现了纽特，他正来回走着，双手不停地捋着头发，他看着托马斯和查克走了过来。

"他们到底在哪儿？"纽特说，声音细小，透着紧张。看到纽特如此关心艾尔比和民浩的安危，就好像和他们有血缘关系一样，托马斯不由得感动了。"为什么不派一支救援队出去？"他再次建议道。就这么等着、担心到死实在太蠢了，有这个时间不如派人出去找他们。

"该死的……"纽特刚准备一番咒骂，又闭上了嘴，他紧闭双眼，深深地吸了一口气，"我们不能那么做，知道吗？别问了。这百分之百违背了规定，特别是在门即将关闭的时刻。"

"可是为什么不能？"托马斯不依不饶，他不敢相信纽特居然会这么固执，"他们一直在那儿，万一被鬼火兽发现怎么办？我们不应该做点什么吗？"

纽特看向他，满脸通红，眼睛里灼烧着怒火。

"闭嘴吧，菜鸟！"他吼道，"你来到这儿还不够一周时间！你觉得我不会为他们拼命？"

"不……我……对不起，我不是那个意思……"托马斯不知道该说什么，他只是想帮忙而已。

纽特的表情变得柔和起来。"你还不明白，汤米。晚上到外面去无异于赴死，这么做只是浪费生命。这些傻蛋要是不回来……"说到这儿他停了下来，似乎在思考要不要把大家的心里话说出来，"他们发过誓，我也发过，所有人都一样——你也是，在你第一次参加议事会、被守护人选中时。夜间绝不外出，不管发生什么都不出去。永远不要。"

托马斯看了一眼查克，此时他的脸和纽特一样苍白。

"这话纽特不说，"男孩开口道，"那就我来说吧。如果他们不回来，就意味着死亡。民浩很聪明，绝对不会迷路，这事不会发生在他俩身上。也就是说，他们已经死了。"

纽特一言不发，查克低垂着头，转身向大屋走去。死了？托马斯心里嘀咕道。情势一下子变得严峻起来，他不知该如何应对，心里仿佛多了一个空荡荡的大坑。

"这闪克说得没错，"纽特严肃地说，"我们晚上绝对不能出去，不能再雪上加霜了。"

纽特一手搭在托马斯肩头，又无力地垂了下去，他的眼睛湿润了。托马斯的记忆尽管依旧是模糊的，但他敢肯定，他这辈子都没见过一个人这么悲伤过。夜色沉重，这也是托马斯真实感受的写照。

"再过两分钟门就关上了。"纽特说。这话言简意赅，就像被风吹起的裹尸布一样，飘在空中。说完他走开了，耸着肩，陷入了沉默。

托马斯摇摇头，再次看向迷宫。他对艾尔比和民浩还不熟，但一想到他们还在外面，被第一天来这儿时看到的可怕鬼火兽杀死了，胸口就一阵疼痛。

一声巨响平地而起，托马斯吓了一跳，思绪中断。接着，传来一阵刺耳的吱吱嘎嘎声——是石头间摩擦发出的声音。门要彻底关上了。

右边的墙擦着地面隆隆而过，土石纷飞。上下排列的连接杆——密密麻麻，几乎都排到天上去了——慢慢向左边墙上的洞口靠近。一旦闭合，再次打开就是第二天早上的事了。托马斯再一次怀着敬畏看着这面巨大的会移动的墙——它违背物理常识，看起来绝对不可能出现这样的东西。

突然，他的眼睛在左侧捕捉到一丝动静。

迷宫里有什么东西在动，正沿着面前这条长长的通道过来。

起初，他心里漫过一阵惊恐。他担心可能是鬼火兽来了，不由得往后一退。慢慢地，黑影逐渐有了形状，是两个人。他们正跌跌撞撞地往门这边赶。托马斯眯起双眼，透过恐惧的疑云，看清了他们：是民浩，艾尔比的胳膊在他肩头垂下，他几乎是在拖着艾尔比往前走。民浩抬起头,发现了托马斯,托马斯的眼珠都快瞪出来了。

"它们袭击了他!"民浩吼道,声音明显气力不足,整个人都快虚脱了,迈出的每一步看起来都像是最后一步。

剧情转变太大,托马斯有些发怔,过了一刻才反应过来。"纽特!"他终于喊了起来,强迫自己不去看民浩和艾尔比,"他们来了!我看见他们了!"他知道他应该冲进迷宫,去帮他们,可那"不要离开空地"的规定深深印在了他的脑海里。

纽特已经回到了大屋,一听到托马斯的呼唤,立马转身,跟跄着跑了过来。

托马斯再次看向迷宫,心里充斥了恐惧。艾尔比从民浩手里滑落下去,摔倒在地。托马斯看着民浩挣扎着想把艾尔比扶起来,可没有用,他放弃了,索性直接拽着艾尔比的胳膊往前走。

可他们离出口还有一百英尺远。

墙体快要闭合,托马斯希望那速度能再慢些,可看起来却像是越移越快。离彻底关闭就剩几秒的时间了,想及时赶回来根本不可能,完全不可能。

托马斯看向纽特:他跛着脚,正尽力跑着,才跑了一半的路。

他看向迷宫,看着不断靠近的墙。还有几英尺,就彻底关上了。

民浩在前面挪着步子,不幸摔倒。他们回不来了,时间到了,一切到此为止。

纽特的呼喊声从托马斯身后传来。

"不要啊,托马斯!你敢!"

右边墙上的连接杆就像急着回家的胳膊一样，拼命往小洞那里伸，好像那里就是它们夜晚休息的地方。沉重的摩擦声响彻空中，震耳欲聋。

五英尺，四英尺，三……二……

托马斯知道自己别无选择。他迈开步子，向前进。在最后关头，他从连接杆中挤了过去，踏进了迷宫。

墙在他身后紧紧闭上，底部被常青藤覆盖的巨石碰撞在一起，那声音仿佛疯狂的笑声，久久回荡。

17　唯一活命机会

恍惚间，托马斯觉得整个世界都静止了。墙体隆隆合上，随之而来的是沉重的沉默，似乎有黑纱掩盖了天幕，连太阳都被隐藏在迷宫里的生物吓退。夜色降临，巨大的墙体就像是块碑石，矗立在为巨人建造的陵墓里，被老藤覆盖着。托马斯背靠着粗糙的石头，不敢相信自己刚做了什么，结果如何他不知道，那感觉让他不知所措。

心里充满了恐惧。

前面传来艾尔比一声凄厉的喊声，托马斯赶忙看去，民浩也在叫喊。托马斯手一推墙，往前跑去。

民浩已经撑着自己站了起来，他状态很差，即便光线昏暗，那惨状依旧清晰——大汗淋漓，一身尘土，到处都是伤。躺在地上的艾尔比看起来更糟：衣服成了碎片，胳膊上满是被利器割开的伤口和瘀青。托马斯不由自主地颤抖起来，难道艾尔比被鬼火兽袭击了？

"菜鸟，"民浩说，"你要是觉得自己跑出来是勇敢的表现，听好了，你是我见过的最傻、最蠢的蠢蛋。现在你跟我们一样，和死没什么差别了。"

托马斯脸一热——他至少该听到几句感激的话吧？"我不能就坐在那儿，看着你们死吧？"

"你来了对我们又有什么好处？"民浩翻了个白眼，"算了吧，伙计。违背第一条规定和自杀也没什么区别，随便吧。"

"不用谢！我只是想帮帮忙。"托马斯真想给他脸上来一脚。

民浩勉强挤出一个苦涩的笑容，在艾尔比身边跪了下来。托马斯近距离观察了一下已经晕过去的艾尔比，才发现形势有多严峻——他正在死亡边缘徘徊。黝黑的皮肤连颜色都变淡了，呼吸急促。托马斯也绝望了。"发生什么了？"他忘记了心中的怒火。

"不想说，"民浩查了查艾尔比的脉搏，又弯腰听他的心跳，"这么说吧，鬼火兽现在变得挺会装死的。"

托马斯有些吃惊。"那他是……被咬了？被蜇了？还是什么？他正在经历痛变吗？"

"你要学的还有很多。"民浩只说了这么一句。

托马斯真想放声大叫，他知道他要学的还有很多——所以才会问问题啊。"他会死吗？"他逼着自己问出了这句话，声音微弱而空洞。

"我们没能在日落之前赶回去，可能吧。也许要再过一个小时——我不知道拿到血清得等多久。当然了，我们都会死，所以你也不要为他哭了。没错，要不了多久我们都会成死人。"他冷漠地说，托马斯难以消化这些话的意思。

很快，对现实的恐惧唤醒了托马斯，他觉得自己都快腐烂了。"我们真的会死吗？"他难以接受这个事实，"你的意思是，我们一丝希望都没有了？"

"没有。"

托马斯看他总是这么消沉，有些气恼。"哦，得了吧——我们总能做点儿什么。会有多少头鬼火兽？"他看向通往迷宫深处的走道，似乎一说起鬼火兽，它们就会循声而来。

"不知道。"

托马斯突然想起了什么，这想法给了他希望。"但是……本呢？还有盖里，其他人被袭击了后不是也活下来了吗？"

民浩抬头看着他，那眼神仿佛在说，他比母鸡还蠢。"你没听到我刚说的话吗？他们都在日落前赶回去了，你这个笨蛋。赶回去，拿到血清，他们都是这样才活下来的。"

托马斯琢磨着血清的含义，说出口的却是另一个问题。"我以为鬼火兽只在夜间出动。"

"那你想错了，闪克。它们总是晚上出来，并不意味着白天就不出动。"

托马斯控制自己，不让自己陷入民浩的绝望情绪里——他不想就此放弃，就这么死掉。"就没有其他人晚上被关在墙外活下来过？"

"从来没有。"

托马斯一下子难过起来，真希望能找到一线希望。

"那一共死了多少人？"

民浩看向地面，手撑在膝盖上。显然他已经筋疲力尽，已经有些眩晕了。"至少十二个，你没去过墓地吗？"

"去过。"看来他们都是这么死的。他暗自想道。

"这么说吧，这些都只是我们找到的。还有更多尸体没被我们找到。"民浩指向已被关得死死的空地，"我们把那块该死的墓地设在树林里是有原因的。要是每天都看到自己惨死的朋友，那就没人能过上开心的日子。"

民浩站起来，抓住艾尔比的胳膊，冲他的脚点了点头。"你抓住那双臭脚丫，我们得赶快把他抬到门那儿去。至少明天早上他们能找到具尸体。"

托马斯不敢相信自己居然听到这么一句病态的话。"怎么能这样？"他转了个圈，冲着墙吼道，他觉得自己就快崩溃了。

"别号了，你应该遵守规定，就待在里面。好了，把他的腿抬起来吧。"

托马斯胃里一阵抽搐，他皱着眉头，听民浩的话抬起艾尔比的脚。他们半抬半拽，把那具生命气息几近全无的身体抬到了一百英尺开外，放进墙门的缝隙里。民浩把他抬起，靠墙半坐着。艾尔比胸腔起伏，勉强呼吸着，皮肤被汗水浸湿了，看来他撑不了多久了。

"他哪儿被咬了？"托马斯问，"你看得见吗？"

"首先它们不咬人，它们螫人。答案是，不，你看不见，他全身大概有几十处伤。"民浩抱胸靠墙站着。

不知怎的，托马斯觉得"螫"比"咬"听起来严重多了。"螫？什么意思？"

"伙计，看了你就明白我的意思了。"

托马斯指向民浩的胳膊，又指了指他的腿。"那……鬼火兽为什么没螫你？"

民浩伸过手来。"谁说没有——也许再过一秒我也会晕过去。"

"它们……"托马斯刚开了个头，又不知该说些什么。他说不上来，不知道民浩的身体有没有变糟。

"没有什么它们，只有一只，我们以为它已经死了，没想到它突然发狂，螫了艾尔比就跑。"民浩看向迷宫深处——夜晚降临，那里已是一片深黑，"可我确定，那些混蛋数量不少，很快就会挥着它们的大针头，把我俩弄死。"

"针？"托马斯觉得越来越难懂。

"是的，针。"他没具体解释，那表情也表明他不准备多说。

托马斯抬头看着被粗大的青藤覆盖着的墙体——绝望迫使他开始思考，他终于开始想解决问题的方法。"我们不能爬上去吗？"他看着民浩，民浩没有开口，"常青藤——我们可以爬上去吗？"

民浩沮丧地叹了口气。"我发誓，菜鸟，你一定觉得我们都是蠢货，你真的觉得我们连爬墙那个笨办法都没想过吗？"

这么长时间以来，托马斯第一次发现自己的愤怒已经完全转化成了恐惧与惊慌。"我只是想帮忙啊，兄弟。你怎么就不能放下消沉，和我说说话呢？"

民浩突然跳到托马斯身边，抓住他的衬衣。"你不明白，傻蛋！你什么都不知道，心存希望只能让一切更糟。我们已经是死人了，听到了吗？已经死了！"

听到这话，托马斯真不知道此刻哪种感情更加强烈——是生民浩的气，还是同情他——他放弃得太过轻易。

民浩低头看着自己紧抓住托马斯衣服的手，脸上闪过一丝歉意。他慢慢松开手，向后退去。托马斯不屑地整了整衣服。

"啊，兄弟，哦，兄弟，"民浩低声说道，倒在地上，脸埋进自己紧握的双拳里，"伙计，我从没这么害怕过，从没像现在这样过。"

托马斯想说点什么，告诉他赶快成长吧，劝他开动脑筋，让他把自己知道的一切都讲给自己听，随便说点什么也好啊！

他张开嘴，准备说话，但又迅速闭上——他听到一个声音。民浩头一抬，看向石块砌成的暗黑走廊。托马斯不由得呼吸急促起来。

那声音从迷宫深处传来，低沉，久不散去。似乎有个金属环，每隔几秒就呼呼响一下，那声音像是锋利的刀在摩擦。声音每时每刻都在增大，接着是一串令人毛骨悚然的刮擦声，让托马斯想到了长指甲敲打玻璃的声音。一阵空洞的哀鸣声响彻四野，紧接着又传来一阵金属链条碰撞的声音。

这些声音重叠在一起，令人心生恐惧，托马斯心中最后一点微弱的勇气也一下子烟消云散。

民浩站着，光线微弱，几乎看不见他的脸。他说话了，托马斯想象他的眼里一定满是害怕。"我们必须分开——这是我们唯一活命的机会。不停地跑，不能停下！"

他转身奔跑起来，没过几秒就消失得无影无踪，被迷宫和黑暗彻底吞没。

18　古怪光亮

托马斯紧盯着民浩消失的地方。

他心里突然涌起一种对那闪克的厌恶感，民浩算是资历颇深的人了，还是个行者。而托马斯是个新人，来空地只有几天时间，踏进迷宫也只有几分钟而已。可现在，他们两人中最先崩溃、恐慌的却是民浩，而且一看势头不对，拔腿就跑。他怎么能抛下我不管？托马斯想，他怎么能这么做？

动静越来越大，那声音像发动机在咆哮，仿佛来自一座油污的老旧工厂，起重机上沉重的铁链在不停转动，发出咔咔咔的声响。紧接着那气味飘了过来，有东西被汽油点着了，散发着一股焦臭味。托马斯猜不出是什么在等待着他。他看过一头鬼火兽，但只是匆匆一瞥，还是透过窗户看到的。它们会对他做什么？他又能支撑多久？

别想了，他对自己说，他不能把时间浪费在坐以待毙上。

他转头看向艾尔比——依旧背靠着石墙坐着，墙已成了黑暗中一抹阴郁的影子。托马斯跪在地上，摸着他的脖子检查脉搏，又像民浩那样，靠着艾尔比的胸口听了一会儿。

扑通，扑通，扑通……

他还活着。

托马斯往后一退，站好，抬起胳膊擦了擦前额的汗。就在那一刻，在短短几秒的时间里，他重新认识了自己，发现了**曾经的自己**。

他不是一个会眼睁睁看着朋友死去的人，哪怕是坏脾气的艾尔比。

他弯腰抓住艾尔比的胳膊，再蹲下，把他的胳膊绕在自己的脖子上。就这样，他把这副奄奄一息的身体背了起来，用力蹬腿，咬紧牙关想站起来。

可艾尔比太重了，托马斯往前一摔，倒在地上。艾尔比重重倒在一旁。

鬼火兽每时每刻都在向这里逼近，恐怖的声音在迷宫的石墙间回荡。托马斯看见远处那明亮的光，与夜幕形成强烈对比。他一点不想和光的主人、声音的发出者来个正面接触。

他换了个方法：再次抓住艾尔比的胳膊，在地上拖了起来，艾尔比实在是太重了。就这么艰难前进了十英尺，托马斯发现这个方法也不行。就算能这么走下去，他们又能去哪儿？

他连推带拽，把艾尔比弄回了空地入口的石墙缝隙里，让他靠墙坐好。

托马斯也坐了下来，累得气喘吁吁。他看向黑暗的迷宫，绞尽脑汁地想办法。什么都想不到。不管民浩说了什么，他自己都很清楚：就算他能背着艾尔比跑，这么做也很愚蠢——不仅会迷路，甚至可能会离鬼火兽越来越近。

他想到了高墙，还有常青藤。民浩没有详细解释，但他的话里透露着想爬墙绝不可能的意味。尽管如此……

托马斯有了个计划，能否成功，完全取决于鬼火兽那不为人所知的能力有多强。他心里没底，但这是他能想出的最好的办法了。

托马斯沿着墙边走了一会儿，找到一处被厚厚的常青藤覆盖的墙体。他弯腰抓住一条拖到地上的青藤，绕在自己的手上。这条青藤比他想象的还要结实、牢固，直径大概有半英寸。他用力拽了拽，传来仿佛厚纸张被撕开的声音，青藤被他从墙上扯开了。他往外走，走了大概十英尺，抬头看到一片暗黑的影子，怎么也瞧不见青藤的尽头。但这藤蔓植物并没有掉下来，托马斯知道，它的另一端一定长在上面某个地方。

托马斯心里依旧犹疑，但还是抱着试试看的心态用力拉了一下青藤。

没有掉下来。

他又拽了一次，接着用上双手拉扯了好几下，都没事。于是他抓住青藤，双脚腾空，身体向墙面飞去。

青藤还是没有掉下来。

托马斯迅速抓住其他青藤，把它们从墙上扯开，编了一条攀岩绳。每条绳子他都仔细测试过，都和第一条一样牢固。他受到鼓舞，走回艾尔比身边，把他拽到藤绳那儿。

迷宫里传来一声尖锐的破裂声，接着是金属撞击的可怕声响，惊得托马斯赶忙转身。他满脑子都在想青藤的事,一时没法去理会鬼火兽。他观察了一下四周,什么都没有,唯有声响越来越大——呼呼声,吱嘎声,哐当声。周遭稍稍亮了一些,托马斯看着迷宫,发现了一些几分钟前没能看到的细节。

他想起了之前在空地里,他和纽特一起透过窗户看到的古怪光亮。鬼火兽就在附近,一定如此。

托马斯把那不断增大的恐惧感抛到脑后,强迫自己继续干活。

他抓住一条青藤,缠在艾尔比的右臂上。植物只有那么长,他不得不用身体撑住艾尔比,去够那个长度。缠了几圈后,他把青藤扎牢。接着拿起另一条藤蔓,绑在艾尔比的左臂上,最后绑好他的双腿,每一处都扎得紧紧的。他明知鬼火兽就要来了,但依然咬牙决心冒这个险。

他尽量不去想这个计划的不完善之处,弄完了艾尔比,现在轮到自己了。

他抓过一条藤蔓,开始往上爬,爬到艾尔比的正上方。老藤上粗厚的叶子是他的落手处,墙上有不少小洞,正好可以把脚踩进去,以便往上攀登。

他忍不住想,要是没有艾尔比,他要做的就简单许多……

他不允许自己继续想下去,他不可以抛下艾尔比。

托马斯爬到朋友上方几米处,把手中的老藤在胸上缠了好几圈,绕过腋下,固定好,接着慢慢让自己下沉,松开双手,双脚依然蹬在一条墙体裂缝里。藤蔓依旧结实,他松了口气。

现在最艰难的部分来了。

艾尔比被那四根青藤牢牢捆着。托马斯抓起他左腿上的那根,开始往上拽。勉强拽了几英寸后，他不得不松手——艾尔比太重了，他失败了。

他回到地面，试图把艾尔比从下往上推，而不是从上面拉。他尝试着，慢慢把艾尔比往上挪了几英寸——先抬起他的左腿，往上扎一根新藤。接着是右腿。双腿都固定好后，又开始抬艾尔比的右臂，再后是左臂。

他往后退了一步，喘着粗气，观察了一下。

艾尔比悬在半空中，像一具尸体。和五分钟之前比，离地高度增加了三英尺。

迷宫里再次传来清晰的金属碰撞声，呼呼声，嗡嗡声，还有低沉的咆哮声。托马斯好像在自己的左侧看到两点红光闪过，鬼火兽正向这里逼近——且毫无疑问，不止一只。

他继续干活。

他用同样的方法，一次次挪动着艾尔比的四肢，每次抬高两三英寸。托马斯爬到艾尔比下方，把青藤绑在胸上，固定好自己，继续用力往上一点一点地推，一下一下地绑好，就这么艰难地重复着整个过程。

爬，绑，推，解开。

爬，绑，推，解开。幸好此时鬼火兽穿过迷宫的速度不快，给了他不少时间。

一次又一次，一点又一点，他们逐渐升高。托马斯精疲力竭，连呼吸都觉得费力，汗出了一身又一身。握着青藤的手开始打滑，脚老是被狭窄的石洞压着，疼痛不堪。声音越来越大了——那可怕至极的死亡之音，但托马斯依然不停手。

当他们离地约三十英尺高时，托马斯停了下来，松开手，任凭自己荡在空中。他用自己已经麻木的胳膊，转过身体，面向迷宫。身体里一下子被难以言喻的疲惫感充盈，疲倦让他感到疼痛，每条肌肉似乎都在叫唤。他再也抬不动艾尔比了，哪怕一英寸都困难。工作完成了。

这就是他们的藏身之处，或者——抗敌之处。

他清楚他们到不了最上方，此刻只希望鬼火兽没法抬头，或者不会抬头。他想，也许自己可以从高处迎战，和它们单打独斗，而不是在地上，被它们一哄而上一下干掉。

他不知道自己将迎来什么，不知道自己能否见到明天的太阳。他只知道在这里，他和艾尔比将在半空中迎接自己的命运。

十几分钟过去了，托马斯看见迷宫墙上亮起了第一束微光。紧接着，连续响了一个小时的可怕声音变成了高亢的机械碰撞声，仿佛机器人发出的死亡威胁。

左边的墙体多了一点红光，吸引了托马斯的注意。他头一转，差点没叫出来，一只刀锋甲虫离他只有几英寸，细长的腿穿过青藤，扎进了石头里。红光来自它的眼睛，像个小太阳，亮得让人无法直视。托马斯眯起眼睛，仔细观察刀锋甲虫的身体。

它的躯干是个圆柱体，呈银白色，周长约三英寸，长约十英寸。躯干下一共有十二条腿，腿上关节大张着，看起来像条睡着的蜥蜴。红光太亮，托马斯看不清它的头。不过那对红眼很小，应该只有视觉功能。

接着，托马斯看到了令他最毛骨悚然的部分。他觉得自己以前仿佛看过，在空地里时，刀锋甲虫从他身边快速掠过，钻进了树林里。现在，他看清楚了。它躯干上有六个字母，被眼睛射出的红光照着，仿佛由鲜血写成：

WICKED

托马斯不明白为什么这个词会被刻在一只刀锋甲虫的身体上，仿佛是为了特意告诉空地人它邪恶的本质。真邪门。

他知道这是个监视器，一定是送他们到此的人搞的鬼——艾尔比曾跟他讲过，说刀锋甲虫是创造者观察他们的方式。托马斯屏住呼吸，不敢动弹，希望这是一个通过移动来捕捉影像的设备。一分钟过去了，他的肺渴望氧气。咔嗒，刀锋甲虫转身匆匆爬了起来，消失在青藤里。托马斯狠狠地吸了口气，又吸了一口，胸口被青藤勒得疼痛不已。

迷宫里又传来一阵金属声，接着是一阵发动机转动的机械声，这会儿近在咫尺。托马斯模仿艾尔比的样子，瘫软无力地挂在青藤上——装死也许能躲过一劫。

有个东西来了，就在下方，离他们越来越近。

他以前见过，但那时是透过安全的厚玻璃见到的。

它难以言喻。

是一头鬼火兽。

19　寻找生命迹象

托马斯惊恐地看着那头沿着迷宫走道逐渐逼近的鬼火兽。

它就像是实验失败的产物，从噩梦中走出来的生物——半是动物，半是机器，身体起伏着，边走边发出咔嗒咔嗒的声音。它像一条巨大的鼻涕虫，身上稀疏地分布着些毛发，还有发亮的黏液，呼吸时身体怪异地抖动着。看不清它哪儿是头，哪儿是尾，只知道从头到尾大概六英尺长，四英尺宽。

每过十到十五秒，就有尖锐的金属钉刺从那球状的身体里突兀地冒出来，那鬼火兽一下缩成个球往前翻滚。滚一会儿就停下来，仿佛在整顿身体内部的零件，那些刺又缩回潮湿的皮肤里，还响起一声沉闷的声音。它就这么重复着这个过程，每次只前进个几英尺。

从鬼火兽身体里长出的还不只是毛发和刺，它有好几条机械腿，仿佛是随意安放上去的，每条功用各有不同——有的绑着强光电筒，有的多了几根恐怖的长针头。一条腿上长着一个只有三根指头的脚爪，时而合起，时而分开，也不知道有什么用途。鬼火兽翻滚时，这些腿就都折叠起来，以免被撞坏。托马斯想，到底是谁——或是什么——能制造出如此骇人又恶心的东西。

他总算明白刚听到的都是什么声音了。鬼火兽翻滚时，会发出金属快速运转时的呼呼声，就像电锯在高速旋转。刺和腿也由金属制成，在石头地面滑过，发出摩擦的声音。但最让托马斯脊背发凉的，莫过于这鬼火兽坐着不动时发出的呻吟声，仿佛战场上将死之人在哀号，挥之不去，充满死亡气息。

托马斯都看见了，声音和眼前的鬼火兽完全对应了起来。他再怎么做噩梦，都不会梦到如此丑恶的东西正向他步步逼近。他努力抑制着心中的恐惧，强迫身体保持静止，躲在青藤中。他确定自己活下去的唯一希望就是躲起来，不要被它发现。

也许它不会发现我们，他想，希望如此。他心存希望，可严峻的事实却让他的心像块大石头直往下掉。看来自己的确切位置都被刚才那只刀锋甲虫暴露了。

鬼火兽翻滚着，发出咔嗒咔嗒的声音，扭着身体，哀号着，呼呼地往前进。它一停下来就忙着伸开金属腿，往四面八方转动，仿佛外星球上寻找生命迹象的机器人，它身上的灯在迷宫里投下阴沉的影子。托马斯冰封的大脑突然浮现出过去的一丝记忆，他想起幼年时在墙上看到的阴影，那画面让他害怕。他想回到小时候，想逃到爸妈身边。爸妈一定还活着，正在世界上的某个地方，拼命找寻着自己。

一股刺鼻的气味冲了过来——仿佛热过头的发动机和烧焦的皮肤混合在一起，让人一阵恶心。托马斯无法想象什么样的人能造出这样一个可怕的机器，还用它来猎杀孩子。

托马斯不愿多想，紧闭上眼睛，屏气凝神。鬼火兽一刻不停地向他逼近。

呼呼……

咔嗒、咔嗒、咔嗒……

呼呼……

咔嗒、咔嗒、咔嗒……

托马斯移动眼睛，往下看——鬼火兽来到了墙边，就在下面，停在紧闭的通往空地的大门前，离托马斯的右腿只有几码的距离。

走开吧，请你走开吧。托马斯在心里祈祷着。

转头。

走开。

去那边。

求你了！

鬼火兽的刺再次伸了出来，向托马斯和艾尔比的方向挪动过来。

呼呼……

咔嗒、咔嗒、咔嗒……

它停下脚步，又把身体蜷了起来，直接冲墙角滚来。

托马斯屏住呼吸，不敢发出一点声音。鬼火兽就坐在他们的正下方，托马斯很想往下看一眼，但他清楚，此时的任何动静都会泄露他的地点。鬼火兽身上的光把周遭照亮，光柱没有规律地不停扫射。

突然，毫无预兆地，光都没了。

世界一下陷入黑暗与沉默之中。鬼火兽好像被人关掉了，它一动不动，也没有声响，就连那挥之不去的哀号声也没了。没了光，托马斯什么都看不见。

他成了瞎子。

他只敢用鼻孔轻轻呼吸，心跳得太剧烈，急需氧气补充。它能听见他的存在吗？会闻到他的气味吗？头发、手、衣服，他身上都被汗水浸透了。托马斯心中的恐惧快到达极点，他就快疯了。

依然什么都没有，没有动静，没有光，没有声响。不知道它下一步要干吗，托马斯快精神失常了。

几十秒过去了，几分钟也过去了。强韧的藤蔓紧紧勒住托马斯，他的皮肤、胸腔都没了知觉。他简直想冲下面的鬼火兽大叫：赶快把我杀死吧！要不就滚回你的老巢去！

突然，就在一瞬间，光和声音都再次出现。鬼火兽活了，呼呼声和咔嗒声又响了起来。

它开始往墙上爬了。

20 生与死的角逐

鬼火兽身上的刺扎进墙体，破碎的青藤和石块碎片飞得到处都是。它的腿快速移动，很像那只刀锋甲虫。有的腿扎进石头里，起到稳固作用。一条光柱径直照着托马斯，一动也不动。

托马斯心里的最后一点希望也没了。

他知道自己此刻唯一的选择就是逃命。对不住了，艾尔比，他边想边开始扯绑在胸口的粗大藤蔓。左手抓紧上方的叶蔓，右手解绳索，想着该怎么走。他清楚不能往上爬——这样会引得鬼火兽从艾尔比身上踏过去。毫无疑问，往下只意味着一个结果：速速送死。

他必须往旁边逃。

托马斯伸手，抓过一根离自己左侧两英尺处的老藤，把它缠在手上，用力拽了拽。和其他藤蔓一样，这根也同样结实。他瞥了下方一眼：鬼火兽已经爬了一半路程，动作正逐渐加快，中途一次也没停。

托马斯松开绑在身上的青藤，擦着墙壁荡向左边。趁还未往回荡，他迅速抓住另一根粗大的藤蔓。这次他用双手抓紧，脚下踩实，用力一蹬，尽力把自己往远处带，再松开手，去抓另一条。他就这么重复着这个过程，仿佛一只善于爬树的猴子。托马斯发现，他的移动速度居然比自己想象的要快。

追捕他的声音不依不饶地响着，只是除了岩石破裂的声音，还多了他的动静，托马斯荡了好几次才敢回头看一眼。

鬼火兽已调整方向，离开艾尔比，径直向托马斯跑来。终于，托马斯想，总算有些靠谱了。他使出浑身力气用脚蹬着墙面，荡来荡去，尽量远离那丑恶的怪物。

其实无须多看，只需听音，他就知道鬼火兽就快赶上来了。他必须加紧回到地面，否则一切就都结束了。

这一次，他左手稍稍松开，往下滑了滑。粗糙的老藤蹭伤了他的手掌，但离地面近了几英尺。下一次，他如法炮制。三次之后，离地面就剩一半距离了。火一样的疼痛灼烧着他的两条胳膊，手上皮肤也破了。肾上腺素急剧分泌，帮他暂时忘记恐惧，继续往下降。

周围太黑了，他没能看见隐藏的威胁：一堵墙横在前面，走道到了尽头，往右拐才是出路。

他松开藤蔓，准备落地。到了这最后一刻，他才发现石墙。

托马斯手臂还荡在空中，赶忙一阵乱抓，想让自己不要撞到石墙上。与此同时，他用眼角余光瞥见鬼火兽就在他的左边——它改变了方向，已经追了上来，锋利的爪子咄咄逼人地伸在前面。

千钧一发之际，托马斯发现一条通往地面的青藤，赶忙紧紧抓住。惯性太大，胳膊差点脱臼。他双脚踩在墙上，用力一蹬，让张牙舞爪的鬼火兽扑了个空。托马斯右腿一踢，踢中它一条腿。腿上多了条裂痕，算是个小小的胜利吧，但还没到高兴的时候。他意识到，青藤在往回荡，把他的落地点直接带到了鬼火兽身上。

在肾上腺素的作用下，托马斯把双腿收紧，抬至胸口。脚一碰到鬼火兽的身体——那表面满是黏液，整个人都往下沉了几英寸，那感觉太恶心了——他便用力蹬腿，借着反作用力跳了出去，避开那堆从四面八方袭来的刺和利爪。他向右一跳，想再抓住一根墙上的青藤，但鬼火兽的利爪从后面追了上来，托马斯的背部被划了一道深深的口子。

慌乱之中，托马斯发现一条新的藤蔓，赶忙用双手抓住。他稍稍松开紧握的手，下滑到恰到好处的高度——已无暇理会那灼烧的疼痛感。脚一碰到石头地面，他就拔腿狂奔，再累也不能停下。

身后传来一声撞击声，接着又响起鬼火兽独有的翻滚声、咔嗒声和呼呼声。托马斯不想回头多看，他知道，现在是争分夺秒的时刻。

他在迷宫里转了一个弯，又转了一个弯。脚与坚实的地面撞击，拼尽全力地奔跑。即便此时，他的脑子也不忘运转，记住自己跑过的路线，希望自己如果能活下来，还能原路返回，回到大门那里。

右，左，穿过长长的走道，再右拐。左，右，左拐两次，又是一条长廊。身后追击的声音没有变小，也没有消失，但托马斯也没有输。

他跑啊跑，心都快跳到胸腔外了。他奋力呼吸，往肺里输送氧气。他清楚，自己撑不了多久了——转身迎战会是个更为轻松的选择，就这么战死，一了百了。

托马斯又转了一个弯，眼前所见让他赶忙刹住脚步。他难以自抑地喘着粗气，注视着前方。

前面有三头鬼火兽，不停翻滚，不停用刺刺穿石板，正咔嗒咔嗒地向他冲来。

21   拼死一战

托马斯转头一看，最开始追他的那头鬼火兽还在往这边赶，只不过速度慢了下来——一只金属爪子握起松开、握起松开，好像在嘲笑托马斯。

连它也知道我完蛋了，他想。尽管做了那么多努力，最后还是落到了这般田地，被鬼火兽们团团围住。结束了，连一个星期的值得回味的记忆都没有，他的生命就走到了尽头。

在满满的悲伤情绪中，他做了个决定，他要拼死一战。

他不想以一对三，径直跑向最先追他的那头。那个丑陋的家伙往后退了一步，爪子也不舞了，仿佛是被他的大胆震惊了。托马斯鼓起勇气，边跑边发出怒吼。

鬼火兽一下子醒了：尖刺穿透皮肤，翻滚着往前，一副要和敌人狠狠干上一架的气势。托马斯也呆了，好不容易聚集起来的勇气一下子没了，但还是在惯性作用下，一个劲儿地往前跑。

就在快撞上的时候，就在托马斯能看清鬼火兽身上的金属、毛发和黏液时，他左脚一停，整个人往右一偏。鬼火兽冲力太大，也停不下来，直接和托马斯擦身而过，又浑身震颤着停了下来。托马斯注意到它的移动速度比之前快了很多。鬼火兽发出一声金属一样的哀鸣，准备向猎物扑去。现在托马斯不再被鬼火兽围住，能不受阻挠地沿着直线往前跑了。

他跌跌撞撞，拼尽全力地跑。追捕的声音——这次是四重奏——紧随其后。他超越了自己的生理极限，玩命地跑，尽力不去想被鬼火兽追上只是时间问题。

跑过三条走廊后，黑暗中突然伸出两只手来，把他拽进了旁边一条走廊里。托马斯一个劲儿地挣扎着，心都快从嗓子眼里跳出来了。原来是民浩！他不再挣扎。

"怎么……"

"闭嘴，跟我来！"民浩吼道。他把托马斯从地上拽起来。

托马斯无暇多想，跟着民浩跑起来，一次又一次地拐弯。民浩似乎知道自己在干吗，知道要去哪里，他一次都没有停下，不停往前奔跑。

就在快转下一个弯时，民浩说话了。他气喘吁吁地勉强挤出一句话来："我刚看到……你转弯……我有了个……想法……我们只要再……坚持一会儿。"

托马斯没有浪费力气多问问题，他紧跟民浩，不停地跑。不用回头他也知道鬼火兽们正逐渐追了上来。他全身上下、从里到外，没有一处不疼，四肢仿佛都哭喊着要他别跑了。他还是咬着牙坚持着，只要心脏还在跳，他就不会停下。

又转了几个弯，托马斯在前方看见了出乎意料的东西。好像有些……不对劲，可是……追寻者身上放出的微弱的光证实了他的所见并没有错。

走廊尽头等着他们的并不是另一堵墙。

而是黑暗。

他们向黑暗跑去，托马斯眯起眼睛，想弄明白前面到底有什么。左右两面被青藤覆盖的墙似乎除了头顶上的天空，并没有和任何东西连接。他能看见星星。再跑近些，他发现原来是块空地——迷宫到此为止。

怎么会这样？托马斯不解，他们找了这么多年，怎么就被我和民浩如此轻易地发现了？

民浩似乎觉察到了他的想法。"别激动。"他勉强才吐出这么一句话。

就在走廊快到尽头时，民浩放慢了速度，抬起手拦住托马斯，示意他也停下来。托马斯不跑了，走着出了迷宫，走进黑暗。鬼火兽们就在后面追，但他必须把这里看个究竟。

他们的确跑出了迷宫，但正如民浩说的一样，没什么好激动的。托马斯放眼望去，从上到下，从左到右，什么都没有，有的只是空旷和微弱的星星。这景象奇异且令人不安，仿佛他正站在宇宙的边缘。他有些眩晕，膝盖一阵发软。

黎明即将到来，似乎每过一分钟，天就变亮一点儿。托马斯难以置信地看着周围，完全不明白这是怎么回事。这迷宫就好像是谁故意建的，然后任它飘在空中，悬在空无一物的永恒里。

"我不明白。"他低声说，不知道民浩能不能听见。

"小心，"身为行者的民浩回应道，"你可不要成为第一个从悬崖上掉下去的傻瓜。"他抓住托马斯的肩膀，"你是不是忘了什么？"他回头冲迷宫的方向看了看。

托马斯想起来自己以前听过悬崖这个词，但当时不明就里。现在看到了眼前和身下广阔无垠的天空，人快被催眠了，精神有些恍惚。他摇摇头，回到现实，准备迎战即将到来的鬼火兽。他们离这里只有几十米远，其中一头仿佛报仇心切，正以惊人的速度一马当先地冲来。

所有的声音一下子变得清晰，民浩还没来得及解释如何应敌。

"它们很凶残，"民浩说，"但都蠢得要命。站着，靠近我，面朝——"

托马斯打断了他："我知道，我准备好了。"

他们挪着步子，一起小心翼翼地站在道路中央，站在悬崖边上，面朝着鬼火兽。他们的脚跟离悬崖边缘仅几寸距离，身后除了空气别无他物。

他们唯一的武器只有勇气。

"我们动作一定要一致！"民浩吼道，他的声音差点被鬼火兽震耳欲聋的滚动声淹没。

"听我的指令！"

鬼火兽为什么会排成一列往前跑是个谜，也许是因为迷宫太窄，无法并行。它们一个跟着一个，滚了过来，发出咔嗒咔嗒的声音，哀号着，准备大开杀戒。几十码渐渐变成了几十英尺，再过几秒，这些鬼火兽就会把孩子们碾碎。

"准备好，"民浩坚定地说，"还没到时间……没到……"

托马斯憎恨这难熬的等待，只想闭上眼睛，再也不要看见它们。

"就是现在！"民浩大声喊道。

就在第一头鬼火兽的爪子向他们伸来的时候，民浩和托马斯向反方向跑开，冲着走廊两侧的外墙跑去。托马斯之前的经历证明突然改变方向是可行的，而现在根据第一头鬼火兽发出的惨叫声，他们知道这个战术成功了。鬼火兽从悬崖边飞了出去。奇怪的是，它的嘶吼声突然终止了，而不是随着高度的下降而渐渐变小。

托马斯跑到墙边，一个转身，正好看到第二头鬼火兽没能刹住脚步，也从悬崖边掉了下去。第三头猛力把腿往石头里一插，只是惯性太大，利刺割开地面，发出刺耳的声音。托马斯脊背一阵凉，幸好片刻之后，那头鬼火兽也掉了下去。这次也是一样——它们掉下去时都没有声音，仿佛是消失了，而非坠落下去。

第四头及时停下了脚步，在悬崖边晃了晃，靠利刺和爪子稳住了身体。

托马斯靠着本能知道自己该干什么，他看向民浩，民浩也点了点头。他们同时冲鬼火兽飞奔过来，用尽全身力气，往鬼火兽身上狠狠蹬了一脚。他们成功了，将最后一头鬼火兽送上了死亡之路。

托马斯赶忙跑到悬崖边上，脑袋伸出去想看鬼火兽是怎么摔下去的。可他什么也没看到，它们都消失了——在空洞的黑暗里，连一丝痕迹都没有。彻底消失了。

他无法理解这悬崖到底通向哪里，想不出来鬼火兽们都发生了什么。身体最后一丝力气也没了，他蜷成一团，倒在地上。

这时，到了这一刻，泪水才夺眶而出。

22 坟地回来的幽魂

半小时过去了。

托马斯和民浩连动都没动一下。

托马斯终于止住了眼泪，他想知道民浩会怎么看自己，会不会喊他娘娘腔，把他哭的事告诉别人。可他完全失去了自控能力，眼泪止不住地往下掉，他自己也清楚。就算记忆缺失，他也知道自己刚度过了人生中最可怕的一夜。双手又疼又酸，整个人累到崩溃。

他又一次爬到悬崖边，黎明已经到来，他把头伸出去想看得清楚些。开阔的天空此时呈深紫色，缓慢褪成白天的亮蓝色。太阳在远处的地平线上，洒出橙色的光辉。

他盯着下方看，发现迷宫的高墙一直垂直延伸到地下，直至完全消失看不见。天完全亮了，他还是看不清下面有什么。只知道迷宫似乎是建在一块离地好几英里高的地方。

可这不可能啊。他暗想，完全不可能，一定是幻觉。

他打了个滚儿，躺在地上——光是做这个动作他都觉得浑身难受。身体内外疼痛感一起爆发，他到这一刻才感受到。幸好很快墙门就要打开，他们能回到空地了。看看不远处的民浩——缩成一团，靠着走廊边的墙壁。"真不敢相信我们还活着。"托马斯说。

民浩一言不发，只面无表情地点点头。

"还有多少头鬼火兽？是不是都被我们杀死了？"

民浩嗤之以鼻。"幸好我们撑到了天亮，要不要不了多久，至少会有十头鬼火兽追着我们屁股跑。"他挪了挪身子，疼得表情一变，"真不敢相信，真的。我们居然在这儿熬了一夜，这事还从未发生过。"

托马斯明白他应该为自己的勇敢感到骄傲，但此刻只觉得累和难以言状的轻松。"我们和之前的人做的有什么不一样？"

"我不知道，向死人发问有点儿难。"

托马斯控制不住地想，鬼火兽们那愤怒的嘶吼声为什么在掉下悬崖后会彻底消失，他为什么没看到它们摔死的全过程。这事很蹊跷，他有些不安。"它们在掉下悬崖后好像失踪了。"

"是啊，有点古怪。我们有个人认为它们失踪了，但事实证明这个猜想是错误的。"

民浩往悬崖下扔了块石头，托马斯眼睛紧盯着。石头往下落啊落，一直没有离开他的视线。直到小到看不见。他转身看着民浩："这怎么能证明他们想错了？"

民浩耸耸肩。"看，这次石头没有消失，不是吗？"

"那你认为到底发生了什么？"托马斯能感觉到，这个问题的答案至关重要。

民浩又耸了耸肩。"也许它们是魔术变出来的。我头太疼了，无法思考。"

突然，所有关于悬崖的想法都没了，托马斯想起了艾尔比。"我们得赶快回去。"他挣扎着从地上站了起来，"把艾尔比从墙上弄下去。"民浩疑惑不解，托马斯三言两语，解释了一下他安置艾尔比的方法。

民浩眼帘低垂，一脸悲伤。"他不可能还活着。"

托马斯不愿相信。"你怎么知道？得了吧。"他一瘸一拐地沿着走道往回走。

"以前从没有人能活下来……"

他的声音越来越低，托马斯知道他在想什么。"那是因为他们在还没被人发现的时候，已经被鬼火兽杀死了。艾尔比只是被蜇了一下，不是吗？"

民浩从地上爬起来，和托马斯一起慢慢地往回走。"我也不清楚，以前从没发生过这样的事。我们有几个人白天被蜇了，后来注射了血清，经历了痛变期。还有可怜的闪克在迷宫里困了一夜，几天后才被我们找到——那还是运气好的时候，有时根本连尸体都找不回来。他们死状凄惨，你根本就不想知道。"

托马斯不寒而栗。"经历了这样一个夜晚，我大概也能想象得出他们是怎么死的。"

民浩抬起头来，脸上满是惊奇。"你刚说得对，我们错了——希望我们是错的。之前，被鬼火兽蜇中、无法在日落之前赶回去的人都死了，我们都认为没能及时注射血清是他们死亡的原因。"

这思路让他兴奋。

他们又转过一个弯，民浩突然走到了前面，两人速度加快了。托马斯对路线似乎很熟，好几次他在民浩还没拐弯时就知道往哪儿走——他自己都有些讶异。

"那么，这个血清，"托马斯说，"我刚听到好几次了，到底是什么东西？从哪儿来的？"

"它叫什么就是什么，笨蛋。血清，解鬼火兽之毒的血清。"

托马斯勉强挤出一个悲伤的笑。"我居然以为自己对这个该死的地方已经了解透彻了。为什么那么叫它们？鬼火兽为什么又叫悲鸣者？"

他俩并排走着，一边在迷宫里拐着无穷无尽的弯，一边听民浩娓娓道来。"我不知道这名字是从哪儿来的，但血清是从创造者那儿来的。'创造者'，反正我们是这么称呼他们的。传送箱每星期来一次，把生活补给品连带着血清一起送来，这么长时间来一直如此。那是一支医用注射器，里面有药，可能是解毒剂吧。反正都弄好了，随时都可以使用。"他做了个往胳膊上打针的动作，"把它注射到被鬼火兽螫了的人的身体里，就能救命。之后身体进入痛变期——那个阶段很惨——不过结束之后，人就全好了。"

托马斯消化着这些信息，两人沉默地走着，又拐了几个弯。他思考着所谓"痛变期"的含义。不知怎的，他又想起了那个女孩。

"真奇怪，"民浩又开口了，"我们以前从没说过这个。如果艾尔比还活着，那他被血清救过来的可能性并不是没有。我们这榆木脑袋慢慢养成了一个想法：人一旦被关在门外，就死定了，到此结束。我得看看你究竟是怎么把艾尔比吊起来的，你是在跟我开玩笑吧？"

他们继续往前走，民浩渐渐变得高兴起来，但托马斯心里却感到了不安。他一直都在避免思考这个问题，努力不去多想。"之前我把追我那头鬼火兽引走了，可万一又来一头发现了艾尔比，那该怎么办？"

民浩看着他，表情茫然。

"我们赶快吧，现在只能这样。"托马斯补了一句。费了那么大周折好不容易救下艾尔比，可不能让努力付之东流。

他们想加快步伐，可身体疼得厉害，尽管心里焦急，也只好照这个速度往前走。他们又转了一个弯，托马斯看见前面有动静，心停跳了一下，人也差点摔倒。幸好，是纽特和其他伙伴们，他如释重负——原来通往空地的西门开了，他们活着回来了！

纽特看见他们俩，连忙跛着脚赶了过来。"发生什么了？"他的声音透着怒火，"到底是……"

"等会儿再跟你说，"托马斯打断了他，"我们得去救艾尔比。"

纽特的脸变得煞白。"什么意思？他还活着？"

"跟我来。"托马斯向右边走去，伸长了脖子往墙上看，透过厚厚的青藤，找寻艾尔比的藏匿点。他还在那儿，胳膊和腿都被吊着。托马斯什么都没说，只是往上指了指。他还不敢放松——艾尔比完好无缺，但没有生命迹象。

纽特最终看到了他的被吊在青藤中的朋友，目光又落回到托马斯身上。之前他的表情是震惊，现在则变成了彻底的迷惑。

"他莫非……还活着？"

希望如此。托马斯心想。"我不知道，我把他抬上去时，他还是活着的。"

"你把他抬上去……"纽特摇摇头，"你和民浩赶快回去，让医师看一下。你们看起来简直糟糕透顶。等检查完身体，你们休息够了，要把故事的来龙去脉详细讲给我听。"

托马斯想留下来看艾尔比的情况。刚想开口，民浩一把抓住他的胳膊，强迫他往空地里走。"现在我们最需要的就是睡眠和包扎伤口。"

托马斯清楚他说得没错，他退却了，扭头看了看艾尔比，随即跟着民浩一起离开迷宫。

他们走回空地，走回大屋——这段路简直没完没了。路旁站着两排人，呆呆地盯着他们看。所有的人都面露敬畏之色，似乎在看两个从坟地回来的鬼魂。托马斯明白，这都是因为他们完成了一项人们没能完成的壮举，只是太多的关注让他觉得有些尴尬。

盖里在前面——他抱着胸，一个劲儿地看着托马斯。他差点停下脚步，但还是继续往前走。他使出身上残余的全部意志力，径直看着盖里的眼睛，一刻也没挪开。走到离盖里五英尺距离时，盖里的目光落到了地上。

这畅快的感觉让托马斯差点感到不安，差点而已。

接下来的几分钟他的记忆力完全是模糊的，两名医师护送着他回到大屋，走上台阶——托马斯透过一扇半掩的门，看见有人正在喂依然处于昏迷状态的女孩吃东西，他心里涌起强烈的想去看看她的愿望。最后他和民浩回到了各自的房间，躺在床上。食物、水、绷带、疼痛。最后，一切退去，只剩他一个人。他枕着柔软的枕头，沉沉睡去——这就是他的全部记忆。

睡着了，可有两件事怎么也放不下。第一是他在那两只刀锋甲虫身上看到的字——WICKED，在他的梦里出现了一遍又一遍。还有，那个女孩。

几小时后——也可能是几天后——查克来了，把他晃醒。托马斯过了好一会儿才反应过来，睁开眼睛。他看着查克，嘟囔道："你个混蛋，让我睡觉。"

"我有个消息，看来你不想知道啊。"

托马斯揉揉眼睛，打了个哈欠。"什么消息？"他再次看向查克，查克脸上挂着灿烂的笑容，让人疑惑。

"他还活着，"他说，"艾尔比没事了，血清起作用了！"

托马斯的意识一下子清晰了，心中的一块大石头落了地。他简直喜出望外。但查克接下来的话又让他的心重新提了起来。

"他的身体进入痛变期了。"

话音刚落，一阵凄厉的叫声从下方的房间里传来。

23 复仇的愿望

托马斯一直在想艾尔比，救了他的命、把在迷宫里过了一夜的他成功带回来，似乎已经算了不起的胜利了。可这么做值得吗？他现在正经受着剧烈的痛苦，和本一样煎熬着。万一他和本一样，都疯了该怎么办？托马斯被这些想法折磨着。

黎明的光照在空地上，艾尔比的惨叫声不绝于耳，想不听都难。托马斯好不容易把医师劝走了，只留下他一个人——疲惫不堪，绑着绷带的伤口酸疼——但那痛苦的哭号声依然不放过他。托马斯想去看看那个他冒着生命危险拯救的人一眼，被纽特一口回绝。"去了也只是雪上加霜。"他坚决地说，丝毫不肯通融。

托马斯已累得无力争辩，他从来不知道身体可以这么疲惫，就算睡了那么多觉也无济于事。那一夜过后，他什么都做不了，一天大多数时间都坐在墓地边的板凳上，沉浸在绝望中。死里逃生带来的喜悦迅速消散，现在他满脑子都是痛苦，还有对自己在这里的新生活的忧虑。现在身上的每一条肌肉都疼，从头到脚满是伤口和瘀青。即便受了那么多伤，还是无法和他经历的情感冲击相提并论。现在，他终于意识到，在这里生活已是既成的事实——仿佛终于从医生那里得到了癌症晚期的诊断。

过这样的生活，有谁还能开心得起来？他想，怎么会有人如此邪恶，竟然对我们做出这么心理扭曲的事？他深切明白了大家迫切想找到离开迷宫的道路的原因。他们并非只想逃出去。这么长时间以来，托马斯感受到了强烈的复仇的愿望——他想报复那些把他送到这儿来的人。

可每每想到这里，他都只会陷入绝望之中。纽特和其他行者在迷宫里探索了两年，都没能解决问题。是不是根本就没有答案？大家说是没有放弃，但没有放弃的其实是这些人，而不是这件事。

现在他成了其中一员。

这就是我的生活了，他想，活在一座巨大的迷宫里，被丑恶的鬼火兽包围着。悲伤像一剂毒药在体内扩散开。艾尔比离他有些距离，但那痛苦的声音依旧清晰。托马斯更加难受了，那声音撞击着他的耳膜，手握得更紧了。

最后，漫长的一天终于快结束了。太阳西沉，那熟悉的四扇门齐齐关上的声音再次响起，标志着夜晚的来临。托马斯对自己之前的生活毫无印象，但他依然可以肯定，自己刚度过人生中最糟糕的二十四小时。天黑之后，查克给他端了些吃的过来，还有一大杯凉水。

"谢谢。"托马斯说，心里涌起一阵暖流。他挪动着酸痛的胳膊，扫荡完盘子里的牛肉和面条。"我需要的就是这个。"他咬了一大口肉，含糊不清地说。他猛喝了一阵水，又大吃起来。直到饭送过来，他才发现自己是多么饥饿。

"你吃饭的样子真恶心，"查克在他身边坐下，"就像看猪吃食一样。"

"挺好笑的，"托马斯的声音透着掩不住的讽刺，"你应该去逗逗其他人，看看他们会不会笑。"

查克的脸上闪过一丝受伤的表情，托马斯有些内疚——幸而那表情很快消失了。"这倒提醒我了，现在你是大家讨论的热门话题。"

托马斯背挺得更直了，他也不知道该做何感想。"那是什么意思？"

"哦，老天啊，我想想该怎么说。首先，你违反规定闯进了迷宫。然后你变身丛林之王，爬到藤蔓上，把人绑在墙上。后来你又成了第一批在迷宫里存活了一整晚的人。除此之外，你还杀死了四头鬼火兽，真不敢想象那些傻蛋现在是怎么说你的。"

托马斯心中涌起一股骄傲的情绪，之后又很快消失了。自己居然感到高兴——他不由得一阵恶心。艾尔比还躺在床上，痛苦让他哀号不止，说不定此刻他只想死去。

"骗它们去悬崖边上是民浩的主意，不是我的。"

"他可不是这么说的。他说，他看见你'先等后拐'的那招，受到启发，到悬崖边才有了那个想法。"

"'先等后拐？'"托马斯翻了个白眼，"傻瓜都能想出来啊。"

"你别把我们都想成呆子啊——你很了不起。哦，不，是你们，你和民浩。"

托马斯把空盘子往地上一扔，突然火了。"那我为什么还是觉得难过，查克？你能告诉我为什么吗？"

托马斯看着查克的脸，试图找到一个答案。可从他的表情来看，他也不知道。那孩子只是双手握在一起，跪了下来，脑袋低垂着。最后，他小声喃喃道："我们也觉得难过，原因都是一样的。"

他们沉默地坐着，几分钟后，纽特走了过来。他走得悄无声息，像个死神。他坐在两人面前，表情悲伤而焦虑。即便如此，有他在身边托马斯还是感到高兴。

"我想最难熬的阶段已经过去了，"纽特说，"那闪克应该会睡上几天，醒了就没事了，可能时不时会叫唤两声吧。"

托马斯无法想象这个过程的痛苦程度，但这个痛变对他来说依旧是个谜。他看着纽特，努力装出随意的样子问道："纽特，这到底是怎么回事？说真的，我不知道这个痛变是什么意思。"

纽特的回答让托马斯措手不及。"你以为我们就知道？"他厉声说道，胳膊突然抬起，又重重落回到膝盖上，"我们只知道，要是鬼火兽用它们身上那该死的针刺中你，你就得去注射血清，不然只有死路一条。注射后，身体就会发狂，抖个不停，皮肤会起泡，变成诡异的绿色，人会吐得连胃都要翻出来。这么解释你觉得够了吧，汤米？"

托马斯皱起眉头，纽特已经够烦心了，他不想再搅乱他的心思，可他需要答案。"嘿，我知道你朋友的遭遇让大家都揪心，但我想了解的都是已经发生的事实。你告诉我，为什么把那个过程叫作'痛变'？"

纽特放松下来，似乎让步了，他甚至还叹了口气。"这个过程会唤醒人的记忆。只有片段，但绝对是我们在来这个鬼地方之前属于自己的记忆。所有人在经历完这个阶段后，都表现得像个神经病一样——一般情况下不会像本那么糟糕。总的来说，就像是把你以前的生活递到你面前，又再次夺走。"

托马斯的思绪沸腾了。"你确定吗？"他问。

纽特一脸困惑。"什么意思？确定什么？"

"他们之所以有那么剧烈的反应，是因为想回到以前的生活，还是因为他们发现以前和现在比，好不到哪里去？"

纽特怔怔地看着他，又把眼神挪开，似乎陷入了沉思中。"经历了痛变的人几乎从不讨论他们的想法，他们变得……不一样了，不愿与人接触。空地里这样的人也很多，我受不了和他们待在一起。"他的声音变得疏远，眼神游离到森林里的一块空地上。托马斯知道他在想什么——艾尔比将会变成另外一个人。

"可不是！"查克开口了，"盖里是最糟糕的。"

"那女孩有什么消息吗？"托马斯换了个话题，他不想谈论盖里，况且自己老是会想到那个女孩，"我之前看见医师在楼上喂她什么东西了。"

"没什么消息，"纽特说，"还在昏迷中，那状态我也说不好。她时不时会含糊不清地讲几句话，都没有意义，好像在做梦。但她也吃东西，身体还不错，真是奇怪。"

大家陷入了漫长的沉默，似乎每个人都在为那女孩寻求个合理的解释。托马斯又想到了他俩之间那难以言说的联系，现在似乎已经淡了不少——也可能只是暂时的吧，毕竟此刻他想得太多。

纽特最后打破了沉默。"不管怎么样，接下来，我们都想一想该拿汤米怎么办。"

托马斯一个激灵，这句话让他有些莫名其妙。"拿我怎么办？你们在说什么啊？"

纽特站了起来，舒展了下胳膊。"该死的闪克，你把我们这个地方搅得鸡犬不宁。现在一半人把你当成上帝，另一半想把你扔回传送箱里，他们说得可多了。"

"比如呢？"托马斯不知道他觉得哪种看法更让他不安：是把他当成英雄，还是希望他从未出现过。

"耐心点吧，"纽特说，"明天起床后自然就会有答案。"

"得等到明天？为什么？"托马斯不喜欢这句话的意味。

"我召集了一次大会，你也要到场，你是我们议事日程上唯一的讨论内容。"

说完这话，纽特转身就走了，留下托马斯一个人琢磨：为什么要开一场只讨论他一个人的大会？

24 怪事层出不穷

第二天早上，托马斯坐在椅子上，焦躁不安，汗如雨下，面对着坐在自己周围的十一名男孩。他们的座位排列呈半圆状，把他围住。一坐定，托马斯意识到这些人就是所谓的守护人了。让他气恼的是，盖里居然也坐在他们中间。而托马斯正前方的椅子是空着的，无须多说，他也知道那是属于艾尔比的。

他们坐在大屋的一个大房间里，托马斯从未来来过。除了椅子和角落里的一张小桌子，就没有什么其他家具了。墙壁是木头的，地板也是。设计这个地方的人似乎压根就没想过，怎样把这里搞成让人感到温暖的地方——没有窗户，房间散发着霉味和古旧书籍的气味。托马斯没觉得冷，身体却止不住地发抖。

看到纽特也在，他松了口气。纽特正坐在属于艾尔比的空椅子旁边。"我们的领头人依然生病在床，我代表他宣布会议开始。"他稍稍翻了下眼睛，似乎在表示他讨厌这套仪式，"众所周知，这几天来，我们的生活都相当疯狂，很大程度都与我们的菜鸟，也就是汤米有关，他正坐在我们面前。"

托马斯的脸因为尴尬而烧得通红。

"他已经不是菜鸟了，"盖里说，他声音粗糙低沉，显得很冷酷，听起来有股滑稽的意味，"他现在是个破坏规定的人。"

这句话激起一阵小声讨论，纽特示意他们安静。托马斯突然很想离开这里，越远越好。

"盖里，"纽特说，"守点规矩。你要是想在我讲话的时候多嘴，最好想清楚了，要么把嘴管住，要么你就滚蛋走人，我心情可没那么好。"

听到这话，托马斯真心想为他欢呼。

盖里抱起胳膊，往椅背上一靠，强压着怒火。那表情让托马斯险些笑出来。托马斯越来越不敢相信，自己之前还怕他——现在的他看起来非常愚蠢，甚至可悲。

纽特狠狠瞪了盖里一眼，继续说道："这个问题解决了，很好。"他又翻了个白眼，"之所以要开这么一场会，是因为最近一两天里，空地里的几乎每个孩子都跑过来找我，有人控诉托马斯的不是，有人要和他一辈子待在一起。我们得讨论一下，该拿他怎么办。"

盖里身体前倾，但他还没来得及说话，纽特就又开口了："盖里，等会儿有你说话的时候。一个一个来。至于你，小汤，我们不问你，你就一个字都不许说，明白了吗？"托马斯不情愿地点了点头，表示赞同。纽特便指着坐在最右边的孩子，说道："放屁鬼扎特，从你开始。"

一阵哄笑声响起，这个照看菜园的安静的大个子移了下椅子，看向托马斯，那神情好像托马斯只是一根胡萝卜或是一个西红柿。

"好吧。"扎特开始了。他眼神游移，仿佛在等着谁告诉他该说些什么。"我说不好。他违反了我们最重要的规定，我们不能让大家觉得这么做是没关系的。"他顿了顿，低头看着自己的双手，搓了搓，"不过话说回来，他……改变了我们。现在我们知道就算在外面我们一样能活下去，可以打败鬼火兽。"

托马斯感到一阵轻松：有人是站在他这一边的。他暗自发誓，以后一定会好好对待扎特。

"哦，得了吧，"盖里插了一句，"我敢打赌，真正摆脱那些鬼东西的人一定是民浩。"

"盖里，嘴巴闭好！"纽特吼道，他这次站了起来，托马斯又一次感到欢欣，"现在我是主席，要是我再听到从你嘴里冒出一个字，我就为你再安排一次驱逐大会！"

"请便。"盖里小声嘟囔道，怒火被憋了回去，他闷闷不乐地再次靠在椅背上。

纽特坐了下来，示意扎特继续说。"就这么多吗？还有什么正式建议吗？"

扎特摇了摇头。

"好的，轮到你了，弗莱潘。"

厨子的笑意透过胡子散发出来，他坐直身体。"这菜鸟的胆子比我去年煎过的所有猪和牛的胆子加起来还大。"他停了停，似乎在等待笑声响起，但没人出声，"我们这么做是多蠢啊！他救了艾尔比的性命，杀死了几头鬼火兽，我们却坐在这儿嚷嚷该拿他怎么办。套用查克的一句口头禅，简直狗屁不通。"

托马斯真想走过去握住弗莱潘的手——他说的和托马斯心里

想的一模一样。

"所以你的建议是？"纽特问。

弗莱潘抱起双臂。"让他加入议事会，安排他训练我们。把他在空地外所做的，通通教给我们。"

声音从四面八方传来，纽特花了半分钟时间才让大家安静下来。托马斯皱起眉头：弗莱潘的建议有些过了，让他刚说的那番有理有据的话显得无力。

"行，把他说的话都写下来，"纽特边说边记，"大家都给我闭嘴，我说真的。你们都清楚规定——凡是建议，都可以被采纳——等投票时，你们有什么想法都可以说出来。"记录完毕后，纽特指向议事会的第三名成员。托马斯从没见过他，他一头黑发，脸上长满雀斑。

"我没什么想法。"他说。

"什么？"纽特生气了，"选你加入议事会真是找对人了！"

"抱歉，我的确没什么意见。"他耸耸肩，"实在要我说的话，那我同意弗莱潘的话。他救了人一命，为什么要受到惩罚呢？"

"也就是说，你还是有想法的，是吗？"纽特手里握着笔，逼问道。

那孩子点点头，纽特飞快地写了起来。托马斯感到越来越轻松，似乎大多数守护人都是站在他这边的。但他还是感到难受：此刻只能这么坐着，无法为自己说话。他还是强迫自己遵守纽特的命令，把嘴巴紧紧闭上。

下一个是满脸青春痘的温斯顿，血屋守护人。"我认为他必须受到惩罚。菜鸟，我这么说不是要故意冒犯你。但是纽特，你平时一直都严格遵循秩序。如果我们不惩罚他，就树立了一个不好的榜样，毕竟他违背了我们最重要的原则。"

"好，"纽特把他的话写在记事本上，"那你建议惩罚他，什么样的惩罚呢？"

"我认为应该把他关进牢房一周，只给他面包和水。我们还应该让所有人都知道，以便大家从中吸取教训。"

盖里鼓起掌来，纽特白了他一眼，托马斯的心猛地一沉。

又有两名守护人发言了。一个赞成弗莱潘，另一个同意温斯顿，接着轮到纽特。

"你们说的我基本都赞同，他应该受到惩罚，但我们也得想一个利用他的才能的方法。我保留意见，等听完所有人的想法后再说。下一个。"

托马斯不愿听到"惩罚"这个词，比让他闭嘴还要难受。可在内心深处，他无法反对这个观点——即便他做成了某些了不起的事情，他业已破坏主要规定也是事实。

大家一个接一个地发言，有人觉得他应该受到表扬，有人要让他受到惩罚，也有人觉得两种措施应同时进行。托马斯听不下去了，他迫切希望听到最后两位守护人——盖里和民浩的意见。自托马斯进入房间后，民浩就没说过一个字，他只是瘫在椅子上，一副一星期没有睡觉的样子。

盖里说话了："我想我的观点大家已经很清楚了。"

好啊，托马斯想，那你就干脆闭嘴吧。

"可以。"纽特又翻了个白眼，"那继续吧，民浩，到你了。"

"不！"盖里吼道，有两个人被他吓得从椅子上跳了起来，"我还有话要说。"

"那就快说。"纽特回应道。看到临时议事会主席和自己一样都蔑视盖里，托马斯稍微好受了一些。托马斯并不怕他，只是打心眼里厌恶他。

"你们好好想想吧，"盖里说，"这个小滑头从传送箱里出来，表现得既疑惑又害怕。几天后，他就在迷宫里和鬼火兽周旋，好像他才是这儿的主人。"

托马斯缩进椅子里，希望其他人没有往那个方向想。

盖里继续痛斥："我认为他这都是在演戏，只过了几天时间而已，一个人怎么可能做到那么多？我可不信。"

"你到底想说什么，盖里？"纽特问道，"说点真正的想法，可以吗？"

"我认为他是个间谍，是把我们关在这儿的人们派来的！"

房间里一下子爆发了，托马斯情不自禁摇摇头——他不懂盖里这些想法都是打哪儿来的。纽特再次平息了大家的情绪，但盖里还没有说完。

"我们不能信任这个傻蛋。"他继续说道，"他来的第二天，一个神经病女孩也来了，满嘴胡话，说什么一切都要改变。我们找到一头死去的鬼火兽，恰好托马斯当晚就进了迷宫，现在又想让大家把他当成英雄。好吧，但不管是民浩还是谁，都没有人真正看到他是怎么摆弄那些青藤的。我们怎么知道到底是不是他把艾尔比吊上去的？"

盖里顿了顿，大家好一阵子都没说话，托马斯胸中涌起一阵恐惧：他们会相信盖里的话吗？他急切地想为自己辩护，刚想说些什么，盖里又开口了。

"最近怪事层出不穷，都是从他这个倒霉鬼出现后才闹出来的。他碰巧又成了第一个在迷宫里过夜不死的人。在我们查明真相之前，我郑重建议把他关进牢房，一个月之后，再做决定。"

讨论声再次响起，纽特又在本子上记下他的话，边写边摇头——托马斯心里燃起一丝希望。

"说完了吗，盖里上校？"纽特讽刺地问。

"别犯傻了，纽特，"他厉声说道，脸涨得通红，"我是认真的。一周不到，我们怎么能放心地相信他？你好好想想我的话，再来否定我的意见。"

这么长时间以来，托马斯第一次对盖里产生了同情——他对纽特对待盖里的方式确实有很多不满，毕竟盖里也是个守护人。不过我还是讨厌他。托马斯想。

"好的，盖里，"纽特说，"对不起。我们听到了你的意见，会慎重考虑的，你说完了吗？"

"是的，我说完了，而且我是正确的。"

盖里结束了发言，纽特指向民浩："轮到你了，最后一个。"

托马斯很高兴，终于轮到民浩了，民浩一定会挺他。

民浩噌地站了起来，大家有些意外。"我也在迷宫里，亲眼看到了他的所作所为。在我吓得快尿裤子时，他依旧坚强。我不会像盖里那样废话连篇，我只想说下我的意见就结束。"

"好，"纽特说，"那你说吧。"

民浩看着托马斯："我提议让这小子代替我，成为行者的守护人。"

25 议事会决定

　　房间彻底陷入了沉默，整个世界都仿佛凝固了，议事会成员们呆了一样盯着民浩。托马斯也一脸错愕，以为他在开玩笑。

　　盖里站了起来，打破了沉默。"荒唐！"他面朝着纽特，背对着民浩——民浩已经坐了下来，"说这种蠢话，就该被赶出议事会！"

　　听了这话，托马斯对盖里产生的微弱好感一下子荡然无存。有几个守护人对民浩的建议表示赞同，弗莱潘就是其中一员，他用掌声盖过盖里的声音，嚷嚷着要投票。其他人则意见相左。温斯顿坚定地摇着头，说了些话，托马斯听不太清楚。所有人一起开始说话，托马斯用手抱着头，等吵闹声平息，心里既激动又害怕。民浩为什么要那么说？他一定是在开玩笑。他想，纽特说过，想做行者比登天还难，更别提守护人了。

　　他缩起身子，真希望自己现在在千里之外。

　　纽特终于放下手里的记事本，站到了半圆外，对大家一顿怒吼，让他们安静。托马斯在一旁看着：起初似乎没人听见纽特的话，渐渐地，秩序才得以恢复，他们坐了下来。

"该死的，"纽特说，"我从没见过这么多臭脸鬼表现得活像吃奶的婴儿一样。我们看起来不像成年人，但在这里我们就是。成熟一点儿吧，要不这个议事会就此解散，重新弄一个。"他在守护人们之间走来走去，边挨个看着每个人的眼睛，边说着这番话，"你们都清楚了吗？"

所有人都默不作声，托马斯本以为他们会再次爆发，但发现每个人都点了点头，他有些吃惊——连盖里也点头了。

"很好。"纽特走回自己的椅子上坐下，重新把记事本放在膝盖上，他在纸上画了几道横杠，"兄弟，你说的话来得有点突然，不介意的话，还需要你说得再详细点儿。"

民浩一脸倦容，为自己的提议辩护起来："你们这些闪克坐在这儿说话，谈自己一无所知的事，当然容易。我是议事会里唯一的行者，在座的各位去过迷宫里的人也只有一个，那就是纽特——"

盖里打断道："如果你算上我那次……"

"那不算！"民浩吼道，"相信我，你，或是其他任何人，对迷宫真正的模样根本就一无所知。你被刺的原因也和托马斯一样，你们都违反了共同的规定。真是虚伪啊，你这个闪克……"

"够了！"纽特说，"说你的观点，说完就闭嘴。"

现场气氛十分紧张。托马斯觉得房间里的空气就像块玻璃，随时都会粉碎。盖里和民浩看起来剑拔弩张，脸红得快爆炸了。幸好最后他们挪开眼神，停止了对视。

"不管怎么样，听我说，"民浩坐了下来，继续说道，"我从来没见过这样的事。他没有惊慌失措，他没有号啕大哭、惊恐万状，一点儿害怕的样子都没有。伙计们，他来这儿才几天。想想我们刚开始的时候是什么样子的：挤成一团待在角落里，漫无目的，每时每刻都在哭，不相信任何人，什么都不愿意做。我们都那副死样子，过了几周，几个星期，直到发现自己没了选择，只能就那么活下去。"

民浩又站了起来，指着托马斯："这闪克才来了几天，就冲进迷宫，救了两个素昧平生的闪克。这小子破坏规矩不过是愚蠢之举，他对规矩还不了解，但已经有不少人跟他说过迷宫里的样子了，特别是夜晚更加恐怖。可他还是在门即将关闭的时候迈出了那一步，他关心的只有他人的安危。"说到这儿，他深深吸了口气，似乎在为接下来的话寻找力气。

"那只是开始，之后，他看到我放弃了艾尔比——我丢下了他，让他原地等死。我可是个老将，拥有充足的经验和知识。托马斯看我放弃，本来也应该效仿，可他并没有。大家想想，要把艾尔比吊到那么高的地方需要多大的意志力和力量，要一点点地往上移。这行为不正常，简直是疯子才会有的做法！

"做了这么多，他没有停止。后来鬼火兽来了，我跟他说，我们必须分开，我开始撤逃，在熟悉的路线上奔跑。这本该是托马斯被吓得尿裤子的时候，他却镇定自若，在违背一切物理法则、与重力斗争把艾尔比弄上墙后，他只身引开了鬼火兽，打败了一只，接着……"

"你要说什么我们都懂了，"盖里厉声说道，"汤米真是个幸运的闪克。"

民浩堵了他一句："不，你这个废物，你什么都不懂！我来这儿两年了，从没见过他这样的人。对你来说，轻轻松松讲这些话……"

民浩闭上了嘴，揉揉眼睛，挫败地叹了口气。托马斯这才发现自己的嘴巴正大张着，情绪也是十分混乱：他感激民浩挺身而出为他说话，不敢相信盖里居然是这么个好战的人，同时又害怕知道他将受到什么样的处罚。

"盖里，"民浩的口气平静下来，"你不过是个娘娘腔，你从来不曾、一次都没要求说想做个行者，连去看看的勇气都没有。对不了解的事，你连谈论的资格都没有，给我闭嘴吧。"

盖里再次站了起来，他快气炸了。"你再说一句，我就当着所有人的面让你好看！"他边说边喷着唾沫星子。

民浩哈哈大笑，他抬起手，照着盖里的脸推了一把。托马斯半坐着，看着那可怜的人摔到了椅子上，椅背往后一倒，整个人摔了出去，椅子坏成了两块。盖里躺在地上，狼狈地挣扎着爬了起来。民浩往前走了几步，一脚踩在盖里背上，盖里再次直直倒在地上。

托马斯一下子跌回椅子上，呆了。

"我发誓，盖里，"民浩不屑一顾地说，"你要是再敢威胁我试试，再跟我说那种话试试！再说一次，我一定让你好看——在我把你胳膊和腿打折后。"

托马斯还没反应过来，纽特和温斯特连忙站了起来，他们抓住民浩，把他从盖里身边扯开。盖里跳了起来，脸上满是愤怒，可又不敢冲民浩发作。他站在原地，呼吸紊乱，胸气得鼓鼓的。

盖里终于后退了，他步履蹒跚，向门口退去，一边走，一边用燃烧着怒火的眼睛扫射着房间。托马斯感觉很不好，觉得盖里就像个马上要杀人的罪犯。盖里走到门口，伸手去抓门把手。

"一切都不同了，"盖里冲地面啐了一口，"你不该那么做，民浩，你不该那么做。"他用狂躁的眼神看着纽特，"我知道你讨厌我，你一直都讨厌我。我让你丢脸了，显得你领导能力低下，你应该把我流放。你真是丢脸啊，其他坐在这儿的人也好不到哪儿去。我跟你们保证，一切都不同了。"

托马斯心里一沉。今天发生的已经够糟糕了，盖里的话无疑是雪上加霜。

盖里拉开门走了出去，在大家还没来得及做出任何反应之前，他又把头伸了回来。"还有你，"他眼神灼灼地看着托马斯，"你这个自以为是上帝的臭脸鬼。别忘了，我以前见过你，就在我进入痛变的时候！其他人的决定根本没有意义！"

说到这儿，他闭上嘴，把房间里的人轮番看了一遍。最后，那充满恶意的眼神又落回了托马斯身上，他还有最后一句话没说："不管你来这儿的目的是什么，我发誓，我一定会阻止你。必要的时候，我会动手杀了你！"

说完，他转身离开房间，将门用力一摔。

26 　危险分子

　　托马斯一动不动地坐着，恶心的感觉像病毒一样在胃里滋生。自打来到这里，他在短短几天内把所有的情感都经历了一遍：害怕、孤独、绝望、悲伤，还有细微的喜悦。但现在这感觉是全新的——一个人居然恨他恨到要把他杀死的地步。

　　盖里疯了，他对自己说，他彻底疯了。这想法却只凭空增加了他的担忧。精神失常的人的确什么事都做得出来。

　　议事会成员们或坐或站，都默不作声，都和托马斯一样震惊。纽特和温斯顿松开民浩，他们仨沉闷地走回原位坐下。

　　"他算是彻底垮了。"民浩低声说道。托马斯觉得他压低声音，可能就只是想让他一个人听见。

　　"听好了，你不是什么圣人，"纽特说，"你到底在想什么？刚才那行为过界了，你知道吗？"

　　民浩眯起眼睛，抓抓头发，一副不懂纽特在说什么的样子。

　　"别跟我说这些没用的。大家看到那个滑头的下场都高兴着呢，你清楚得很，也是时候有人站出来教训他一顿了。"

"他能在议事会取得一席之地也是有原因的。"纽特说。

"伙计，他刚威胁我，要杀死托马斯！这傻蛋精神完全不正常了，你最好现在就找人把他丢进牢房，他是个危险分子。"

托马斯再一次对他的话表示深深赞同，差点破坏规定把话说出口，但还是及时制止了自己——身上的麻烦已经够多了，别再找不痛快了，只是他不知道还能自控多久。

"他说的可能也有道理。"温斯顿低声说道。

"什么？"民浩脱口而出，这也是托马斯想说的。

温斯顿被自己说出口的话惊呆了，扫视了房间一圈："的确……他经历过痛变，那天中午在西门外，他被一头鬼火兽螫了一下，也就是说他是有记忆的。他说新来的看起来有些眼熟，大家想想，他有必要编这个胡话吗？"

托马斯不禁思考起这个所谓的"痛变"，和它能唤醒回忆的功能。他突发奇想：有没有必要让鬼火兽螫自己一下，经历那个可怕的过程，以便唤醒回忆？值得这么做吗？他又想起本在床上痛苦挣扎的样子和艾尔比的惨叫声。还是算了吧，他想。

"温斯顿，刚发生的一切你到底看清了没有？"弗莱潘一脸难以置信的表情，"盖里疯了。他那番胡话你不能当真。怎么，你觉得托马斯是个变装鬼火兽？"

托马斯受够了，不管是不是议事会定的规矩，他再也不想就那么默不作声地坐着了。

"现在我能发言了吗？"他问道，沮丧感使得他提高了音量，"你们在那儿谈论我，当我不存在一样，我受够了。"

纽特抬头看着他，点点头。"说吧，这场该死的会议再糟也糟不到哪儿去了。"

托马斯迅速整理了一下思绪，拨开满脑子的沮丧、疑惑和愤怒，搜刮着合适的言辞。"我不明白盖里为什么那么恨我，我不在乎，在我看来他就是个疯子。至于我到底是谁，我和你们一样无知。但如果我记忆没错的话，现在大伙儿都坐在这儿，无非是因为我在迷宫里的所作所为，而不是因为某个蠢货认为我是个魔鬼。"

有人偷笑了一声，托马斯闭上嘴，希望他已经把自己的观点表达清楚了。

纽特点点头，一脸满意的表情。"说得不错，我们赶快把会开完，之后再担心盖里的问题吧。"

"人员没到齐，我们无法投票，"温斯顿坚持道，"除非他们都像艾尔比一样，病得特别厉害。"

"亲爱的温斯顿，"纽特回应道，"要我说，今天盖里也病得不轻，不在场就不在场了，我们继续会议。托马斯，继续为自己辩护吧，之后我们再投票，看怎么处置你。"

托马斯这才发现，自己正不自觉地紧握着双手，搁在膝盖上。他松开手，汗湿的手掌在裤子上擦了几下。他开始发言，在话说出口之前，他都不知道到底该说些什么。

"我没有做错什么。我只知道我看见两个人挣扎着想进门，他们却怎么也做不到。就因为愚蠢的规矩坐视不管，这行为也太自私、太懦弱了，也实在有些……愚蠢。我救了人命，你们要因为这个把我扔进牢房，那就这么做吧。我跟你们保证，下次再遇到这种情况，我只会指着他们，哈哈大笑，再去享受点儿弗莱潘做的美食。"

托马斯只是想开个玩笑，神经完全不敏感，没意识到此刻幽默是多余的。

"我的建议如下，"纽特说，"你破坏了我们的首要规定，所以必须进牢房一天，这是对你的惩罚。我提议选你为行者，会议结束即生效。过去的一夜已经证明了你的能力远比大多数训练生要强，至于你做什么守护人的事，还是算了吧。"他看向民浩，"盖里说得没错——是个蠢主意。"

这个评价伤害了托马斯的感觉，他也无法认同。他看向民浩，等待着他的反应。

民浩没显出过多的惊讶，反驳道："为什么？他是至今为止我们这儿最厉害的，我发誓，最厉害的人应该成为守护人。"

"可以，"纽特说，"如果事实的确如此，那我们过阵子再做变更，给他一个月时间来证明自己。"

民浩耸耸肩。"同意。"

托马斯轻轻地叹了口气，放松了不少。他还是想成为行者——即便之前在迷宫里经历了那么多，这个想法还是没有改变，这倒是让他吃惊——不过让他做守护人的确有些荒唐。

纽特看了一眼房间里的其他人。"好了，之前还有人提出了其他意见，我们来轮流……"

"哦，得了吧，"弗莱潘说，"投票吧，你说的我都同意。"

"我也是。"民浩说。

其他人都纷纷表示赞同，托马斯一阵轻松，心里涌起一股骄傲感，只有温斯顿说不。

纽特看着他，说："你不用投票了，直接把想法告诉我们吧。"

温斯顿仔细打量了一番托马斯，又看向纽特。"你说的我都没意见，但我们不应该完全忽略盖里的话。他的话里有些内容……我觉得不是他瞎编的。自打托马斯来了之后，这儿的情况的确变奇怪了。"

"好的，"纽特说，"大家都把他的话记着，等下次我们心情好了，又没事做的时候，再开一次会来商量这件事吧，怎么样？"

温斯顿点点头。

托马斯有些不痛快，大家再一次忽略了他的存在。"你们讨论我时就好像我不在场一样，好极了，真喜欢你们这么做。"

"听着，汤米，"纽特说，"我们刚推举你为该死的行者。别期期艾艾的，走吧，民浩还有不少要教给你的。"

听了这话，托马斯才反应过来——他真的要成为行者，要去探索迷宫了。他感到兴奋，确定他们再也不会在外面被困上一夜了，也有可能他的好运到此为止，接下来是该倒霉的时候了。"惩罚什么时候开始？"

"明天，"纽特说，"从起床到日落。"

一天，托马斯想，只有一天而已，不至于太糟。

会议结束，除了纽特和民浩，其他人都匆匆离开房间。纽特屁股都没抬，继续做记录。"嗯，真是一段美妙时光。"他嘀咕道。

民浩走过去，玩笑似的对着托马斯胳膊捶了一拳："都是这闪克的错。"

托马斯回了他一拳。"守护人？你要我做守护人？你比盖里还疯癫一大截。"

民浩假装邪恶地笑了笑。"起作用了，不是吗？目标定得高一点儿，实现的可能性就高，以后再谢我吧。"

托马斯忍不住笑了。就在那时，门上响起一阵敲门声——门是开着的，他扭头去看是谁来了：是查克，他那样子仿佛有鬼火兽追过来了。托马斯的笑容一下子没了。

"怎么了？"纽特也站了起来。他的口气加深了托马斯的担忧。

查克绞着自己的手。"医师喊我来的。"

"为什么？"

"艾尔比对着周围一阵乱打，跟疯子一样，跟医师说他要和人说话。"

纽特立马走到门口，查克却握住了他的手。"嗯……不是你。"

"什么意思？"

查克指向托马斯。"艾尔比要的人是他。"

27　可怕的画面

这是托马斯今天第二次震惊得说不出话来。

"好了，走吧，"纽特一把抓住托马斯的胳膊，"让我不和你一起去是不可能的。"

托马斯和他一起走，查克紧随其后，一起离开议事会室，沿着走道走向一道螺旋上升的狭窄楼梯——之前他从没注意过。纽特迈上一级台阶，又扭头冷冷看了查克一眼。"你，留下来。"

这次查克居然只点了点头，什么都没说。托马斯觉得一定是艾尔比的行为击中了那孩子的某根神经。

"机灵点儿，"托马斯趁纽特往楼梯上走时，对查克说，"他们刚选我为行者，所以你现在有个有地位的朋友啦。"他只想借这个玩笑缓解一下自己害怕见到艾尔比的心情，万一他和本一样，都冲他一通指责该怎么办？情况会不会更糟？

"是啊，没错。"查克低声应道，迷茫地凝视着木制台阶。

托马斯耸耸肩，开始往上爬。手掌里满是汗水，甚至还有一滴汗沿着他的太阳穴往下流。他真不想上去啊。

纽特板着面孔，站在台阶最上面等着托马斯。他们站在这黑暗漫长的走廊两头，托马斯第一次来还是为了见本。那段记忆让他产生了想吐的感觉，他希望艾尔比已经从病痛中彻底复原，这样他就不用再见一次那可怕的画面：病态的皮肤，暴起的青筋，痛苦颤抖的身体。他依旧做好准备，去迎接未知。

他跟在纽特后面，穿过右手边的第二道门，看着他轻轻敲了敲门——里面传来一声呻吟，表示应答。纽特推开门，门嘎吱一声开了，托马斯又一次想起了儿时看过的恐怖鬼屋电影。那感觉又来了——片断式的过去被召唤起来。他记得这些电影，但仅限于电影本身，演员的脸是模糊的，和谁一起看的也不记得。那种感觉难以名状，连他自己都记不分明。

纽特已经走了进去，并示意托马斯赶快跟上。托马斯对即将出现在眼前的惨烈画面做好了准备，可一抬眼，只看到床上躺着一个少年，非常虚弱，双目紧闭。

"他睡着了吧？"托马斯问道，其实他真正想问的是：他没死吧，是吗？

"我也不知道。"纽特轻轻说道。他走上前去，坐在床边的木椅子上，托马斯在另一头坐下。

"艾尔比，"纽特小声喊道，接着又提高了音量，"艾尔比，查克说你想和汤米谈一谈。"

艾尔比的眼睛一下子睁开——眼球布满了血丝，在昏暗中发着光。他看着纽特，又看向托马斯。他一声呻吟，从床上撑起，坐直，后背抵着床头板。"是的。"他用嘶哑的嗓音含糊不清地说。

"查克说你一直在发抖，跟疯了一样。"纽特身体前倾，"怎么了？病还没好？"

艾尔比喘着气开口了，说话非常费力，仿佛用掉了一星期的生命。"一切……都将改变……那个女孩……托马斯……我看见了……"他眼皮忽闪着，闭上，又睁开。他失去了力气，躺在床上，凝视着屋顶。"感觉很不好。"

"什么意思？你看到了……"纽特说。

"我只想和托马斯说话！"艾尔比吼道，那突然爆发的力量是托马斯始料未及的，"我没让你来，纽特！托马斯！我要的是该死的托马斯！"

纽特抬头皱起眉头，满是狐疑地看着托马斯。托马斯耸耸肩，越发觉得不舒服——艾尔比要他来干吗？

"好，你这闪克，"纽特说，"他就在这儿，和他说话吧。"

"你走。"艾尔比闭着眼睛说，呼吸沉重。

"没门儿，我要听。"

"纽特，"他顿了顿，"走吧，现在就走。"托马斯尴尬极了，不知道纽特该做什么感想，又很担心艾尔比会对他说出什么样的话。

"但是……"纽特抗议道。

"出去！"艾尔比吼着，一下子坐了起来，嗓音已经嘶哑。他勉强撑着自己，又靠着床头板坐稳。"滚出去！"

纽特的脸上出现了受伤的表情——托马斯没有发现愤怒的痕迹，他有些吃惊。之后，一段漫长而紧张的时间过后，纽特站起身来，向门口走去，打开门。他真的要走吗？托马斯暗想道。

"等你来跟我道歉的时候，别指望我会有好脸色给你。"说完，他走到了门外。

"关门！"艾尔比又吼了一声，最后伤害了纽特一次。纽特听了他的话，把门重重摔上。

托马斯的心跳一下子加快——现在他要和一个坏脾气、刚被鬼火兽袭击、经历过痛变的人独处了。他只希望艾尔比把要说的说完，赶快结束。二人谁也没说话，就这么持续了好几分钟，托马斯怕得双手发抖。

"我知道你是谁。"艾尔比最终打破了沉默。

托马斯不知道该说什么，他搜肠刮肚，但除了不连贯的嘟囔，他什么都说不出来。他很困惑，又害怕。

"我知道你是谁，"艾尔比缓慢地重复道，"我看到了，什么都看到了。我们来自哪里，你是谁，那个女孩又是谁，我还记得火焰。"

火焰？托马斯强迫自己开口："我不知道你在说什么。你看到什么了？我也想知道我是谁。"

"答案并不美妙。"艾尔比说。自纽特离开后，他第一次抬头径直看向托马斯。他眼眶深陷，满是悲伤和阴郁。"太可怕了，你要知道。那些混蛋为什么要让我们记起来？我们为什么就不能一直生活在这儿，开开心心的？"

"艾尔比……"托马斯希望自己能看透他的心思，了解他都看到了什么。"痛变，"他强调道，"到底发生了什么？想起了什么？你的话都没有意义啊。"

"你……"艾尔比刚开口，突然一把握住自己的喉咙，发出一阵窒息的声音，腿四处乱蹬，身体一滚，前后来回挣扎着，仿佛有别的人在掐他的喉咙，舌头不自觉地伸到嘴外面，用牙咬个不停。

托马斯赶忙站起来，跌跌撞撞地赶到跟前，他更害怕了。他看到艾尔比像癫痫发作一样拼命挣扎，腿无助地乱蹬。

艾尔比脸上暗色的皮肤一分钟前还是苍白的，现在一下子变成了深紫色，眼球外翻，像一对突出的白色大理石球。

"艾尔比！"托马斯喊道，他不敢伸手把他控制住。"纽特！"他大声吼道，双手捂住嘴，"纽特，快进来！"

话音未落，门应声而开。

纽特飞奔到艾尔比身边，握住他的肩膀，用身体把抽搐不停的艾尔比摁在床上。"抓他的腿！"托马斯赶忙伸手，但艾尔比的腿踢得厉害，想靠近都困难。他一脚踢中托马斯的下巴，整个头骨都刺痛起来。他痛得往后一退，揉搓着酸疼的部位。

"快啊！"纽特吼道。

托马斯稳住自己，一下子跳到艾尔比身上，用力握住他的两条腿，使出浑身力气把它们固定在床上。他用胳膊抱住艾尔比的大腿，趁纽特用膝盖锁死艾尔比的肩膀的时候发力，纽特腾出手来抓住艾尔比的双手——他的手依然死死握着自己的喉咙。

"松手！"纽特一边掰他的手一边喊道，"你这是自杀！"

托马斯清晰地看见纽特在掰艾尔比的手时，他胳膊上的肌肉在收缩，青筋凸起。一点一点地，终于把他的手撬开了，纽特用力把那双手按在艾尔比的胸前。艾尔比的身体不停抽搐，腹部突然抬起了好几次。慢慢地，他平静下来。十几秒后，他平躺在床上，呼吸也平和了，眼神呆滞。

托马斯依旧紧紧抱住艾尔比的腿，怕他突然又动起来，伤害他们。纽特等了好几分钟，才缓缓松开艾尔比的双手。又过了一会儿，他收回膝盖，站了起来。托马斯也放松下来，希望这过程已经彻底结束。

艾尔比看着上方，眼神空洞，仿佛就快进入深度睡眠了。"对不起，纽特，"他低声说道，"我也不知道发生了什么。就好像……有什么东西控制住了我的身体。实在对不起……"

托马斯深深吸了一口气，只求自己再也不要经历这样痛苦难熬的过程。他在心里热切地希望着。

"没关系，都不算什么，"纽特说，"你刚才是在自杀。"

"刚才绝对不是我自己，我发誓。"艾尔比喃喃道。

纽特双手一摊。"不是你是什么意思？"他问。

"我说不清楚……不……不是我。"艾尔比一脸茫然，托马斯也不解。

但纽特似乎觉得找到答案没什么意义，至少在此刻是这样的。他抓起那条在挣扎中落到床下的毯子，给艾尔比盖好。"赶快睡觉吧，以后再谈。"他拍拍他的头，又补充道，"你真是糟糕透了，闪克。"

艾尔比已意识模糊，闭着眼睛，轻轻点了点头。

纽特看向托马斯，示意他们一起出去。托马斯求之不得，他正想离开这个满是疯狂气息的屋子。他跟在纽特后面往外走，就在他们快穿过门廊时，艾尔比又含糊不清地说了句话。

两个男孩都听到了，停下脚步。"什么？"纽特问。

艾尔比努力睁开眼睛，提高音量，把刚说的话重复了一遍。"小心那个女孩。"说完，眼睛再次闭上。

又是她——那个女孩。不知怎的，一切矛头都指向了那个女孩。纽特满是疑虑地看了托马斯一眼，托马斯也没有答案，他只耸了耸肩。他也不知道发生了什么。

"走吧。"纽特低声说道。

"还有啊，纽特。"艾尔比的声音又从床上传来，这次他没有睁眼。

"保护地图。"艾尔比翻了个身，背朝着他们——他终于把要说的话说完了。

托马斯感觉到那话里的意味不对劲，非常不对。他和纽特一起走出房间，轻轻把门带上。

28   脑海里多了个声音

托马斯跟在纽特后面，一起匆匆下了楼梯，离开大屋，走进明亮的午后阳光里。二人谁也没有开口。对托马斯来说，事态正变得越来越糟。

"饿吗，汤米？"一走出去纽特就问他。

托马斯不敢相信自己的耳朵。"饿？刚看到那一幕我简直想吐——不，我一点儿都不饿。"

纽特笑了。"好吧，我饿了，你这个闪克。我们去看看有什么中午剩下的饭菜吧，我们得谈一谈。"

"也不知道为什么，我有预感你会说这样的话。"不管托马斯做了什么，他都和这里的事物越缠越深，他渐渐明白，这是他的宿命。

他们径直走向厨房，不管弗莱潘怎么抱怨，他们都成功弄到了奶酪三明治和蔬菜。托马斯无法忽视大厨看他时那异样的眼神——每次他抬起头回看过去，弗莱潘就连忙看向别处。

他觉察到这样的待遇以后将会成为生活的一部分。因为某些原因，他和这里的其他人都不一样。他觉得自从记忆被清除、在这里醒来后，他的人生变得和以往截然不同，尽管在这里才待了一周而已。

他们决定把午饭拿到外面去吃，几分钟后，他们来到西墙下，背靠着厚厚的青藤，看着空地上人们正在进行的各种活动。托马斯强迫自己吃东西，到了这个时候，他必须确保自己拥有充足的体力，才能迎接未知的疯狂事件。

"你以前见过那种情况吗？"片刻之后，托马斯开口问道。

纽特看着他，面色一下子凝重起来。"艾尔比？不，从来没有。不过话说回来，从来没人愿意告诉我们痛变到底让他们想起了什么。他们拒绝开口。艾尔比想说——可那也许正是他发狂的原因。"

托马斯停下咀嚼。会不会是迷宫背后的人在控制这一切？这个念头让他不寒而栗。

"我们必须去找盖里，"纽特边啃一根胡萝卜边说，他换了个话题，"那混蛋不知道跑哪儿去躲起来了。一吃完，我们就去找他，把他扔进牢房。"

"真的吗？"托马斯难以自抑地感到一丝愉悦。他很乐意亲手为盖里关上牢房门，再把钥匙扔掉。

"那混蛋威胁说要杀死你，我们必须确保那样的事再也不会发生。他必须付出代价，我们不把他流放算他走运，记住我跟你说过的关于秩序的话。"

"记得啊。"托马斯唯一的担心就是盖里会因为自己锒铛入狱而恨他。反正我不在乎，他想，我再也不怕那闪克了。

"汤米，下面我是这么安排的，"纽特说，"今天剩下来的时间你都跟着我，我们需要考虑些事情。明天，你去牢房。之后你就是民浩的人了，我希望你暂时远离其他的混蛋，明白了吗？"

托马斯乐得遵命，能一个人待着实在太好了。"好极了，也就是说民浩会对我展开训练？"

"没错——你现在是行者了，民浩会教你，迷宫、地图、一切都会教给你。你要学的有很多，我希望你能多加努力。"

想到即将再次进入迷宫，托马斯居然没有害怕的感觉，他有些吃惊。他决心听纽特的话，希望新的学习能让他不要再胡思乱想。他内心深处也希望能离开空地，现在他的人生新目标就是远离人群。

孩子们沉默地坐着，直到吃完午饭，直到纽特终于想明白要谈论什么。他把手头的垃圾捏成一团，转身直视着托马斯的眼睛。

"托马斯，"他开口道，"我需要你接受一件事情。这消息我们听了太多次，已经不能再置之不理了，现在该是讨论的时候了。"

托马斯明白即将发生什么，他有些慌乱，害怕接下来将听到的话。

"这话，盖里说过，艾尔比说过，本也说过，"纽特继续道，"那个女孩——自打我们把她弄出传送箱后，她也说过。"

说到这儿他停了停，似乎在等待托马斯问他，但托马斯早就知道他指的是什么。"他们都说一切即将改变。"

纽特看向别的地方，过了一会儿，又把视线重新移了回来。"没错。除此之外，盖里、艾尔比和本都声称他们在痛变时看到了你。从我搜集的信息来看，他们记忆中的你并没有在种花侍草，帮老奶奶过马路。从盖里的话来判断，你一定是干了坏事，才让他想杀死你。"

"纽特，我并不知道……"托马斯想说些什么，纽特没有让他继续。

"我知道你什么都不记得，托马斯！别再说那样的话了——一次也不要多说。我们没人记得，你那话等于是在提醒我们，这让我们感到难过。关键问题是，你与众不同，现在也是我们该探个究竟的时候了。"

托马斯心头冒起一股怒火。"好啊，可我们该怎么做？我和所有人一样，都想弄明白自己是谁，这点毋庸置疑。"

"我需要你打开思维，如果你觉得有什么东西——任何东西都行——让你觉得似曾相识，一定要告诉我。"

"什么都没有……"托马斯刚开口，又闭上了嘴。自打他来到这里后发生了太多的事，他差点忘记第一夜到这里、睡在查克身边的感觉——他觉得自己对这里很熟悉。他觉得很舒服，仿佛回到了家。这不正常，他该有的感觉应该是害怕，怕得哭出来。

"看得出来，你在转动脑筋，"纽特低声说道，"跟我说说吧。"

托马斯犹豫了，他害怕自己把话说出口后引来的后果，可他又对保守秘密感到厌烦。"嗯……我没法说出什么具体的东西。"他谨慎而缓慢地说道，"可我刚来的时候，觉得自己好像曾经来过。"他看着纽特，希望能从他的眼睛里搜寻到一丝认同感，"其他人也有过这种感觉吗？"

纽特依旧面无表情，只是翻了个白眼。"哦，并没有，汤米。

我们基本上都吓得尿裤子了，有人眼珠差点没掉出来。"

"哦，那好吧。"托马斯不说话了，他突然觉得沮丧又尴尬。那话是什么意思？他难道真的和其他人不一样吗？是出了什么毛病吗？"我只觉得一切都很熟悉，还知道自己一定要成为行者。"

"这倒是很有意思。"纽特盯着他看了一会儿，那怀疑的样子一览无遗，"好吧，这个我们会继续再查下去。你把神经绷紧了，没事时就多想想，想想这个地方。深挖一下你的大脑，直到找到答案。为了我们大家，你就尽力而为吧。"

"我会的。"托马斯闭上眼睛，开始在茫茫思绪中翻找。

"不是现在，你这个闪克，"纽特大笑起来，"我说的是从现在开始。没事的时候，吃饭的时候，睡觉之前，到处走走，训练、工作的时候。即便觉得有一丝熟悉的地方，也要告诉我。明白了吗？"

"嗯，明白了。"托马斯担心自己刚向纽特发出了一个貌似危险的信号，他的笑只是在掩饰自己的担忧。

"很好，"纽特看起来一副和蔼的样子，"首先，我们最好去见一个人。"

"谁？"托马斯问，但话一出口，他就知道了答案，内心充满了恐惧。

"那个女孩，我希望你在眼睛流血前一直看着她，看看能不能触动你大脑里某根神经。"纽特把垃圾收拾了一下，站了起来，"之后我希望你把艾尔比说的每一个字都讲给我听。"

托马斯叹了口气，也站了起来。"好的。"他不知道自己有没有足够的勇气把艾尔比对他的控诉讲出来，更别提那个女孩了，看来他还是不擅长保守秘密。

两人再次向居住地走去。女孩依旧躺着，昏迷不醒。纽特的想法让托马斯感到担忧。他必须打开心扉，说出实情，可他真的很喜欢纽特。如果纽特也开始反对他，他真不知道能不能处理得来。

"如果这些方法都失败的话，"纽特的话打断了托马斯的思绪，"我们就把你送到鬼火兽那儿去——让你被它们螫一下，经历痛变，我们需要你的记忆。"

托马斯苦涩地笑了笑，纽特却毫无笑意。

女孩似乎正睡得安详，但似乎随时都会醒来。托马斯本以为自己会看到一个形容枯槁、在死亡边缘挣扎的人，但那女孩面色红润，呼吸均匀，皮肤的颜色也很健康。

她身边有一名医师，个子矮的那个——托马斯不记得他的名字——正在往昏迷的女孩嘴里滴水。旁边的桌子上放着一个盘子和一个碗，里面是她吃剩的中饭——土豆泥和汤，他们正尽一切力量确保她的健康。

"嘿，克林特，"纽特这招呼打得很自然，仿佛之前就来探访过多次，"她还活着吧？"

"是啊，"克林特答道，"她情况不错，一直都在说梦话，我们觉得她很快就会醒来。"

托马斯后脖子的汗毛竖了起来。不知怎的，他从来没考虑过女孩苏醒、依然健康的可能性，他没想过她也许会和别人说话，他不知道自己为什么突然一下子紧张起来。

"她说的话你都记下来了吗？"纽特问。

克林特点点头。"大部分都很难懂，不过我们都把能记的记下来了。"

纽特指着床头柜上的记事本。"跟我说说。"

"还是那句我们把她从传送箱里拖出来时说的话，一切都将改变什么的。还有其他的有关创造者的内容，'一切都将结束'之类的。哦，对了……"克林特看着托马斯，似乎当着他的面不方便说的样子。

"没关系，我能听的他也能听。"纽特让他放心。

"是这样的……其实我也没能全部听清，不过……"克林特又看了托马斯一眼，"她一直在重复他的名字。"

托马斯听了这话差点一屁股坐在地上，他们能不能就不要再提到他呢？他怎么会认识那女孩？他觉得此刻的大脑痒得发疯，又挠不到。

"多谢了，克林特，"纽特说话的腔调在托马斯听来显然是在打发他走，"给我们一份报告，好吗？"

"没问题。"医师冲他俩点了点头，离开了房间。

"拽把椅子过来。"纽特边说边坐在床边。托马斯庆幸纽特并没有指责他，他从桌边拖过来一把椅子，放在靠女孩头的那一边，低头看着她的脸。

"想起什么了没有？"纽特问，"哪怕是一点点也行。"

托马斯没有答话，一个劲儿地看着，一心希望自己能冲破记忆的堤坝，想起这个女孩来，他回想着她被拽出传送箱时睁开眼后的样子。

她的眼睛是蓝色的，比他记忆中所有人眼睛的颜色都要鲜明。

他看着她沉睡的脸，回想着那双眼睛，努力把两个画面合在一起。她黑色的头发，洁白无瑕的皮肤，丰满的嘴唇……他看着她，再次意识到她真的很美。

一股强烈的认知感瞬间触发了他的回忆——黑暗的角落里，一对扑闪的翅膀，看不清楚，但确实存在。他还没来得及深入探究，那画面便消失了。但他感知到了什么。

"我的确认识她。"他低声说道，往椅背上一靠。能把这话大声说出来，这感觉真好。

纽特站了起来。"什么？她是谁？"

"我不知道，但是我脑子里闪现了一个画面，我以前和她打过交道。"托马斯揉揉眼睛，为自己无法记起确切的事情感到沮丧。

"好啊，继续这么想下去吧，集中注意力，别丢了。"

"我在努力，你先不要说话。"托马斯闭上眼睛，再次向意识深处探索，在虚无中寻找着她的脸。她到底是谁？这个颇具讽刺性的问题让他也着实难过了一会儿——他连自己是谁都不知道。

他再次探向女孩，深吸了一口气，又看着纽特，无奈地摇了摇头。"我就是没办法……"

特蕾莎。

托马斯一下子从椅子上站了起来，把椅子撞倒在地，他刚才听到了一个声音……

"怎么了？"纽特问，"你是不是想起什么了？"

托马斯不理他，疑惑地张望了一下房间，他刚才一定是听到了一个声音——他又看向女孩。

"我……"他又坐了下来，俯身看着女孩的脸，"纽特，刚在我站起来之前，你是不是说话了？"

"没有。"

当然不是他。"哦，我以为我听到了什么声音……我也说不好。也许就是我脑子里的声音吧，她……有没有说话？"

"她？"纽特眼睛一下子亮了起来，"没有。为什么这么问？你听到什么了？"

托马斯有点害怕，不敢承认。"我……我发誓我刚才听到了一个名字，特蕾莎。"

"特蕾莎？不，我没听到啊。一定是从你的记忆里溜出来的！那就是她的名字啊，汤米。一定是的。"

托马斯觉得……很奇怪，那是一种很不舒服的感觉，仿佛发生了什么灵异事件。"真的……我发誓我听到了，但是那声音出现在我的脑海里，我没法解释。"

托马斯。

这次他惊得从椅子上跳了起来，慌忙远离那张床，忙乱中打翻了桌上的灯，灯哐当落地，碎成了玻璃碴儿。是有人在说话。一个女孩的声音。柔和、甜美、自信。他的确听到了，他确定自己没有听错。

"你到底出了什么问题？"纽特问。

托马斯的心狂跳不止，太阳穴也跳个不停，胃酸一个劲儿地翻滚。

"她……她在跟我说话。用意识！她刚才说了我的名字！"

"什么？"

"我发誓！"周围的世界不停旋转，压迫着他，逼迫着他的思绪。"我……在脑海里听见了她的声音——也不知是什么……不一定是个声音……"

"汤米，你坐好，你到底在说什么啊？"

"纽特，我是认真的。那……不一定是个声音……但好像又是的。"

汤姆，我们是最后一批。很快就会结束了，必须结束。

这些话在他脑子里回荡，敲击着他的耳膜——他真的能听见。那声音不像是从房间里传过来的，而是从他的身体内部。他没有出问题，那声音的确充斥了他的思维。

汤姆，不用害怕我。

他抬起手捂住耳朵，紧紧闭上眼睛。太奇怪了，他无法用常规思维来接受正在发生的一切。

我的记忆在消退，汤姆。等我醒来后，我就记不得这么多了，我们一定能通过考验。要结束了，他们派我来就是做个引子。

托马斯受不了了，他不理会纽特的问题，跌跌撞撞地跑向门口，一把拉开门，逃到外面，夺路狂奔。他跑下台阶，跑向前门，不停地跑。但无济于事，她的声音还是钻进了他的脑袋。

一切都将改变。她说。

他想尖叫，跑到不能再跑为止。他冲到了东门，穿了出去，跑到了空地外。他不停地跑着，再也不管什么规定，他跑过一条又一条走道，跑进迷宫的心脏。可即便如此，他也躲不过那个声音。

是你和我，汤姆。是我们对他们下的手，对自己下的手。

29　独处的时光

直到声音彻底消失，托马斯才停下脚步。

这时，他才震惊地发现他已经跑了将近一个小时了——高墙的影子投向东方，很快太阳就要下山，夜晚来临，大门要关闭了。他必须回去。他先想到的是这个，其次才是自己居然不假思索地认出了方向，辨别出了时间，他对这里有着本能的熟悉。

他必须回去。

可他不知道如何面对她，面对出现在他脑海里的声音，和她说的一切奇怪的话。

他别无选择，拒绝承认事实无法解决任何问题。自己的大脑被侵入，尽管很糟糕、很奇怪，但也比再遇上鬼火兽要好。

他向空地跑去，对自己又重新多了些认识。他在毫无意识的情况下，在脑海中回忆出了来时走过的确切路线。回去的路上，他没有犹豫，沿着长长的走道不停左转、右转，沿原路返回，他知道这意味着什么。

民浩说得没错，要不了多久，托马斯将成为最棒的行者。

他还发现，在迷宫里度过的那一夜，彻底证明了他的身体正处于巅峰时期。一天前他还四肢酸软，一点儿力气都没有，现在却已经彻底恢复了，跑了将近两小时，依然丝毫不觉得吃力。无须精确计算他的跑步速度和时间，也知道他这一来一回，跑过的路程接近半程马拉松的距离。

他以前从未想过迷宫到底有多大，一英里接一英里，延绵不绝。墙体移动，每晚都在变化，他终于明白了为什么迷宫如此难走。他此前一直觉得行者们都很笨拙，现在他的疑虑彻底没了。

他左拐，右拐；向前跑，一步不停。等到他穿过大门、跑进空地时，大门距离关上只剩几分钟时间了。他也累了，径直向墓地走去，走到树林深处，走到西南角树木最茂盛的地方。此刻，他最需要的就是独处的时光。

渐渐地，远处飘来人们说话的声音，还有绵羊发出的微弱的咩咩声和猪喷鼻子的声音。他的愿望达成了：他找到了两侧巨墙的交会处，便瘫坐在角落里。没有人会来，没有人会打扰他。南墙开始移动，夜晚正式来临了。托马斯一直看着它，直到门彻底关上。几分钟后，他背靠着厚厚的青藤，舒服地睡着了。

第二天一早，有人轻轻把他摇醒。

"托马斯，醒醒。"是查克，似乎不管托马斯待在什么地方，都能被他找出来。他不满地哼了一声，身体前倾，伸了个懒腰，发现不知是谁，在他睡着的时候给他盖了几条毯子，看来有人扮演了田螺姑娘的角色。

"几点了？"他问。

"你就快赶不上早饭了。"查克拽拽他的胳膊，"走吧，快起来。你得好好表现，要不就糟了。"

托马斯这才想起昨天发生的一系列事情，同时他饿得快胃穿孔了。他们会拿我怎么样？他想，她说的那些话，我们一起对他们、对自己下手的话，到底什么意思？

转念一想，也许是自己疯了吧。可能是迷宫给了他太大压力，让他一时意识模糊。不管是什么情况，听见那个声音的人只有他一个。其他人不知道特蕾莎说过什么怪话，也不会指责他，他们甚至都不知道她跟他说过自己的名字。

除了纽特。

他必须保持清醒，他的情况已经够糟的了，没必要再雪上加霜地告诉别人自己脑海里多了个声音。唯一的问题就是纽特，托马斯必须让他相信，自己昨天被压力击垮了，而经过一夜良好的休息，他已经恢复了。我没有疯。托马斯告诉自己。没错，他肯定没疯。

查克看着他，眉毛抬得高高的。

"对不起，"托马斯边说边站了起来，尽力表现得和平时一样，"刚才走神了。去吃吧，我快饿死了。"

"很好。"查克拍了拍托马斯的背。

他们向居住地走去，一路上查克说个不停。托马斯没有怨言——查克是他生活中最正常的存在了。

"纽特昨晚发现了你，是他跟大家说让你在那儿好好睡的。更重要的是，他还把议事会的决定告诉了我们——进牢房一天，之后你就正式开始行者训练计划了。有人不满，有人很高兴，其他的都表现得无所谓。至于我嘛，我觉得挺棒的。"说到这儿，查克缓了口气，继续说道，"你来这儿的第一个晚上，就在说要做行者的大话，我其实一直在心里嘲笑你。我一直跟自己说，这个傻瓜总有一天会醒的。好了，现在你证明我是错的了，感觉很不错吧？"

可托马斯并不愿多说。"我只是做了任何人都会做的事情。民浩和纽特希望我成为行者也不是我的错。"

"是啊，没错，你就少谦虚了。"

现在"行者"这个身份是托马斯最不担忧的事。他烦恼的是自己为什么会一直想着特蕾莎，想着脑海里的声音和那番话。"我其实挺激动的。"托马斯强迫自己笑了笑。自己要在牢房里待上一天，想到这个，他又有些害怕。

"我们就等着看你快把肠子跑出来时的样子。不管怎么样，我想告诉你，我查克还是为你感到骄傲的。"

朋友的热情让托马斯笑了出来。"搞得你跟我老妈一样，"托马斯说，"世界在你眼里都变美了。"哦，妈妈，他突然想到了这个词，心里突然一沉——他都记不得自己母亲的模样了。这感觉太糟糕了，他连忙放下这个念头。

他们走到厨房，简单地拿了点菜饭，找了张大桌坐下。这儿进进出出的所有人都盯着托马斯看了好久，有人走过来向他表示祝贺，有人则不怀好意地打量着他。现在看来，大多数人都是站在他这边的。吃着吃着，他想到了盖里。

"嘿，查克，"他吃了几口蛋后，装作漫不经心的样子问道，"他们找到盖里了吗？"

"没呢。我刚想告诉你，昨天他离开会场后，有人看见他进了迷宫，之后就再也没看到过他了。"

托马斯手里的叉子掉了下来，这个消息出乎他的意料，他吃惊极了。"什么？你说真的？他进迷宫了？"

"是啊，大家都觉得他是疯了。昨天你不也跑出去了吗？有人还说是你把他杀死了。"

"真是难以置信……"托马斯盯着面前的餐盘，想弄明白盖里为什么要那么做。

"别担心了，伙计。除了他的几个死党，没人喜欢他，说你坏话的也就剩那几个人了。"

托马斯不敢相信查克在说这些话的时候居然如此随意。"要知道，那闪克可能已经死了，你说得他好像去度假了一样。"

查克若有所思。"我觉得他没死。"

"嗯？那他上哪儿去了？在迷宫里待了一夜没死的人不是只有民浩和我吗？"

"所以我才这么说嘛，我觉得一定是他的朋友把他藏起来了。盖里是个蠢货，但还不至于蠢到在迷宫里待一晚上的地步。"

托马斯摇摇头。"也许那正是他待在外面的原因。想证明我能做到的事，他也一样可以做到。这闪克讨厌我。"他顿了顿，又补充道，"以前也讨厌我。"

"唉，无所谓了。"查克耸耸肩，一副两人是在为早饭吃什么而争吵的样子，"要是他死了，你们也许能找到他的尸体。如果没有，他肚子饿了自然会出现的，我并不关心。"

托马斯收拾好盘子，拿到台子那边。"我只想过一天正常的日子——放松一天。"

"那你这该死的愿望可以实现了。"一个声音从身后的厨房门那儿传来。

托马斯转头发现是纽特，正笑着看着自己。那微笑仿佛在说，世界再次好了起来，托马斯心定了不少。

"来吧，可怜的牢房小子，"纽特说，"等你进了牢房再慢慢享受吧。走吧，查克中午会给你送午餐的。"

托马斯点点头，向门口走去，纽特在前面带路。突然之间，牢房一日游变得美妙起来——把它当作放松、休息的日子就好了。

可他有个感觉，在空地度过无所事事、没有古怪的事发生的一天，这比起盖里给他献花的概率更小。

30 牢房一日游

牢房位于大屋和北墙之间，隐藏在一片许久未经修剪、长得乱七八糟的灌木丛后面，这牢房其实是一栋粗糙的混凝土建筑，只有一扇小小的窗户，上面钉着几根横条，以及一扇用生了锈的金属锁锁起的木门，仿佛黑暗世纪的产物。

纽特掏出一把钥匙，打开牢门，示意托马斯自己进去。"里面只有一把椅子，什么也做不了，好好享受吧。"

托马斯走了进去，看见那唯一的家具，不由得默默抱怨了一下——那是一把丑陋的椅子，一条腿比其他三条腿都要短，一副摇摇欲坠的样子。也许是故意设计成这个样子的吧，地面上连个坐垫都没有。

"自己玩儿吧。"纽特说完便带上了门。托马斯转身走向他的新家，听见搭扣搭上、门锁咔嗒锁上的声音。纽特的脸出现在那小小的玻璃窗外面，他正透过横条看向里面。"你破坏了规矩，这是你应得的奖赏。汤米，即使你拯救了几条人命，但是还是得记着……”

“是啊，我懂，遵守秩序。”

纽特笑了。“你人还不错，伙计。但不管能不能和大家成为朋友，你都得凡事按规矩来，这样能让我们活得久点。坐在这儿盯着墙看的时候，就自己好好想想吧。”

说完，他就走了。

第一个小时过去了，托马斯觉得没意思极了，无聊仿佛一只老鼠，穿过门，爬进了他的心。到了第二个小时，他开始想拿头去撞墙。两小时后，他坐在该死的牢房里，开始想象自己和盖里吃晚饭、打败鬼火兽的样子。他干坐着，试图唤醒自己的回忆，但记忆在还未成形之前，就烟消云散了。

谢天谢地，查克中午时带着午饭来了，把托马斯暂时从胡思乱想中解脱开来。查克从窗户口送了几块鸡肉和一杯水，之后，他就像往常一样滔滔不绝地说起话来，说得托马斯耳朵快起老茧了。

“一切都恢复了正常，”男孩宣布道，“行者已经去迷宫里了，所有人都在工作——也许到最后我们都能活下来。依然没有盖里的踪迹——纽特跟他们说，一旦找到他的尸体就立即回来。哦，对了，艾尔比已经能走路了，情况不错，纽特很高兴，他不用再做头儿了。”

听到他提及艾尔比，托马斯的注意力一下子从食物上回到了现实。他回忆起昨天那个大男孩浑身痉挛、想把自己掐死的样子。他又想起，在纽特离开房间后、癫痫发作前，艾尔比对自己说的话没有任何人知道。可现在艾尔比已经起来，能走路了，这就意味着他不一定会保守秘密。

查克继续喋喋不休地说着，他话锋一转，完全出乎托马斯的意料。"托马斯，我的情况有些不妙，伙计。我觉得难过，有点想家，这太奇怪了，我根本不知道我想回去的地方在哪里，你明白吗？我只知道我想离开，想和家人在一起。不管那个地方是哪儿，不管我是从哪儿来的，我只希望我能回想得起来。"

托马斯有些吃惊，他从没听查克说过这样严肃而令人无法反驳的话。"我明白你的意思。"他喃喃道。

查克个子不高，托马斯看不到他说话时的眼神，但他接下来的话让托马斯感受到了深深的悲伤，他也许快哭了。"我以前老是哭。每天晚上都这样。"

这句话把托马斯的思绪从艾尔比身上转移开来。"怎么了？"

"我就跟个尿了裤子的婴儿一样，天天都哭，直到你来了之后。我想我是习惯了，即便时刻都想逃出去，但还是把这儿当成了自己的家。"

"我在到这儿之后只哭过一次，就在我差点被鬼火兽吃掉后，大概只是因为我是个肤浅的笨蛋吧。"如果不是查克说了这样一番话，托马斯也不会打开心扉。

"你也哭过？"查克的声音从窗户外飘了进来，"怎么回事？"

"是啊，就在最后一头鬼火兽从悬崖上摔下去之后，我崩溃了，一直哭到喉咙和胸口发疼。"他清晰地记得当时发生的所有细节，"就在那一瞬间，我觉得整个世界都在压迫着我。后来我感觉好了很多，所以不要因为自己会哭而感到难堪——永远都不要。"

"哭的确会让人舒服很多，是吧？真奇怪。"

两人沉默了好几分钟，托马斯发现自己并不想让查克离去。

"嘿，托马斯？"查克喊道。

"我在啊。"

"你觉得我有父母吗，真正的父母？"

托马斯哈哈大笑，刚刚还因为那番话难受着，这下什么悲伤的感觉都没了。"当然有了，笨蛋。你要我跟你解释生育的原理吗？"说到这儿，他突然胸口一痛——他记得这个道理，却不记得是谁教会了他。

"我指的不是这个，"查克的声音完全听不出喜悦，他声音低沉，语气阴郁，几乎是在自言自语一般，"大多数经历过痛变的人都想起了不少可怕的事，他们甚至都不愿谈起，这让我也怀疑自己和家有关的记忆会不会也糟糕透顶。所以啊，你觉得在这个世界的某个地方，我真的有爸爸妈妈吗？他们也会想我吗？到了晚上，他们也会哭吗？"

托马斯也呆了，泪水不由自主地在眼眶里打转。自从来了这里后，生活一下变得无比疯狂，他从来没把这里的人当成普通人看待过，没想过他们也有家人，会思念自己孩子的家人。很奇怪，他从没往那方面想过自己。他想的只是这一切都有什么意味、谁把大家送到这儿、该怎么逃出去。

这么长时间以来，他的情感第一次被查克触动了。他心中燃起一股怒火。这些孩子此刻应该在学校里、在家中，和邻居的孩子一起玩耍，到了晚上就回家，回到爱他、关心他的家人的怀抱——妈妈每天都会逼他洗澡，爸爸会帮他完成家庭作业。

托马斯恨那些让这些可怜又无辜的孩子和父母分离的人，他用全部生命恨他们，那力量都让他吃惊。他想报复他们，甚至把他们折磨至死！他希望查克能快乐起来。

但他们的生命中再也不会有快乐，也不会再有爱。

"听我说，查克，"托马斯停了停，尽力让自己镇定，声音平稳，"我敢肯定，你一定有你的爸爸妈妈，一定是这样。我敢打赌，你的妈妈现在一定正坐在你的房间里，抱着你的枕头，回想着你的过去。没错，我敢打赌她也在为你哭。哭得很厉害，眼睛红肿，抽着鼻子。听起来让人难过，但一定是真的。"

查克什么都没说，托马斯好像听到了轻微的吸鼻子声。

"别放弃，查克。我们一起解决问题，离开这里。现在我是行者啦，我用我的生命向你保证，我一定要让你回到自己的房间，让你的妈妈不再哭泣。"托马斯真心说道，他觉得自己的心都快燃烧了。

"希望你说的都是对的。"查克用颤抖的声音说。他冲窗户竖起大拇指，然后就走了。

托马斯在狭小的房间里来回踱着步子，内心迫切地渴望自己能兑现承诺。"我向你发誓，查克，"他自言自语道，"我发誓，一定要让你回家。"

31 监禁结束

石头相互摩擦的隆隆声刚刚响起，预示着夜间大门即将关闭，艾尔比在这时候露面了，准备释放托马斯，这大大出乎他的意料。钥匙与锁发出金属碰撞的叮当声，牢房门开了。

"还没死吗，傻蛋？"艾尔比问。他的状态比一天前好多了，托马斯盯住他看了好久。他的肤色恢复了正常，眼睛上不再有纵横交错的红色血丝。短短二十四小时之间，他似乎长了有十五磅重。

艾尔比注意到托马斯在瞪着自己。"呆瓜，你在看什么呢？"

托马斯轻轻摇了摇头，发现自己刚才走了神。他的大脑在飞转，他很想知道艾尔比还记得什么，还知道什么，他对自己又如何评价。"什么……没事。只是你恢复得这么快，让人感觉不可思议，你现在没事了吧？"

艾尔比鼓了鼓右胳膊上的肌肉。"好得不能再好，快出来吧。"

托马斯照办了，他希望自己的目光没有飘忽不定，让他心中的担忧显得一目了然。

艾尔比关上监狱门，上了锁，回身面对托马斯。"说实话，那是假的。我感觉自己像一堆被鬼火兽踩了两脚的屎。"

"是啊，你昨天的样子的确如此。"当发现艾尔比面带怒容，托马斯希望他只是在开玩笑，连忙说道，"不过今天你已经完好如初，我发誓。"

艾尔比把钥匙放回口袋，背靠在牢房门上。"好吧，我们昨天的确深入聊了聊。"

托马斯的心嘭嘭直跳，说到这一点，他不清楚艾尔比想要什么。"呃……是的，我还记得。"

"影像依然重现，菜鸟。它在淡去，但我永远无法忘记。实在太可怕了，单单谈论起它，就让我如鲠在喉。然而那些画面消失了，似乎同样一个东西不希望我再记得它。"

前一天的画面在托马斯心中闪过。艾尔比死命挣扎，企图掐死自己——若非亲眼所见，托马斯一定不敢相信。虽然他害怕得到答案，但他知道自己必须提出下一个问题。"那关于我的事呢？你一直在说看见过我。我究竟在做什么？"

艾尔比朝空旷处凝望了一阵，这才回答："你跟……创造者们在一起，助纣为虐。不过让我惊讶的并非这一点。"

托马斯感到仿佛什么人的拳头狠狠给了他肚皮一拳。助纣为虐？他不知道该如何去问，这句话究竟意味着什么。

艾尔比接着说："我希望痛变期并没有带给我们真实的记忆——只是给我们植入虚假的记忆。有人会怀疑它——我只能希望。如果世界真是我眼中的样子……"他的声音小了下去，只留下令人不安的沉默。

托马斯感到困惑不解，他步步紧逼："难道你就不能告诉我，究竟看到我在干什么？"

艾尔比摇摇头。"不行，傻蛋，不能再冒险把我自己掐死了。也许不过是他们植入我们的头脑，用来控制我们的某种东西——正如抹去我们的记忆一样。"

"好吧，如果我是邪恶的，也许你应该继续把我关起来才对。"托马斯半开玩笑地说。

"菜鸟，你并不邪恶。也许你是个呆瓜，但你还算不上邪恶。"艾尔比脸上露出不易察觉的微笑——对于通常不苟言笑的他来说，这绝对难得一见，"你的所作所为——冒险去救我和民浩——绝对不是我听说过的邪恶。不，我只是想到了鬼火兽血清，还有痛变期中某些可疑的地方。为了你，也为了我自己，我希望如此。"

艾尔比不认为托马斯有什么问题，这让他长长地松了一口气。艾尔比刚才说的话，他只听到了一半。"究竟有多糟，你找回的那些记忆？"

"我回忆起了成长中的一些事情，我住在什么地方，诸如此类。如果现在上帝亲自走下来，对我说我可以回家……"艾尔比盯着地面，又摇了摇头，"如果这是真的，菜鸟，我发誓在回去之前，我宁愿跟鬼火兽共处一段时间。"

托马斯没想到他的回忆竟如此糟糕——他希望艾尔比能跟他讲述一些细节，描述些什么，任何内容。但他清楚，窒息事件在艾尔比心中仍历历在目，当下很难让他改变主意。"好吧，也许它们都不真实，艾尔比，也许鬼火兽血清是某种精神药物，会给你带来幻觉。"托马斯清楚，自己的尝试不过是徒劳。

艾尔比想了足足有一分钟。"药物……幻觉……"他摇摇头，"我怀疑。"

值得一试。"我们还是必须逃离这地方。"

"是的，谢谢了，菜鸟，"艾尔比讽刺地说，"没有你鼓舞士气，我们都不知道需要那样去做。"他又露出那种似笑非笑的表情。

艾尔比情绪的变化也让托马斯的忧郁一扫而空。"别再叫我菜鸟了，现在那个女孩才是菜鸟。"

"好吧，菜鸟，"艾尔比叹了一口气，显然不愿再继续谈论下去，"去找点儿吃的——你艰难的一天监禁已经结束。"

"一天已经够我受的了。"虽然渴望得到答案，但托马斯巴不得早一点离开监狱。此外，他还饿得要命。他冲艾尔比笑笑，直接去厨房找吃的去了。

晚餐好吃极了。

弗莱潘知道托马斯会晚来，所以留下了满满一盘烤牛肉和土豆。盘子上留的一张字条说，橱柜里还有小饼干。看样子大厨决意继续提供他在议事会上表示的对托马斯的支持。正吃饭的时候，民浩来了，打算在他重要的行者训练第一天开始前帮他熟悉情况，同时告诉他几个数据和有趣的事实，以及一些让他在晚上睡觉前思考的东西。

讲完之后，托马斯走回到前一天晚上隐秘的睡觉之处——位于墓地后面的一个角落。他在思考与查克的谈话，很想知道如果有父母跟你道晚安是什么样的感受。

晚上，有几个男孩在林间空地里闲荡，但大部分地方安安静静，似乎所有人只想上床睡觉，结束这一天，让它成为过去。托马斯没有抱怨——这正是他所需要的。

前一天什么人留给他的毯子还在原地。他把它拿起来，躺进被窝，惬意地依偎在角落里，这里有高墙和一大丛柔软的藤蔓。树林里混合着各种气味，他深吸了一口气，让自己放松下来。空气很纯净，这让他想起了这地方的天气。从不下雨，从不下雪，从不太冷或是太热。若不是他们被与朋友和家人拆散，还与一群怪兽一道被困进这迷宫，这里可以算得上是天堂。

有些东西太过完美。他清楚这一点，但却找不到任何解释。

他的思绪飞回到晚餐时民浩跟他提到的迷宫的大小和规模。他相信这一点——来到悬崖的时候他已经意识到这地方的庞大。他只是想不明白，这样的建筑是如何被修建起来的。迷宫绵延数英里，行者每天奔跑的距离要求他们几乎要做一个超人。

可是，他们一直未能找到一个出口。尽管如此，尽管境况令人绝望，他们依然未曾放弃。

晚餐时民浩给他讲了一个老故事——一个残留在他从前记忆中的怪异而不经意想起的事情——关于一个被困在迷宫中的女人。她用右手一直扶在迷宫的墙上，一路摸着墙向前走，并借此逃出了迷宫。就这样，她不得不在每一个转弯处右转，物理和地理的简单原理让她最终找到了出口。这故事有它的道理。

然而不是在这里，这地方所有的道路最终都回到了林间空地，他们一定漏掉了什么。

明天，他的训练即将开始。明天，他能够开始帮助大家寻找被疏忽的线索。就在这时，托马斯做了个决定，他要忘掉所有怪异的东西，忘掉所有糟糕的事情，忘掉一切。他不会放弃，直到他解开谜团，寻找到一条回家的路。

明天。这个字眼一直萦绕在他心中，伴随他进入了梦境。

32 探入黑暗之中

天还没亮，民浩就把托马斯叫醒了。他用一把手电示意托马斯跟自己到大屋后面去。托马斯立刻就摆脱了早起的困乏，马上要开始的训练让他感到兴奋。他爬出被窝，迫不及待地跟上他的老师，避过一个个睡在草地上的空地人——只有此起彼伏的鼾声表明他们还活着。黎明的第一丝微光在林间空地上亮起，将一切变成了深蓝色的模糊暗影。托马斯还是第一次见到这地方如此宁静，血屋响起一只公鸡的打鸣声。

在大屋后面一个角落里，民浩从一条弯弯曲曲的裂缝中间掏出一把钥匙，用它打开一扇破旧的门，门内是一间小小的储藏室。期待让托马斯身体微微发抖，他心中猜测这背后究竟藏着些什么。民浩的手电光在储藏室里来回晃动，他瞥见一些绳子、链条，还有一些杂物。终于，手电光落在了一个装满了跑步鞋的敞开的箱子上。托马斯差一点笑出声，在他看来这毫无特别之处。

"好吧，这就是我们得到的头号供给，"民浩说，"至少对我们来说是。他们不时会通过传送箱给我们送来新的。如果鞋子太差，我们的脚就会变得跟火星人一样畸形。"他弯下腰，在鞋堆里摸索，"你穿几号？"

"几号？"托马斯想了想，"我……不知道。"有时候，他那些记得的和记不得的东西让人难以捉摸。他弯下腰，脱下一只自打来到林间空地就一直穿在脚上的鞋子，朝鞋里看了看。"十一号。"

"天哪，傻蛋，你的脚可真大。"民浩站起身，手里举着一双光洁的银色鞋子，"不过看样子我们还有你的尺寸——伙计，这鞋子都能当船划了。"

"很漂亮。"托马斯接过鞋子，走出储藏室，坐在地上，迫不及待地试穿起来。民浩又拿了几样东西，然后才走出来。

"只有行者和守护人才能分到这样的鞋。"民浩说。托马斯忙着试鞋，并没有抬头。一块塑料手表落在他大腿上，黑色的手表样式简单，表面只用数字显示出时间。"戴上它，任何时候都不要摘掉，它或许关系到你的生死。"

托马斯很高兴得到一块手表，虽然太阳与阴影的变化已足够让他判断大致的时间，但一个行者或许需要掌握更准确的时间。他把手表在手腕上扣好，继续试他的鞋子。

民浩接着为他介绍。"这里有一个背包、水瓶、午餐盒、一些短裤和 T 恤衫，还有些别的东西。"他推了推托马斯，托马斯抬起头，发现民浩拿着两条紧身内衣。它们是用闪亮的白色布料缝制的。"我们把这些坏孩子叫作奔跑内裤，能让你，呃，漂亮而舒适。"

"漂亮而舒适？"

"是的，你知道，你……"

"是的，明白了。"托马斯接过内裤和其他东西，"你们把所有方面都考虑到了，对吗？"

"两年来每天玩命地奔跑，你就会了解自己需要什么，应该去要求什么。"他开始把东西塞进他自己的背包。

托马斯吃了一惊。"你是说，还能提出要求？要求你想要的装备？"把他们送到这地方的人为何会如此慷慨？

"当然能，只要在传送箱里放上一张字条就可以了。并不是说我们总能从创造者那里得到所有想要的东西。有时候可以，有时候不行。"

"想过要张地图吗？"

民浩哈哈大笑。"没错，的确试过，还要求过电视，但没这样的好事。那些傻蛋并不希望让我们知道，在可怕的迷宫之外，生活是多么美好。"

托马斯心中涌起一丝疑问，回家的生活真就那么美好吗——什么样的世界会允许人们让孩子这样去生活？这个念头让他感到惊讶，仿佛它在真实的记忆中已根深蒂固，如同他内心黑暗中的一道光芒，可是它已经远去了。他摇摇头，系好鞋带，站起身，绕圈跑了跑，又弹跳几次，试了试鞋。"感觉好极了，我想我准备好了。"

民浩还蹲在地上的背包旁边，抬头瞪了托马斯一眼。"你活像个白痴，如同愚蠢的芭蕾舞演员似的蹦来跳去。包里没有早餐，没有午餐盒，没有武器——只能祝你好运了。"

托马斯不跳了，只感觉到一阵寒意。"武器？"

"武器。"民浩站起身，走回到储藏室，"到这儿来，我带你看看去。"

托马斯随民浩走进小房间。他从后墙拖开几个箱子，地面上出现一扇小地板门。民浩打开门，露出一段木头梯子，探入黑暗之中。"它们被藏在了地下室，免得被盖里这样的傻蛋找到。跟我来。"

民浩走在前面。每走一步，楼梯便吱嘎作响。两人走下十几级阶梯。虽然有股尘土和浓烈的发霉味道，但凉爽的空气让人觉得很舒服。他们踏上泥地，托马斯什么也看不见。民浩拉了一下灯绳，点亮房间里唯一的一盏灯。

房间比托马斯想象的要大，至少三十平方英尺。架子靠墙摆放，还有几张厚实的木头桌子。视线所及之处，到处堆满了各种各样的令人胆战心惊的杂物。木杆，金属钉，大网——好像是用来盖鸡窝的那种，一卷卷带刺的铁丝网，锯子，匕首，剑。一整面墙专门用来挂弓箭：木弓、箭、替换用的弓弦。这景象立刻勾起了托马斯心中的记忆——本在墓地被艾尔比射中的场景。

"哇哦。"托马斯嘟囔，在封闭的空间里发出沉闷的蜂鸣声。一开始，这地方如此大量的武器让他感到害怕，不过他发现，它们中大多数覆盖着厚厚的灰尘，他这才稍稍放下了心。

"大多都派不上用场，"民浩说，"不过谁知道呢！通常我们都会带上两把锋利的刀。"

他冲角落里一个大木箱点点头。箱子靠在墙边，盖子敞开着。各种形状和大小的匕首随意堆放在箱子里，堆满了一箱子。

托马斯希望大多数空地人不了解这个房间里的秘密。"这么多东西似乎很危险，"他说，"要是本在发疯攻击我之前到这下面来过，那会是什么样的后果？"

民浩从口袋里掏出钥匙，在手上晃了晃，发出叮叮当当的声响。"只有少数几个幸运的家伙有这个。"

"可还是……"

"别再抱怨来抱怨去的了，挑上两件。一定要挑两件顺手并且锋利的，然后我们去吃早餐，再带上午餐。出发之前，我想带你去地图室看看。"

听到这句话，托马斯感到一阵兴奋——自从第一次看见有行者走进那幢矮房子的门后，他一直对那里充满了好奇。他挑选了一把带橡胶手柄的银色短匕首，还有一把黑色长砍刀。他的兴奋随之消散了些许。虽然他很清楚空地外究竟有什么，但他仍然不愿去想为何他需要携带武器走进迷宫。

半个钟头过后，吃饱喝足，带好装备，他们站在了地图室紧闭的金属门前。托马斯心痒难耐，恨不得马上进屋。黎明已经绽放，空地人熙熙攘攘地开始了新的一天。空气中弥漫着煎熏肉的香气——弗莱潘和他的伙伴正努力满足几十个饥肠辘辘的胃。民浩打开门锁，转动圆形把手，从门内传来清晰的咔嗒一声响，他使劲一拉。伴随着一声刺耳的声音，沉重的金属门打开了。

"你先请。"民浩故作鞠躬状道。

托马斯没说什么，迈步走了进去。冰冷的恐惧夹杂着强烈的好奇，充斥着他的内心。他不得不提醒自己，别忘了喘气。

黑漆漆的房间里有股潮湿发霉的味道，夹杂着浓烈的铜的气息，他嘴里几乎都能尝到。年幼时吸吮硬币的遥远而模糊的记忆映入他的脑海。

民浩按动一个开关，几排荧光灯闪亮起来，房间里的细节一览无遗。

房间里陈设的简单让托马斯感到惊讶。大约纵深二十英尺，地图室的水泥墙上不带任何装饰。一张木桌立在中心，四面塞着八把椅子。桌面上一摞摞纸张和铅笔整整齐齐堆放在一起。除此之外，房间里还有八个箱子，与地下室里装刀的箱子一样。箱子关得紧紧的，彼此之间间隔整齐，每一面墙边各摆放有两个。

"欢迎来到地图室，"民浩说，"最有意思的地方。"

托马斯略微有些失望——他本以为这里会更复杂。他深吸了一口气。"这地方有股废弃铜矿的味道，很难闻。"

"我倒有点儿喜欢这味道。"民浩拉出两把椅子，在其中一张坐下，"请坐，在我们出发之前，我希望你头脑里记住两个画面。"

托马斯坐下之后，民浩拿起一张纸，一支铅笔，开始画了起来。托马斯凑上前看个清楚，发现他画了一个很大的方框，几乎占满了一整张纸。接着，他又在里面画满了小方框，看起来像个井字棋盘，三横三纵的方框，全部一样大小。他在正中间的方框写下"林间空地"几个字，然后从左上角的方框开始，沿顺时针方向在外面的方框里写下数字一到八。最后，他在各处随意画上些 V 字。

"这几处是大门，"民浩说，"你已经了解了空地中的几个门，迷宫里还有另外四个，分别通向第一、第三、第五、第七这几个区域。门不会动，但那里的道路每晚会跟随高墙移动。"说完后，他把纸推到托马斯面前。

托马斯把纸拿过来，迷宫的构造让他看得入了迷。他一边研究，民浩一边往下说：

"所以，林间空地被八个区域包围在中央，每个区域都是一个自我封闭的方块，自从这可恶的游戏开始到现在的两年时间里，它就从未被破解过。唯一可能接近出口的地方是悬崖，而那并非是个好的选择，除非你想掉下去摔得粉身碎骨。"民浩拍了拍地图，"每天晚上，整个区域高墙都会移动——在我们的大门关闭的同时，至少我们认为是在那个时间，因为我们从来没在其他时间听见过墙的移动。"

托马斯抬起头，很高兴自己能够提供些信息："被困在墙外的那天晚上，我没有见到任何东西移动。"

"紧邻大门的几条主要通道从不移动，只有更远处的才会动。"

"哦。"托马斯的目光回到略显粗糙的地图上，努力想象着迷宫的样子，用心在民浩画的铅笔线条上勾勒出石墙的模样。

"我们总有至少八名行者，包括守护人，每个区分别指定一个人。我们要花上一整天来绘出各自区域的地图，希望这地方会有一个出口，虽然希望渺茫——我们回来之后再把它画出来，每天一页。"民浩朝其中一个箱子看了一眼，"这就是为什么，那些箱子里装满了地图。"

托马斯心中有种压抑而可怕的念头。"我是不是……代替了某个人？有谁被杀了吗？"

民浩摇摇头。"不，我们只是在训练你——也许哪一天有人希望得到休息。别担心，已经很久没有行者被杀死了。"

不知道什么原因，最后一句话让托马斯感到担忧，不过他希望自己的担忧没有写在脸上，他指了指第三区。"那么……你们要花一整天跑完这些小方块吗？"

"搞笑，"民浩站起身，走到他身后的箱子跟前，跪倒在地，打开盖子，将它靠在墙上，"到这儿来。"

托马斯已经站起了身，他在民浩身后朝箱子里看去。箱子很大，能装下四摞地图，而每一摞都装到了箱子盖的高度。托马斯发现每一张都非常相似：方形迷宫的草图，几乎画满了整张纸。在右上角潦草写着"第八区"几个字，后面是名字——汉克，之后是日期，紧随其后的是一个数字。最后一张上面写的是数字749。

民浩继续往下说："从一开始我们就猜出墙在移动。知道这一点之后，我们就开始保留记录。我们一直认为，以一天到一天，一周到一周进行比较，这样会让我们推断出某种规律。我们的确做到了——迷宫每个月都重复同样的布局。可是，我们没有发现开启的出口能带我们走出这方块，从来就没有出口。"

"已经两年了，"托马斯说，"难道你们没有绝望过，冒险去外面过夜，看看墙在移动的时候是否有什么地方会开启吗？"

民浩抬头望着他，眼光中怒火闪动。"那样讲有些无礼，伙计，真的。"

"什么？"托马斯感到吃惊——他丝毫没有这个意思。

"我们已经忙碌了整整两年，而你却质问我们为何这么胆小，不敢去外面过夜？从一开始就有几个人尝试过——最后都以死亡告终。你还想再去那里过一夜吗？你喜欢再试一试求生的运气吗？"

托马斯羞得满脸通红。"不，对不起。"他突然感到自己好傻。

他当然明白——他宁愿每天夜里安然无恙地回到林间空地，而不是再次与鬼火兽遭遇。想到这里，他打了个冷战。

"是啊，好吧。"让他感到欣慰的是，民浩的目光回到箱子里的地图上，"林间空地的生活也许算不上美好，但这里至少还算安全。充足的食物，免受鬼火兽威胁。我们不可能要求行者冒险在外面过夜——不可能，至少现在还没到那个时候，除非这些图案能给我们提供一个线索，证明有出口会开启，即便只是暂时的。"

"你们有眉目了吗？有什么进展吗？"

民浩耸耸肩。"我不知道。有些令人沮丧，可我们不知道还能做别的什么，不能冒险错过任何一天，因为在某个地方或许会出现一个出口。我们不能放弃，永远不能。"

托马斯点点头，这样的态度让他感到欣慰。事已至此，轻言放弃只会让结果变得更糟。

民浩从箱子里拿出几张纸，那是最近几天的地图。他摊开地图，解释道："我说了，我们一天天、一周周、一月月地进行比较。每个行者都负责绘制各自区域的地图。恕我直言，我们没有得出任何结果。更直言不讳地讲——我们都不知道自己在找什么。真的很失败，伙计。非常失败。"

"可我们不能放弃。"托马斯用一种不争事实的口吻重复着民浩刚才说的那句话。他连想都没想就用上了"我们"这个字眼。他明白，自己已经真正成为林间空地的一分子。

"你说得对，兄弟，我们不能放弃。"民浩小心地放好地图，关上箱子，站起身，"好啦，我们在这里耽搁了一点时间，必须抓紧行动了。在开始的几天，你只要跟上我就行了。准备好了吗？"

托马斯感到心中的神经一紧，内脏随之拉扯起来。这一刻就在眼前——他们真的就要启程了，不需要有更多言语，不需要更多顾虑。"呃……是的。"

"这里不许有'呃'，你准备好了吗？"

托马斯迎向民浩突然变得坚毅的目光。"我准备好了。"

"那让我们奔跑吧。"

33 启动终结程序

两人通过西门，进入第八区，穿过几条通道。民浩忽左忽右，托马斯不假思索地紧跟在他身后，一路奔跑。清晨的太阳光彩熠熠，把一切照得鲜明而清亮——常春藤、裂缝的石墙、路面的石块。虽然还有几个钟头太阳才会升上正午的高空，但光线已足够亮堂。托马斯费力地跟上民浩，不时需要一阵猛跑才能追上他。

他们跑过北面一段长长的石墙，这地方看来像是一个没有门的门口。民浩一步不停地从中穿过。"这里从第八区——也就是左侧中间的方块，通向第一区——左上角的方块。我说过了，这条通道从不改变位置，但路线也许会稍有不同，因为墙在重新组合。"

托马斯跟上他，他没想到自己的呼吸已变得十分沉重。他希望这只是因为紧张，希望呼吸尽快平稳下来。

他们跑过右边的一条长走廊，转过左边的几个弯。跑到通道的尽头，民浩只是短暂地放慢脚步，伸手到背后从侧兜里掏出一个笔记本和一支铅笔。他记下几个字，把它们放回去，一直没有完全停下脚步。托马斯不知道他写了些什么，但没等他提问，民浩已经给出了答案。

"大多时候……我依赖我的记忆，"守护人喘着气说，声音里终于透出些疲倦，"不过每转五个弯，我都会记录下一些东西，等到晚一些时候帮助我回忆。大多是跟昨天相关的内容——今天有哪些变化，这样我就能利用昨天的地图来画出今天的地图。小菜一碟，伙计。"

托马斯感到好奇，在民浩口中，这的确轻而易举。

他们跑了一阵，来到一个交叉路口。他们有三种可能的选择，但民浩毫不犹豫地选择了右边。他一边跑，一边从口袋里掏出一把刀，从容不迫地从墙上割下一大团藤蔓，扔在身后的地上，继续向前跑去。

"面包屑？"托马斯问，从前的童话故事从心底里冒了出来。过去片段的奇异闪现已不再令他感到惊讶。

"面包屑，"民浩回答，"我是汉塞尔，你是格雷特。"

两人继续前行，循着迷宫的通道，时而右转，时而左转。每一个转弯的地方，民浩都会割下三英尺长的常春藤扔在路上。托马斯在心中惊叹——这样去做的时候民浩甚至不需要放慢脚步。

"好吧，"守护人说，他现在已经呼吸沉重，"轮到你了。"

"什么？"托马斯没有料到，第一天除了奔跑和观察之外，自己还会被要求做些什么。

"现在割一些常春藤，你必须习惯在转弯处这样去做。回来的时候我们把它们捡起来，或是踢到一边。"

有事情让自己去做，托马斯高兴得超出了想象，不过他花了些时间去熟悉。开始的两次，在砍下常春藤后，他必须猛跑一阵才能赶上，其中一次还划伤了手指。不过等到第十次尝试的时候，他就几乎与民浩不相上下了。

他们继续奔跑。过了一阵子——托马斯不知道多久，也不知道多远，不过他猜测大约有三英里——民浩放慢脚步走了起来，最后完全停下了。"休息时间。"他扔下背包，掏出水和一个苹果。

什么也不必说，托马斯效仿起民浩的动作。他咕嘟嘟喝了几口水，水流淌过干渴的嗓子，清凉的感觉舒服极了。

"慢一点儿，傻瓜，"民浩说，"还得留一点水待会儿再喝。"

托马斯停下了，他满意地深吸了一口气，打了个嗝。他咬了一口苹果，顿觉恢复了精神。不知为什么，他的思绪回到了民浩与艾尔比去查看死鬼火兽的那天—— 一切变得不可收拾。"你一直没告诉我那天艾尔比究竟出了什么事——他为什么变得那样憔悴。毫无疑问，鬼火兽醒了过来，可是究竟发生了什么？"

民浩已经背好背包，准备重新出发。"好吧，那东西没死。艾尔比像白痴似的用脚踢了它几下，那坏家伙突然活了过来，竖起浑身的尖刺。他被它庞大的身体压住了。不过，那东西有些不对劲，并不像平时那样主动攻击，似乎只是想离开那地方，而可怜的艾尔比恰好挡住了它的去路。"

"它就这样从你们眼前逃走了？"从托马斯几天前了解的情况来看，他无法想象这一切。

民浩耸耸肩。"我想是的——或许它需要充电什么的。我不知道。"

"它能有什么问题呢？你见到它受过伤还是别的什么？"托马斯不清楚自己在寻找什么样的答案，不过他相信，从发生的情况中一定能寻找到某种线索，或是获得些教训。

民浩沉思了有一分钟。"不，那东西只是外表看来死了——如同一尊蜡像，然而突然之间，它就活了过来。"

托马斯思潮涌动，努力寻找着答案，只是他甚至不清楚从什么地方或是哪个方向开始。"我很想知道它究竟去了哪里，它们通常会去什么地方。你不想知道吗？"他沉默了一会儿，"你们想过跟踪它们吗？"

"伙计，你这是在找死，难道不是吗？来吧，我们得走了。"说完，民浩转过身，向前跑去。

托马斯跟了上去，他苦苦思索烦扰于心的那些问题，关于鬼火兽的死而复生，关于它复活后去了哪里……

他失望地把这些念头放在一旁，快步赶了上去。

托马斯跟在民浩身后又跑了有两个钟头，中间穿插了几次短时间休息，每一次都越来越短。无论身体状态如何，托马斯感到了疼痛。

终于，民浩停下脚步，又一次脱下背包。两个人坐在地上，靠在柔软的常春藤上，吃起了午饭，两个人的话都不多。托马斯享受着每一口三明治和蔬菜，尽可能吃得慢一些。他知道，一旦吃完了食物，民浩就会起身出发，所以他不紧不慢。

"今天有什么变化吗？"托马斯好奇地问。

民浩弯腰拍拍背包，他的笔记本就在包里。"墙只是按照惯例在移动，没什么值得关注的东西。"

托马斯大大地喝了一口水，抬头望向对面覆满常春藤的高墙。他看到一道银色与红色的光线一闪，在那天他已经见过不止一次。

"那些刀锋甲虫有什么大不了的？"他问。它们似乎无处不在。这时，托马斯回想起他在迷宫里目睹的一切——好多的状况，他一直还没有机会提起。"为什么在它们背上会有灾难这个词？"

"从来没有抓住过一只，"民浩吃完了饭，将午餐盒推到一旁，"而且我们不知道其中的含义——也许不过是用来吓唬我们的东西。不过，它们肯定是间谍，为他们探听消息，我们只能猜到这么多。"

"他们指的又是谁？"托马斯问，期盼得到更多答案。他恨那些迷宫背后的人。"谁能猜得到吗？"

"我们对创造者没有任何了解，"民浩的脸微微发红，两只手紧紧捏在一起，仿佛是在掐死什么人，"恨不得撕开他们的——"

没等守护人说完，托马斯站起身走到通道对面。"那是什么？"他打断了民浩的话，朝墙上的藤蔓后面隐隐透出的昏暗的灰色光线走去，它的高度大约与头部齐平。

"哦，对了，那东西。"民浩说，显得漠不关心的样子。

托马斯探出手去，扒开常春藤，困惑地注视着一片固定在墙上的方形金属牌，那上面用大写字母铭刻着几个字。他用手在上面摸索，不敢相信自己的眼睛。

灾难世界：

杀戮地带实验总部

他大声读出那几个字，然后看了看民浩。"这是什么？"他感到不寒而栗——一定与创造者有关。

"我不知道，傻蛋。迷宫里到处都是，似乎是他们给创造的伟大迷宫打上的标签。很久以前，我都懒得再去看它们了。"

托马斯回头凝视着标牌，拼命压抑正在内心升腾的世界末日般的感觉。"没一样让人感觉好的。大灾难，杀戮地带，实验。好极了。"

"是啊，好极了，菜鸟。我们走吧。"

托马斯无奈地让常春藤落回原来的地方，将背包挎上肩头，两个人出发了，标牌上的那几个字在他心中烙上了深深的印记。

吃完午饭一个钟头之后，民浩在一条长走廊尽头停下脚步。走廊笔直，高墙坚固，没有分岔。

"这里是尽头，"他对托马斯说，"该往回走了。"

托马斯深吸了一口气，明白这对于今天来说才刚刚一半的路程。"没什么新情况？"

"来的路上只有正常的变化——一天过去了一半，"民浩面无表情地看了看手表，"我们得回去了。"没有等他回应，守护人已经转过身，朝来时的方向跑去。

托马斯跟上他，心中有些懊恼，因为他们还没有时间查看高墙，做一番深究。他大步赶上民浩。"可是……"

"别说了，伙计。牢记我刚才说过的话——不要心存侥幸。此外，你好好想想。你真以为在什么地方会有一个出口，一个秘密暗门什么的吗？"

"我不知道……也许，你干吗这么问？"

民浩摇摇头，朝左边吐了一大团恶心的东西。"这地方没有出口，哪里都是一样。墙就是墙，很坚固。"

托马斯觉得事实沉甸甸地向心头压过来，但他把它挡了回去。"你怎么知道？"

"因为派鬼火兽来追逐我们的人绝对不会让我们轻易逃脱。"

这令托马斯对一切行动的意义产生了怀疑。"那我们干吗还费这么大力气到这里来？"

民浩打量着他。"干吗费这么大力气？因为迷宫屹立在这里——必定有其原因。不过如果你以为我们可以轻易找到一扇漂亮的小门，可以带我们去往欢乐小镇，那你就是个十足的蠢货。"

托马斯望向前方，心中的绝望几乎让他停下了脚步。"真见鬼。"

"这是你说过的最明智的话了，菜鸟。"

民浩长舒了一口气，继续奔跑，托马斯只能做唯一懂得如何去做的事，跟了上去。

对托马斯来说，这一天剩下的时间不过是疲惫中的一片模糊记忆。他和民浩回到了林间空地，走进地图室，记录下今天迷宫的路线，与前一天进行了比较。接下来便是大门关闭和晚餐时间。查克好几次试图跟他说话，但托马斯只是点头或者摇头，听而不闻，他累坏了。

在黄昏让位给黑夜之前，他已经来到树林角落里他最喜爱的地方，蜷起身子靠在常春藤下。他不知道自己是否还能继续跑下去，不知道明天是否还能重复今天的样子，特别是当这一切看来毫无意义的时候。成为一名行者已经失去了它的吸引力——仅仅在一天之后。

他内心感受到的崇高的勇气，让一切变得有所不同的心愿，帮助查克与家人团聚的承诺—— 一切的一切都消失在一片疲惫绝望的雾霭与极度的厌倦之中。

几乎就要睡着的时候，他脑子里忽然响起一个声音。动听的女性的声音，仿佛来自一位住在他头脑中的仙女。第二天早上，当一切变得疯狂的时候，他不清楚那声音是真实还是来自梦境。不过，他清晰地听到，并记下了每一个字：

汤姆，我刚刚启动了终结程序。

34 飞入灰色深渊

托马斯在一片死气沉沉的微光中醒来，他的第一个念头是，他一定是比平时醒得更早了，离天亮应该还有一个钟头。就在这时，他听到了喊声。他抬起头来，透过茂密的枝叶朝天空望去。

天空是一片暗淡的灰色——并非通常清晨泛白的光辉。

他跳起身，用手撑在墙上，稳住身体，伸长脖子呆呆地向天空张望。没有蓝色，没有黑色，没有星辰，也没有黎明泛出的紫色光辉。每一寸天空都是青灰色。没有色彩，死气沉沉。

他低头看了一眼手表——离他应该起床的时间已经过了整整一个钟头，太阳的光辉本该将他唤醒。自从来到这里，这从来就不是什么问题，然而今天是个例外。

他又抬头望向天空，有些期望它已经在瞬间恢复了正常的模样，然而一切依旧是灰色。不是阴天，不是黄昏，不是黎明最初的几分钟，只有灰色。

太阳消失了。

托马斯发现大多数空地人站在传送箱的入口旁边，对死寂的天空指指点点，议论纷纷。按照现在的时间，早饭已经过了，大家应该在忙碌工作。然而，太阳系最大物体的消失打破了正常的时间。

　　事实上，托马斯只默默无声地注视着躁动的人群。并不像直觉告诉他的那样，他没有感觉到多么惊慌或是恐惧。让他吃惊的是，大多数人如同鸡窝里迷了路的小鸡。真的很荒唐。

　　太阳显然没有消失，那不可能。

　　虽然这似乎就是事实——哪里都看不见愤怒的火球踪影，清晨拉长的影子无迹可寻。可是，他和所有的空地人的理性与智慧都无法得出这样一个结论。不，对于他们所目睹的，一定存在一个科学上讲得通的道理。无论那道理是什么，对托马斯来说只意味着一件事：他们再也见不到太阳的事实也许说明，他们或许从第一天起就无法看到它。太阳不可能无端消失。他们的天空从一开始就一直是，而且仍然是假的——人造天空。

　　换句话说，照耀在这些人头顶上两年的，为一切提供热量与生命的太阳，其实根本就不是太阳，它是假的，这地方的一切都是假的。

　　托马斯不知道这意味着什么，不知道这一切如何实现。不过他知道事实即是如此——这是他的理性所能接受的唯一解释。从其他空地人的反应看来，到现在还没有一个人弄明白这一点。

　　查克找到了托马斯，男孩脸上写着的恐惧让他感到揪心。

　　"你觉得是怎么回事？"查克说，声音里带着颤抖，楚楚可怜。他的双眼凝望天空，托马斯觉得他的脖子一定会很疼。"像个灰色的大屋顶——近得几乎都能摸到。"

托马斯跟随查克的目光看去。"是啊，让人对这地方充满疑问。"在二十四小时里的第二次，查克又指出了这一点。天空的确像个屋顶，一个巨大房间的屋顶。"也许是什么东西坏掉了，我是说，说不定还会恢复。"

查克终于不再张望，与托马斯对视。"坏掉了？什么意思？"

托马斯没有来得及回答，昨晚入睡前的模糊记忆冒了出来。特蕾莎的话在他心中回响。她说：我刚刚启动了终结程序。这不可能是个巧合，不是吗？他肚子里冒出一股酸水。无论对这件事有怎样的解释，无论天空中究竟是什么，无论有没有真正的太阳，反正它不见了，而这不可能是个好的兆头。

"托马斯？"查克轻拍他的胳膊问。

"什么？"托马斯的心中感到迷惘。

"你说坏掉了是什么意思？"查克重复着他的问题。

托马斯感到自己需要时间去把这件事想透。"哦，我不知道。一定是这地方的什么方面还不为我们所了解。可是，太阳是不可能凭空消失的。另外，这里有充足的光线照明——即便它变得微弱了，这光线是从哪里来的呢？"

查克瞪大了眼睛，仿佛宇宙中最黑暗深邃的秘密刚刚展现在他面前。"是啊，它是从哪里来的？究竟怎么回事，托马斯？"

托马斯伸出手去，捏了捏小男孩的肩膀。他感到担心："不知道，查克，毫无头绪，不过我相信纽特和艾尔比会给出答案的。"

"托马斯！"民浩朝他跑了过来，"别跟查克在这儿闲逛了，我们走吧，时间已经晚了。"

托马斯吃了一惊，不知为什么，他希望这古怪的天空能打乱所有的正常安排。

"你们还是要出去吗？"查克问，显然他也感到吃惊，托马斯很高兴他道出了自己心中的疑问。

"当然要去了，傻蛋，"民浩说，"难道你没有事情可做了吗？"他看看查克，又看看托马斯，"如果说有什么不同的话，这更让我们有必要到外面去。如果太阳真的消失了，不用多久植物与动物也会死去，我认为紧迫指数又上升了一级。"

最后的几句话深深触动了托马斯。尽管他有一些想法——对民浩提出了疑问，但他并不愿改变两年来大家一直在做的事情。他理解民浩刚才的话，心中同时涌起兴奋与担忧。"你是说，我们要在那儿过夜？深入探索迷宫？"

民浩摇摇头。"不，还没到时候，不过也许快了。"他抬头望向天空，"天哪——竟然用这样的方式来唤醒我们。来吧，我们走。"

托马斯和民浩收拾好东西，闪电般迅速地吃完早饭。托马斯一直默不作声，他思绪如潮，关于灰色的天空，关于特蕾莎——至少他觉得就是那个女孩，是她在心中告诉他，参加到对话中来。

她说的终结程序指的是什么？托马斯无法摆脱一种冲动，他应该把这事告诉什么人，每一个人。

可是，他并不知晓其中的含义，况且他不愿让大家知道自己脑子里有个女孩子的声音。他们一定会认为他真的发疯了，说不定还会把他关起来——而且这次会一直关下去。

思虑再三之后，他决定保持缄默，跟民浩进行第二天的训练——在单调灰暗的天空下。

还没有跑到连接第八区和第一区的大门，他们发现了鬼火兽。

民浩跑在托马斯前面一英尺的地方，刚转过右边的一个墙角，便猛然停下了，脚下差一点滑倒。他向后一跃，抓住托马斯的衣服，把他推到墙边。

"嘘，"民浩压低声音说，"前面有头可恶的鬼火兽。"

托马斯瞪大眼睛，心中充满疑问。他感到心跳越发加快了速度，虽然心刚才就已经跳得飞快。

民浩只是点点头，把手指放在嘴边。他松开托马斯的衣服，向后退了一步，悄悄地在刚才发现鬼火兽的墙角站起身。他慢慢地探出头去，向外窥探。托马斯差一点尖叫起来，提醒他当心。

民浩的脑袋猛地向后一缩，扭头面对托马斯，依然用压低的嗓音说："它趴在那儿，跟我们见过的那头死的很像。"

"那我们怎么办？"托马斯尽量轻声地问，不去管内心的慌乱，"它朝我们来了吗？"

"没有，白痴，我都说过它趴在那儿了。"

"那怎么样？"托马斯沮丧地抬起手，"我们该怎么办？"与鬼火兽近距离接触似乎不是个好主意。

民浩停了几秒钟，想了想说："我们必须朝那个方向走才能前往我们要去的区域。我们先观察它一阵，如果它真的追过来，我们就跑回林间空地去。"他又向外瞄了一眼，连忙扭头说，"该死，它不见了！快来！"

民浩没有等他回应，已经拔腿向刚才发现鬼火兽的方向跑去，他没有看见托马斯因为恐惧而瞪大的眼睛。虽然直觉告诉托马斯不能过去，但他还是跟了上去。

他跟随民浩跑过长长的走廊，左转，然后右转。每到一个拐弯，他们都放慢脚步，让民浩先看清墙角的另一面。每一次，他都低声告诉托马斯说看见鬼火兽的尾巴尖消失在下一个墙角处。

就这样前进了大约十分钟，他们来到一条很长的通道，在悬崖边走到了尽头。远处除了毫无生气的天空外空无一物，鬼火兽朝着天空的方向飞奔。

民浩突然停下脚步，托马斯差一点把他撞翻。托马斯惊异地注视着前方，只见鬼火兽用身上的尖刺掘开地面，旋转向前，一直来到悬崖边，飞入了灰色的深渊。怪兽消失在视线里，一个阴影被更多的阴影吞没。

35 迷宫是一个代码

"这就能证实了。"民浩说。

托马斯站在悬崖边，民浩在他身旁。他望着灰色虚无的空间，看不到任何东西的踪迹。无论上下左右还是正前方，视线所及之处只有空白一片。

"证实什么了？"托马斯问。

"我们已经见过三次了，这中间有蹊跷。"

"是啊。"托马斯明白他的意思，但还在等待着他的解释。

"我发现的那头死鬼火兽，它就跑上了这条路。我们再也没见它回去或是进入迷宫深处。那些坏东西不知道被什么诱使跳了下去。"

"被诱使？"托马斯说，"也许并不是我们想象的那样。"

民浩回过头去，陷入了沉思。"嗯，无论如何，现在又是这样。"他朝深渊中一指，"不再有怀疑了——鬼火兽能从这里离开迷宫，如同魔法一样，太阳的消失也是如此。"

"如果它们能从这里离开，"托马斯顺着民浩的推断往下说，"那我们也能。"他胸中感到一阵激动。

民浩哈哈大笑。"你又是在找死。想跟鬼火兽出去玩玩，吃个三明治什么的？"

托马斯感到心中的希望顿时又落了空。"你有更好的主意吗？"

"一次专注一件事情，菜鸟。我们找几块石头，试试这个地方，这其中一定隐藏着某种出口。"

托马斯帮民浩在迷宫的角落里和石缝中搜寻，尽可能找来更多的碎石。两人从墙上裂缝中抠出一些，又把大块的在地上摔碎，得到了更多石头。他们收集到数量可观的一堆石头，把它们拖到悬崖边，找个地方坐下，两只脚悬在了悬崖外。托马斯向下张望，但除了灰色的深渊外什么也看不见。

民浩掏出笔记本和铅笔，放在身边的地上。"好吧，我们得做好记录，还要用你的脑子记忆下来。如果说这地方存在某种光学错觉隐藏了出口，有哪个傻蛋第一个跳下去的时候，我可不想为失败承担罪责。"

"第一个跳下去的应该是行者的守护人，"托马斯想借玩笑掩饰内心的恐惧，如此靠近一个鬼火兽随时可能出现的地方让他直冒冷汗，"你一定恨不得抓住根绳子。"

民浩从石堆里捡起一块石头。"是啊。好啦，我们轮流掷石头，前后左右。如果这里有魔法出口，希望它对石头也管用——会让它们消失。"

托马斯拿起一块石头，小心地掷向左边，恰好投到左边的墙与悬崖相接的地方。粗糙的石块跌落下去。跌落，直到消失在灰色的虚无之中。

接下来是民浩。他投的石头比托马斯远出大约一英尺，也落入了深处。托马斯又扔了一块，比他再远出一英尺。然后是民浩。所有的石头都落入了深渊。托马斯跟随着民浩的指令——他们不停向外扔，轨迹渐渐形成了一条线，最远到了悬崖十几英尺之外的地方。接下来，他们将轨迹向右移动一英尺，重新开始。

所有的石块都坠落下去。一条轨迹接着一条轨迹。石头纷纷落下。他们扔出的石头已经足够覆盖左半边的整个区域，远及任何人和东西所能跳跃的最远距离。托马斯的沮丧随着每一次投掷变得越来越强烈，最后压得他喘不过气来。

他不禁责骂自己——这是一个多么愚蠢的想法。

就在这时，民浩扔出的石头消失了。

这是托马斯所见过的最奇怪、最难以置信的事情。

民浩扔出的是一块大石头，它是从墙上的石缝里掉落下来的。托马斯一直在密切注意每一块石头。这块石头从民浩手上向前飞去，差不多在悬崖线的正中央，开始向深渊中坠落。正在这时，它消失了，仿佛落入了水面或是迷雾之中。

前一秒钟它还在坠落，下一秒钟就不见了踪影。

托马斯半晌说不出话来。

"我们以前也往悬崖下投过东西，"民浩说，"怎么会没有发现呢？我从来没见过任何东西消失，从来没有。"

托马斯咳嗽了一声，他的嗓子感到刺痛。"再试一次——说不定我们看花眼了。"

民浩又试了一次，把石头扔到了同一个位置。又一次，它在

眨眼间消失不见了。

"也许是之前你们没有看得太仔细，"托马斯说，"我是说，这本是不可能的事情——有时候对于不相信会发生的事，你就不会看得太仔细。"

他们扔完了剩下的石头，瞄准同一处和四周的每一寸地方。让托马斯感到吃惊的是，石头消失的区域只有几英尺见方。

"怪不得我们没有发现，"民浩一面说一面忙着写下记录和尺寸，尝试用图表进行标记，"它的范围太小。"

"鬼火兽一定很难从中穿过。"托马斯一直盯住悬浮在空中的小方块，努力将距离与方位记在心中，牢记它的确切位置。"它们出来的时候，一定是先抓住方块边缘，跃过中间的空当，回到悬崖边——还不算太远。如果我都能跳过去，相信对它们来说轻而易举。"

民浩画完，抬起头注视着那个地方。"这怎么可能呢，兄弟？我们看到的究竟是个什么东西？"

"正如你所说的，这不是魔法。跟天空变成灰色一样，某种光学错觉或是全息图像隐藏了一个洞口，这地方所有的东西都那么处心积虑。"托马斯暗自承认，这的确有些酷。他很想了解在这背后究竟是怎样一种技术。

"是啊，处心积虑。来吧，"民浩哼了一声，站起身，背好背包，"我们最好尽可能在迷宫里跑一跑。天空已经被重新装饰过了，说不定还有比这更诡异的事情在发生，我们今晚把这件事告诉纽特和艾尔比。不清楚会有什么帮助，不过至少我们搞清楚了可恶的鬼火兽究竟去了哪儿。"

"而且说不定它们也是从那儿来的，"托马斯最后看了一眼隐秘的洞口，"鬼火洞。"

"是啊，这名字不错，我们走吧。"

托马斯坐在原地继续观望，等待民浩先动身。就这样静静地过去了好几分钟，托马斯明白，他的朋友一定跟他一样感到着迷。最后，没有说一个字，民浩转身跑开了。托马斯迟疑地跟上去，两人跑进了灰黑色的迷宫之中。

除了石墙与常春藤，托马斯和民浩什么也没有找到。

托马斯砍去藤蔓，做了所有记录。对他来说很难发现与前一天的任何变化，不过民浩可以不假思索地为他指出哪里的墙发生了移动。等他们最后到达迷宫的尽头，已经到了需要马上返回的时间。托马斯有一种几乎无法抑制的冲动，想要收拾好一切，留在这里过夜，看看究竟发生了什么。

民浩似乎察觉到了他的想法，抓住他的肩膀。"还不是时候，伙计，还不是时候。"

于是，他们回家了。

林间空地上笼罩着阴郁的气氛。当一切都在灰暗之中，这样的情况很容易发生。自从清晨醒来到现在，昏暗的光线没有丝毫变化。托马斯不知道在"日落"时分是否会有什么改变。

两人穿过西门，民浩径直朝地图室走去。

托马斯有些吃惊，在他看来这是他们最后才应该去做的事情。"你难道不着急把鬼火洞的事情告诉纽特和艾尔比吗？"

"嘿，我们仍然是行者，"民浩说，"还有自己的任务。"托马斯跟他走到混凝土房子的铁门前。民浩回头冲他惨淡地笑笑："不过你说得没错，我们得尽快做完，然后去跟他们谈谈。"

已经有几位行者来到了房间，几个人进屋后就立刻着手绘制各自的地图。没有一个人说话，仿佛已经懒得再去考虑天空发生的变化。房间里弥漫着绝望的气氛，让托马斯感觉好似在穿越泥潭。他知道，他也应该感到疲惫，但他却为刚才的发现感到兴奋——他迫不及待想要知道纽特和艾尔比对于悬崖上的发现的反应。

他坐在桌旁，根据记忆和笔记描绘这一天的地图。民浩一直在旁边观察，给他指点。"我觉得这条过道应该在这里中断，不是这里"，以及"注意比例"，还有"画得直一点，你这个傻蛋"。他有些烦人，但却很有帮助。进屋十五分钟之后，托马斯开始检查完成后的作品。他不禁由衷地感到自豪——地图的质量与他所见过的其他地图不相上下。

"还不赖，"民浩说，"对于一个菜鸟来说。"

民浩站起身，走到第一区的箱子前，打开盖子。托马斯蹲在箱子前，拿出前一天的地图，与他刚完成的地图并排举在一起。

"我需要找什么？"他问。

"规律，不过光有两天的比较不会告诉你太多。实际上你需要研究几周的变化，才能寻找到规律。我知道，其中一定存在某种规律，能够为我们提供帮助，只是还没有办法找到而已。我说了，这很失败。"

托马斯感到心中有种渴望，与第一天走进这房间时是同样的感觉。迷宫里会移动的高墙，规律，所有的直线，它们是否在暗示一种完全不同的地图？指向某个东西？他有种强烈的感觉，他漏掉了某个明显的暗示或线索。

民浩拍拍他的肩膀。"等吃完晚饭，你任何时候都可以回来专心研究——在我们跟纽特和艾尔比谈过之后，走吧。"

托马斯把地图放回箱子里，关好它。他不喜欢心中的不安带来的刺痛，仿佛身体里扎进了一根钢针。移动的高墙、直线、图案……这中间一定隐藏着一个答案。"好吧，我们走。"

他们刚走出地图室，沉重的大门便在金属的碰撞声中关闭了。纽特和艾尔比迎面走过来，两人都显得不大开心。托马斯的兴奋立刻化作了担忧。

"嘿，"民浩说，"我们刚——"

"快说，"艾尔比打断了他，"没时间可浪费。发现什么了吗？任何东西？"

刺耳的责难让民浩有些畏缩，不过他的神情在托马斯看来更多是迷惑，而不是受伤或愤怒。"我也很高兴见到你们。没错，事实上我们确实发现了一些情况。"

奇怪的是，艾尔比似乎显得有些失望。"因为这个愚蠢的地方就要崩溃了。"他对托马斯露出厌倦的神色，仿佛这一切都是他的错。

他有什么问题？托马斯心想，感到怒火中烧。他们忙碌了一整天，这就是他们表示感谢的方式？

"什么意思？"民浩问，"又发生了别的事情？"

回答的是纽特，他冲传送箱点了点头。"今天的供给没有送来。两年来每周都在同一天、同一时间送达，但今天没有。"

四个人齐刷刷向固定在地面的铁门望去。托马斯似乎看到门上笼罩着一个阴影，比笼罩一切的灰色天空更加暗淡。

"噢，这下我们完了。"民浩低声说。他的反应让托马斯意识到，现时的情况是多么严重。

艾尔比抱起胳膊，依然在注视传送箱，仿佛打算用意念将铁门打开。托马斯希望他们的首领不要提起他在痛变期目睹的情况——任何有关托马斯的事情，特别是现在。

"是啊，"民浩接着说，"不过我们发现了怪异的事情。"

托马斯等待着，希望纽特和艾尔比对这个消息会有积极的反应，甚至说不定还能提供更多的信息来解释这个谜团。

纽特眉毛一抬："什么？"

民浩足足花了三分钟才解释清楚，从他们跟踪鬼火兽到投石试验的结果。

"它一定通往……你知道……鬼火兽住的地方。"说完后他总结道。

"鬼火兽巢穴。"托马斯补充道。三个人都愤愤地看着他，仿佛他无权开口。不过，被当作菜鸟对待，这一次对他来说并不那么恼人了。

"我一定得亲眼看看，"纽特说着，声音小了下去，"难以置信。"托马斯对此再赞同不过。

"我不知道我们能怎么办，"民浩说，"也许我们能垒点什么东西，堵死那条通道。"

"不可能，"纽特说，"忘了吗，那些东西能爬上高墙？我们能够垒起的东西无法阻挡住它们。"

这时候，大屋外的一阵喧闹吸引了他们的注意。一群空地人站在房门前，吵吵嚷嚷，让对方听清自己讲话。查克也在人群里。他看到托马斯和其他人，跑了过来，脸上写满了兴奋。托马斯只能猜测一定有什么疯狂的事情在发生。

"怎么回事？"纽特问。

"她醒了！"查克嚷嚷，"女孩醒了！"

托马斯的内心里一阵抽搐。他背靠在地图室的水泥墙上。女孩。在他头脑中说话的那个女孩。在这样的事情再次发生之前，在她再次在他头脑中说话之前，他恨不得马上逃走。

可是已经太迟。

汤姆，这些人我一个都不认识！快来找我！一切都在消失……我正在忘记一切，只记得你一个人……我有很多事要告诉你！但一切都在淡去……

他搞不懂她是如何做到的，她如何闯进了他的头脑。

特蕾莎停了一下，说了一句让人无法理解的话。

迷宫是一个代码，汤姆，迷宫是一个代码。

36 被抹去的记忆

托马斯不愿见到她，他不愿见到任何人。

纽特动身去与女孩交谈的时候，托马斯无声地溜走了，希望大家在兴奋中没有注意到他——每个人都在关注从昏迷中苏醒过来的陌生人，要做到这一点很容易。他绕到空地边，开始奔跑，跑向墓地树林后面他的隐秘之所。

他蜷在角落里，靠在常春藤上，用毯子裹住自己，蒙住了脑袋。不知怎的，他觉得这似乎是个阻挡特蕾莎侵入他心中的办法。几分钟过去，他的内心终于平静下来。

"忘记你是最糟糕的部分。"

一开始，托马斯以为这只是他头脑中响起的又一条信息，他使劲捂住耳朵。可是不对，刚才有些……不一样。他亲耳听到了，那是一个女孩的声音。他后背感到一阵冰冷，慢慢放下了毯子。

特蕾莎站在他右边，背靠在高大的石墙上。她与之前相比已迥然不同，清醒而警觉——站立着。她穿了一件长袖白衬衫，蓝色牛仔裤，棕色鞋子，她显得——难以置信的——比昏迷状态中更加令人惊艳。黑色头发衬托在脸上白皙的皮肤周围，蓝色眼睛里燃烧着纯净的火光。

"汤姆，你真的不记得我了吗？"她的声音很柔和，与她刚到这里时疯狂粗糙的嗓音截然不同，当时她传递了那条信息：一切都会变化。

"你的意思是……你记得我？"他问，最后一个字在他嗓子里变成了尖声，让他觉得难堪。

"是的，不，也许吧。"她恼怒地摊开胳膊，"我无法解释。"托马斯张开嘴，但一个字没有说又闭上了。

"我记得自己记得。"她喃喃道，沉重地叹息一声，坐下了。她蜷起腿，用胳膊抱住膝盖。"感觉，情绪，仿佛我脑子里有一个个格子，标记出记忆与面孔，但格子内却是空的。似乎在这之前发生的一切都藏在一道白色的纱帘后面，包括你。"

"可是，你是怎么认得我的？"他感到高墙在四周旋转。

特蕾莎扭头看看他说："我不知道，我们来到迷宫之前的一些事情，关于我们的，我刚才说过，全都空了。"

"你了解迷宫？谁告诉你的？你才刚刚醒过来。"

"我……一切都让人难以理解，"她伸出一只手，"可我知道，你是我的朋友。"

托马斯有些发呆，他扯掉毯子，向前弯下身子，摇摇头。"我喜欢你叫我汤姆。"话刚说出口，他就觉得这句话傻到了极点。

特蕾莎眼珠一转："那就是你的名字，对吗？"

"是的，不过大多数人都叫我托马斯。好吧，除了纽特——他叫我汤米。汤姆让我有……回家的感觉。虽然我并不知道家究竟是什么。"他发出一声苦笑，"我们搞砸了还是怎么？"

她头一次露出了笑容，他几乎不得不强迫自己把目光移开，仿佛如此美好的东西不属于这阴郁灰暗的地方，又仿佛他无权去看她的表情。

"是啊，我们搞砸了，"她说，"我好害怕。"

"相信我，我也是。"对于这一天发生的事情来说，这句话绝对可以说是轻描淡写。好一阵子，两个人都在盯着地面看。

"那么……"他开口了，但不知道该如何去问，"你……怎么对我心里讲话的？"

特蕾莎摇摇头。**不知道——我就是能这么做**。她对他心中的意念说道。接着，她又开口大声说："这就好像你在试着骑一辆自行车——如果这里有的话。我打赌你可以不假思索地去做，可你还记得学骑车的情景吗？"

"不，我是说……我记得骑车，但不记得是怎么学的，"他顿了一下，感到一丝忧伤，"又是谁教的我。"

"好吧，"她说，目光一闪一闪，仿佛他突然抑郁下去会让她觉得不安，"反正……就是那样。"

"你真帮我理清了思绪。"

特蕾莎耸耸肩。"你还没有告诉任何人对吧？他们会觉得我们疯了。"

"嗯……第一次发生的时候，我的确这么做了。不过纽特认为我只是压力太大。"托马斯感到烦躁不安，仿佛若是待着不动，他便会发疯。他站起身，开始在她面前踱来踱去。"我们需要把事情想清楚。你带来的那张诡异的纸条，上面说你是最后一个被送到这里的，你的昏迷，你还能用传心术跟我交谈，你对这些有什么想法吗？"

特蕾莎注视着他踱来踱去。"不要白费口舌，别再问下去了。我所知道的全都是模糊的印象——你和我都很重要，我们被人利用，智慧过人，到这里来是为了某个目的。我知道我启动了终结程序，但不清楚这意味着什么。"她呻吟了一声，脸红了，"我的记忆跟你的一样，一无是处。"

托马斯跪倒在她身前。"不，不是这样。我是说，你没有问过我就知道我的记忆被抹去了——还有其他的事情。你大大超前于我，以及所有人。"

他们的目光对视良久。看样子她在思索，努力搞懂眼前的一切。**我就是不知道。**她在他心中说。

"你又在做了，"托马斯大声说，不过她不再让他感到害怕，这一点让他如释重负，"你是怎么做到的？"

"我就这样做了，我打赌你也能。"

"好吧，不是说我不想去试，"他又坐下来，抱起膝盖，跟她一样，"你对我说了一句话——在我心中——就在你到这里来找到我之前。你说'迷宫是一个代码'，这是什么意思？"

她微微摇了摇头。"刚醒来的时候，我就像走进了精神病院——那些奇怪的家伙在我床边晃来晃去，我感觉天旋地转，记忆在我头脑中飞转。我想探出手去抓住几个，而这就是其中之一，我都记不得我为什么要这么讲了。"

"还有别的吗？"

"的确还有，"她挽起左胳膊上的袖子，露出她的上臂，皮肤上用纤细的黑色墨水写着几个小字。

"那是什么？"他问，凑上前看个清楚。

"自己读吧。"

字母很凌乱，但靠近之后他辨认出了那几个字。

灾难总部是好的

托马斯感到心跳加速。"我见过那个词——灾难总部。"他在心中思考这个单词可能代表的含义，"在这里的小东西，刀锋甲虫上。"

"那是些什么东西？"她问。

"不过是些长得像蜥蜴的机器，替创造者们，也就是那些把我们送到这里的人暗中监视我们。"

特蕾莎出神地思考了一阵，然后望着自己的胳膊。"我记不得为什么会写这些了，"她说着舔了舔拇指，擦掉了那几个字，"不过提醒我别忘了——它一定有什么含义。"

几个字在托马斯心中重复了一遍又一遍。"你是什么时候写的？"

"我醒来以后，床边有一支笔和一个笔记本，趁着混乱我写下了这几个字。"

托马斯猜不透这个女孩—— 一开始他感到自己与她存在某种联系，然后是传心术，现在又是这个。"关于你的一切都那么奇怪。你知道这一点，对吗？"

"从你小小的藏身之处判断，我得说你也不是那么平常，喜欢住在树林里，对吗？"

托马斯故意皱皱眉，然后笑了。对于把自己藏在这里，他感到可怜，也有些难为情。"好吧，我觉得你似曾相识，而且你说我们是朋友。我想我能相信你。"

他伸出手去，与她又握了握手。她把托马斯的手握了好长时间。托马斯身体上涌起一股凉意，令人愉快得出奇。

"我只想回家，"她终于放开他的手说，"跟你们所有人一样。"

猛地回到现实当中，回想起现实是多么残酷，托马斯感到心里一沉。"是啊，目前情况非常糟糕。太阳消失了，天空变成了灰色，每周的补给没有如期送达——看样子事情会以某种方式走向终结。"

不过，没等特蕾莎回答，纽特从树林中跑了出来。"这究竟……"他在两人面前停下脚步。艾尔比和另外几个人紧随其后。纽特打量着特蕾莎，"你是怎么到这儿来的？医护工说你前一秒钟还在，忽然就不见了。"

特蕾莎站起身，她的自信让托马斯感到震惊。"我猜他还忘记了讲述一个小小的插曲，那就是我踢中他的腹股沟，然后从窗户爬了出去。"纽特扭头去看站在近旁的一个年长的男孩，他满脸涨得通红，托马斯差一点笑出了声。

"恭喜你，杰夫，"纽特说，"你正式成为本地第一个被女孩痛扁的男人。"

特蕾莎没有就此打住："再说下去，你就是下一个。"

纽特回头面对他们俩，但脸上只有恐惧。他默默地伫立在原地，凝视着他俩。托马斯与他目光相接，猜不透这个男孩脑子里究竟在想些什么。艾尔比走上前来。"我烦透了，"他朝托马斯胸膛一指，差一点戳了上来，"我想知道你是谁，这个傻蛋女孩又是什么人，你们是怎么互相认识的。"

托马斯几乎丧失了所有勇气。"艾尔比，我发誓——"

"醒来之后她就直接到你这里来了，傻蛋！"

怒火在托马斯心中升腾——同时他也担心艾尔比会像本那样发作。"那又怎样？我认识她，她也认识我——至少从前是这样。这不能说明任何问题！我什么都想不起来，她也跟我一样。"

艾尔比看着特蕾莎。"你做了什么？"

这个问题让托马斯感到莫名其妙，他看看特蕾莎，想知道她是不是明白艾尔比的意思。不过她没有作声。

"你做了什么？"艾尔比尖叫，"先是天空，现在又是这个。"

"我启动了什么东西，"她冷静地回答，"绝不是有意，我发誓。终结程序，我不知道那是什么。"

"纽特，出什么问题了？"托马斯问，他不愿直接跟艾尔比讲话，"出什么事了？"

可是艾尔比抓住了他的衣服。"出什么事了？我来告诉你出什么事了，傻蛋。难道你在忙着打情骂俏，没时间看看四周？没注意到现在是什么鬼时间了？"

托马斯看看手表，这才恐惧地发现他错过了什么。不用艾尔比开口，他已经知道他要说什么。"高墙，傻蛋，大门，它们今晚没有关闭。"

37　有价值的信息

托马斯无言以对。现在一切都变得不同了。没有太阳，没有补给，没有了对鬼火兽的屏障。特蕾莎从一开始就说对了——一切都会改变。托马斯感到呼吸仿佛凝固了，哽在了他的咽喉。

艾尔比对女孩伸手一指："把她关起来，马上，比利！杰克逊！把她关进监狱里去，不要相信从她嘴里说出的任何话。"

特蕾莎没有作声，但托马斯的反应对他们俩来说已经足够。"你在说什么？艾尔比，你不能……"艾尔比发红的眼睛向他射出愤怒的火光。他停下了，感到心在颤抖，"可是……你怎么能把大门没能关闭怪罪到她的头上？"

纽特走上来，一只手轻轻放在艾尔比胸前，将他推了回去。"怎么能不怪她呢，汤米？她自己都已经承认了。"

托马斯扭头去看特蕾莎，她的蓝色眼睛里透出的悲伤让他感到无力，仿佛有什么东西探进他的胸膛，挤压着他的心脏。

"庆幸自己没跟她一道关起来吧，托马斯。"艾尔比说。离开前他又瞪了两个人一眼。托马斯从来没有如此强烈地希望揍某个人一顿。

比利和杰克逊走上前，抓住特蕾莎的两条胳膊，准备把她带走。

然而，没等他们走进树林，纽特拦住了他们。"跟她待在一起。我不在乎会发生什么，没人能碰这个女孩。以你们的生命发誓。"

两个警卫点点头，然后拖着特蕾莎走了。她如此顺从，更让托马斯感到心痛。他无法相信自己如此悲伤——他希望继续跟她谈话。可我才刚遇见她，他心想，我甚至还不认识她。然而他清楚，这并不是真的。他已经感受到了一种亲密，这只能来自失忆前与她的熟识。

来看我，她对他心中说。

他不知道如何去做，如何与她那样交谈，不过他试了试。

我会的。至少你在那里面很安全。

她没有回答。

特蕾莎？

什么反应也没有。

接下来的三十分钟是混乱的集体爆发。

自从那天早上太阳和蓝天未能如期出现，虽然光线并没有发生易于察觉的变化，大家依然感觉黑暗在林间空地上蔓延。纽特与艾尔比召集起所有守护人，让他们负责分配任务，让各自的小组一小时内在大屋集合。托马斯觉得自己充其量是个旁观者，不知道怎样才能帮上一把。

建筑工们的守护人盖里依然失踪——他们接到命令，要求在所有敞开的大门处设置障碍，他们遵照执行。然而托马斯知道，大家没有足够的时间，也没有多少材料能让他们施展手脚。看起来更多像是守护人们想让自己的人忙碌起来，力图推迟无法避免的恐慌的到来。托马斯帮助建筑工们搜集起一切能找到的可以搬动的东西，将它们堆在开口处，尽可能固定在一起。障碍看起来丑陋且可怜，让他感到害怕极了——它不可能阻挡鬼火兽。

托马斯忙碌的同时，也看到了林间空地上正在进行的其他工作。

住地所有的手电都被收集起来，尽可能分发给大家。纽特说，他当天夜里打算让所有人都到大屋去睡觉。除了紧急情况，他们会关闭掉所有灯光。弗莱潘的任务是把一切不易腐坏的食物搬出厨房，储存到大屋，以防万一大家被困在屋内——托马斯可以想象这样的情况有多可怕，其他人在收集补给和工具。托马斯看到民浩把武器从地下室搬进楼里。艾尔比声明，他们不能冒任何风险：他们会以大屋作为根据地，必须不惜一切代价去保卫它。

托马斯悄悄离开建筑工们，去帮助民浩把一箱箱的刀子和带倒刺的棍棒搬到上面来。民浩说，纽特给他安排了一项特别任务，要求托马斯马上回避，并且拒绝回答任何问题。

托马斯觉得很受伤，不过他还是走了，他很想跟纽特谈谈别的事情。后来穿过空地走向血屋的时候，他找到了纽特。

"纽特！"他喊了一声，跑上前去，"你听我说。"

纽特猛地停下脚步，托马斯差一点撞上他。男孩回过头，生气地瞪了托马斯一眼。托马斯不得不重新考虑还该不该说话。

"快点儿。"纽特说。

托马斯犹豫了，不知道该如何提起他心中的想法。"你得把那女孩——特蕾莎放了。"他知道她能帮上忙，也许她还能记得一些有价值的信息。

"啊，很高兴你们俩现在是朋友了，"纽特拔腿就要走，"别浪费我的时间了，汤米。"

托马斯一把抓住他的胳膊。"听我说！关于她有一些情况——我认为她和我被送到这里，是为了帮助结束这一切。"

"是啊，把可恶的鬼火兽放进来横行霸道，杀死我们，以这样的方式结束？我今天已经听到一些够衰的办法了，菜鸟，可那都不是什么好主意。"

托马斯呻吟一声，希望纽特明白他有多么沮丧。"不，我认为墙不再关闭的意图并非如此。"

纽特抱起胳膊，显得格外恼火。"菜鸟，你究竟在胡说些什么？"

自从托马斯在迷宫墙上看到那几个字——灾难中的世界，杀戮地带实验总部——他就一直在思索。他知道，如果说还有人会相信他，那这个人一定是纽特。"我觉得……我觉得我们是某个神秘实验或者测试的一部分。不过，它注定以某种方式结束。我们不可能永远生活在这地方。无论谁把我们送到这里，他们希望终结这一切，无论以什么方式。"终于将郁积在心中的话和盘托出，托马斯松了一口气。

纽特揉揉眼睛。"你觉得这样就能说服我，一切皆大欢喜，我应该把女孩放了？自从她来了之后，这里的一切就突然变得生死攸关了。"

"不，你没有明白问题所在。我并不认为她与我们被送到这里有什么关系，她只是一个卒子——他们把她送到这里，作为最终的工具或是暗示，帮助我们离开这里。"托马斯深吸了一口气，"而且我认为我也是被他们送来的。她启动了终结程序，并不意味着她就是坏的。"

纽特朝监狱的方向望了一眼。"你知道吗，现在我一点也不在乎。她能够在那里应付一个晚上——如果真的发生什么问题，她比我们都安全。"

托马斯点点头，感觉到了妥协的意味。"好吧，我们先熬过今晚。等到明天，我们一整天没出问题，再考虑拿她怎么办，考虑我们应该做什么。"

纽特哼了一声。"汤米，有什么会让明天变得不一样吗？要知道，已经整整两年了。"

托马斯有种强烈的预感，所有这些变化只是一个刺激，是游戏结尾的催化剂。"因为现在我们必须解决它。我们不得不这样去做，无法再以固有的方式生活下去，一天接着一天，还认为最紧要的事情是在大门关闭前赶回林间空地，安全而舒适。"

纽特站在原地想了好一阵，空地人忙碌的声音从四面八方传来。"挖深一点，墙移动的时候别待在那儿。"

"对了，"托马斯说，"这正是我要说的。也许我们可以阻断或者炸掉鬼火洞的入口，争取时间让我们分析迷宫。"

"是艾尔比不让放出那女孩的，"纽特冲大屋点点头，"那家伙对你们两个傻蛋不大信任，不过现在我们必须集中精力，熬到明天天亮。"

托马斯点点头。"我们一定能打败它们。"

"你有过经验对吗，赫拉克勒斯？"他不带一丝笑容，甚至没有等待回答便走开了，嚷嚷着叫大家抓紧完成工作，回到大屋里去。

这次谈话让托马斯感到开心——它达到了他预想的目的。他决定赶在时间太迟之前抓紧去跟特蕾莎谈谈。他跑向位于大屋背后的牢房，看到空地人纷纷拥进大屋，大多数人胳膊上抱满了这样那样的东西。

托马斯在小监狱外停下脚步，气喘吁吁。"特蕾莎？"他透过装有铁条的窗户冲没有一丝光亮的牢房里问道。

她的脸突然从另一面冒出来，把他吓了一跳。

他忍不住尖叫了一声——过了一秒钟才回过神来。"知道吗，你吓死我了。"

"说得真好听，"她说，"谢谢。"黑暗中，她蓝色的眼睛如同小猫的双眼在闪亮。

"不客气。"他没有理会她的讽刺，"听着，我一直在想。"他停了一下，理清自己的思绪。

"对于艾尔比那个蠢货，我无话可说。"她嘟囔着。

托马斯赞同她的说法，但更急于说出自己心中的想法。"一定有办法能离开这地方，我们必须向前推进，在迷宫里停留更长时间。你写在胳膊上的几个字，还有你说的关于什么代码，这都说明了些什么，对吗？"一定是这样，他心想，不禁感到了一丝希望的存在。

"是啊，我也在想同样的事情。不过首先，你能把我从这地方弄出去吗？"她的手出现了，抓住窗户上的铁条。托马斯感到一种荒唐的冲动，想要去触摸她的手。

"好吧，纽特说也许等明天，"托马斯很高兴得到了纽特的让步，"你必须熬过今天晚上，这里也许算得上林间空地最安全的地方。"

"谢谢你去跟他争取。睡在这冰冷的地板上应该很有趣，"她伸出拇指指了指身后，"不过我猜鬼火兽是挤不进这窗户的，所以我应该感到高兴，是吗？"

鬼火兽几个字让托马斯感到惊讶——他不记得自己跟她谈到过这个。"特蕾莎，你确定自己什么都不记得了？"

她想了片刻。"很奇怪，我想我确实还记得些什么，除非我在昏迷中听到别人在谈论。"

"好吧，我猜现在也无关紧要了。我只是想在夜里进屋之前过来看看你。"可是，他并不想离开，他甚至有些希望自己也被关进监狱，跟她待在一起。他在心中暗自笑了笑——他可以想象，对于那样的要求，纽特会是什么反应。

"汤姆？"特蕾莎说。

托马斯意识到，自己在盯住她发呆。"哦，对不起，什么事？"

她的手缩了回去，消失了。他只能看见她的眼睛，还有白皙的皮肤发出的微光。"我不知道我能否做得到——整晚待在这监狱里。"

托马斯感觉到无以名状的悲伤，他恨不得去偷来纽特的钥匙，帮她逃出这里。不过他清楚，这是个荒谬的想法。她必须忍耐，自己设法熬过今晚，他望着那双闪亮的眼睛。"至少夜里不会漆黑

一片，我们二十四小时都有微光。"

"是啊……"她望向他身后的大屋，又看看他，"我是个坚强的女孩，不会有事。"

把她留在这里，托马斯感到难过极了，不过他清楚自己别无选择。"我会确保让他们天一亮就把你放出来，好吗？"

她笑了，这让他觉得好受了些。"要是你感到孤单，可以跟我聊天……用你的小把戏，我会试着回答。"他现在对此已经完全接受，甚至还有些渴望。他期盼自己能搞懂如何回应，这样他们之间就可以自由对话。

你很快就能行。特蕾莎在他心中说。

"希望如此。"他站在原地，真心不愿离去，一点儿也不想。

"你还是走吧，"她说，"我可不愿为你的死感到内疚。"

听到这话，托马斯也笑了。"好吧，明天见。"

趁自己还没改变主意，他默默无语地走了，绕过屋角，走到大屋的前门。最后两个空地人也走进了房子，纽特跟在他们后面一阵催促，仿佛在驱赶两只迷了路的鸡。托马斯进了屋，随后是纽特，纽特回身关上了门。

在门闩上之前，托马斯似乎听到了鬼火兽的呜咽声，从迷宫深处的某个地方传来。

夜幕降临了。

38　菜鸟超人

平日里，大多数人睡在室外，所以把所有人塞进大屋让这里顿感拥挤。守护人们把空地人组织和分配到各个房间，提供给他们毛毯和枕头。尽管人数众多，加上变化带来的混乱，但令人不安的寂静笼罩了整幢房子，仿佛没有人希望自己被注意到。

等所有人安顿下来之后，托马斯在楼上找到了纽特、艾尔比和民浩，几个人终于能够继续先前在庭院中尚未完成的谈话。艾尔比和纽特坐在房间里唯一的一张床上，托马斯和民浩则坐在旁边的椅子上。除了床之外，房间里唯一的家具便是一个东倒西歪的木头衣柜和一张小木桌。桌上放了一盏台灯，为他们照明。灰色的黑夜仿佛压迫在窗上，预示着坏事即将来临。

"这是最接近的一次了，"纽特说，"去他的，睡觉前还要跟鬼火兽道晚安。补给被掐断，可恶的灰色天空，无法关闭的高墙。不过，我们不能放弃，大家都知道这一点。把我们送到这里的混蛋不是希望我们死，就是在刺激我们。无论如何，我们必须尽最大努力，直到最后，无论生与死。"

托马斯点点头，但他没有说话。他完全同意纽特的说法，但并不知道该怎么去做。如果他能撑到明天，或许他和特蕾莎能想出有用的办法来。

托马斯看了艾尔比一眼，他正低头注视着地板，似乎迷失在自己阴郁的思绪中。他依然拉长了脸，一副沮丧厌倦的表情，眼睛深陷而空洞。痛变期这个名字的确恰如其分，在他身上体现出了明显的变化。

"艾尔比？"纽特问，"你打算出点主意吗？"

艾尔比抬起头，脸上带着讶异，仿佛这屋子里的人他一个都不认识。"什么？哦，是啊，很好。不过你们都目睹昨晚发生的一幕了，菜鸟超人可以做到，并不意味着我们都能。"

托马斯的目光微微转向了民浩——他厌倦了艾尔比这样的态度。

如果说民浩也有这样的感觉，那他可以说是深藏不露。"我赞同托马斯和纽特，我们必须停止抱怨，自哀自怜。"他两手搓在一起，在椅子上向前探出身子，"明天早上的第一件事，行者出门之后，你们可以分派各个小组专门研究地图。我们会带上足够的装备，在外面多待上几天。"

"什么？"艾尔比问，声音里终于有了些许感情，"你说什么，几天？"

"我说了，几天。大门洞开，没有落日，回到这里来也就失去了意义。我们可以待在外面，看看墙移动的时候是否会有东西开启——如果它们还会移动的话。"

"不行，"艾尔比说，"我们还有大屋作为藏身之地，实在不行还有地图室和监狱。我们不能就这样要求大家去送死，民浩！谁会自愿去做？"

"我，"民浩说，"还有托马斯。"

大家一齐向托马斯看去，他只是点了点头。虽然他心里害怕得要命，但探索迷宫——真正的探索，这正是他从第一天了解到它时就一心想去做的事。

"如果有必要，我也愿意。"纽特说。托马斯吃了一惊。虽然他从未谈起过，但他瘸了的一条腿一直在提醒大家，迷宫里曾经有可怕的事情发生在他身上。"我相信所有的行者都会愿意去做。"

"带着你的一条瘸腿吗？"艾尔比问，嘴里发出一阵尖厉的笑声。

纽特眉头紧蹙，望着地面。"连我自己都不愿意做的事情，更不能要求别的空地人去做。"

艾尔比走回到床边，跷起两条腿。"随便，做你想做的事。"

"做我想做的事？"纽特站起身问，"你出了什么毛病，伙计？你是在跟我说，我们还有别的选择吗？我们应该在这里坐以待毙，等待鬼火兽找上门来吗？"

托马斯恨不得站起来呐喊，希望艾尔比能从低落中振作起来。

可是，他们的首领并没有表现出一点点自责和懊恼的情绪。"好吧，这总比自己送上门去要好。"

纽特坐了回去。"艾尔比，你该讲点道理。"

虽然托马斯不愿承认，但他知道，如果要完成一件什么事情，大家仍然需要艾尔比。空地人仰仗他。

终于，艾尔比深吸了一口气，逐个打量着大家。"你们都知道我心烦意乱，真的，我……很抱歉，我不该再担任愚蠢的首领了。"

托马斯屏住呼吸，他不敢相信艾尔比刚才说的话。

"可恶……"纽特开口道。

"不！"艾尔比嚷道，脸上露出自卑与屈服的神色，"那并不是我的本意。听我说，我并不是说我们应该换位或是什么。我只是说……我觉得需要让你们来做这个决定。我不信任自己。所以……没错，无论你们怎么决定，我会服从。"

托马斯发现民浩和纽特的惊讶丝毫不亚于他自己。

"呃……好吧，"纽特缓缓地说，仿佛他也不大确信，"我们会成功，我保证。你看着好了。"

"是啊。"艾尔比喃喃道，停顿了好久才开口，口气中透露着某种奇怪的兴奋，"嘿，告诉你们，让我负责地图吧，我会让每一个空地人把那些东西研究个底朝天。"

"我没问题。"民浩说。托马斯也想表示同意，但不知道这是不是他该做的。

艾尔比把脚放回到地板上，坐直了身子。"你们知道，晚上睡在这里面是件很愚蠢的事情。我们应该在地图室里，加紧工作。"

托马斯觉得，这是很长时间来艾尔比说过的最明智的一句话。

民浩耸耸肩说："也许真是的。"

"好吧……那我这就去，"艾尔比自信地点点头，"马上。"

纽特摇了摇头。"算了吧，艾尔比，我们已经听到鬼火兽在外面吼叫了。你可以等到起床再说。"

艾尔比向前弯下身子，将胳膊肘撑在膝盖上。"嘿，是你们这些闪克对我讲了那么多加油的话。我真正听进去了，你们可别抱怨。如果我打算去做，就一定要做到，重新找回自我。我需要有一件事情让我投入。"

托马斯感到欣慰。他已经厌倦了一切争论。

艾尔比站起身。"真的，我需要去做。"他朝门边走去，似乎真的打算离开。

"你不会当真，"纽特说，"你不能在这时候从这里出去！"

"我必须去，就这样。"艾尔比从口袋里掏出钥匙串，故意晃得叮当作响——托马斯无法相信他突如其来的勇气。"明天早上见。"

他走出了门。

黑暗本该笼罩他们的世界，然而他们却看见窗外灰白的光。夜晚变成了这副模样，让人感到怪异。托马斯感觉失去了平衡，仿佛想要睡觉的欲望每过一分钟都会变得越来越强烈，这似乎不那么自然。时间慢得像在痛苦地爬行，第二天仿佛永远不会到来了。

其他的空地人安顿好了自己，带着他们的枕头和毯子，去完成一项不可能完成的睡觉任务。大家都没有什么话，气氛阴郁而可怕，到处只能听见轻微的沙沙声和低语声。

托马斯强迫自己睡觉，他知道睡着会让时间过得快一些，然而在两个钟头之后他依然没能入睡。他躺在楼上一个房间的地板上，身下垫了一张厚毯子。几个人跟他挤在一起，差不多一个挨着一个，床归了纽特。

查克去了另一个房间，不知为什么，托马斯想象着他蜷缩在一个角落里哭泣，把毛毯紧紧抱在胸前，如同一只泰迪熊一般。这画面让托马斯感到深深的伤悲，他希望不去想，但却做不到。

几乎每个人身边都有一支手电，以防万一。另外，纽特命令所有灯光全部熄灭，只剩下天空苍白死寂的光芒——不必要引起太多的注意。一切能够在这么短时间内为防御鬼火兽做的准备都已经做到了：窗户用木板封死，家具被移到门口，还给大家分发刀子作为武器……

然而，没有一样能让托马斯感到安全。

对即将到来的厄运的预感让人备感压力，仿佛一张痛苦与恐惧的毯子压下来，令人窒息，还在随意蔓延。等待让人难以忍受。

远处传来鬼火兽的哀号声，伴着夜色的来临变得越来越近，每一分钟都似乎拉得越来越长。

一个小时过去了，又一个小时。睡眠终于降临，但却很糟糕。那是大约凌晨两点，托马斯已经不知道多少次翻身。他用手撑起下巴，看着床脚，昏暗的光线下隐隐约约有一个影子。

这时候，一切发生了变化。

屋外传来机器发出的单调的机械声，随后是鬼火兽在石头地面上移动的熟悉的咔嗒声，如同有人在地上撒了一把钉子。托马斯跳起身，其他人也跟他一样。

纽特比其他人醒得更早，他挥挥胳膊，然后把手指放在嘴边，示意大家安静。他蹑手蹑脚地走到房间里唯一的窗户边。窗户被匆忙用三块木板钉住了，中间的缝隙足够让人向外窥视。纽特小心翼翼地靠在窗边向外看去，托马斯也挤到他身旁。

他在纽特身边蹲下身子，靠在最矮的一块木板下面，眼睛贴在一条缝中间。如此靠近墙边让人恐惧，但他看见的只是空旷的林间空地。他没有足够的空间看到上下左右，只能直视前方。过了一分钟左右，他放弃了，回身背靠墙坐下。纽特走回到床边。

　　几分钟过去了，每隔十到二十秒，不同的鬼火兽的声音便会穿透墙壁传进屋内。小型马达的尖叫声，随后是金属旋转的摩擦声。尖刺与坚硬的石头碰撞的咔嗒声。什么东西被折断，被撕裂。每一个声音都让托马斯担心地皱起眉头。

　　从声音听来，外面大约有三四头鬼火兽，至少。

　　机械怪兽扭动的声音越来越近，靠近了屋子下方的石板，嗡嗡声和金属的碰撞声不断传来。

　　托马斯的嘴好干——他曾经与它们面对面遭遇，那场面仍历历在目，他必须强迫自己呼吸。房间里的其他人一动不动，没有人发出一点声响。恐惧如同一阵夹杂黑雪的暴风横扫过空中。

　　一头鬼火兽似乎正向房子移动。接着，尖刺与石头碰撞的声音突然变成了一种更沉闷、更空洞的声音。托马斯能够想象那场面：怪兽的金属尖刺撞进了大屋的木头外墙，巨大的怪兽扭动身体，朝他们的房间爬上来，用巨大的力量摆脱引力的束缚。托马斯听到鬼火兽的尖刺撞碎木头的声音，大家四处奔逃，拼命抓紧身边的东西。整幢房子都在颤抖。

　　托马斯只能听见木头的破碎声、呻吟声、断裂声，可怕极了。那声音越来越响，越来越近，其他几个孩子跑过房间，躲到离窗户最远的地方。托马斯最后也加入了他们，纽特跟在他身后。每个人都挤在了最远的墙边，死死盯住窗户不放。

就在一切变得无法忍受的时候——托马斯知道鬼火兽就在窗外，一切忽然安静下来，托马斯几乎能听到自己的心跳。

窗外光线闪烁，怪异的光透过木板上的缝隙照进来。紧接着，一个细小的影子挡住了光线，来回移动。托马斯知道，那是鬼火兽伸出了探头与武器，在寻找它的美餐。他想象刀锋甲虫就在窗外，协助怪兽寻找方向。几秒钟过后，那影子停下了，光线不再晃动，在屋子里投下三道静止的光束。

紧张凝固在空气中，托马斯听不到任何人的呼吸声。他猜想在大屋的其他房间里一定也是同样的情况。这时候，他想起了监狱里的特蕾莎。

他正期望她会跟他说些什么，正在这时，走廊的门忽然砰地打开了。房间里顿时响起了喘气声和呼喊声。空地人一直在关注窗外，没有谁留意身后。托马斯回头去看究竟是谁打开了门，以为会是惊慌失措的查克或是后悔了的艾尔比。但当他看清站在门口的那个人时，他感到头骨一阵收缩，挤压着他的大脑，让他震惊。

来的人是盖里。

39 消失在迷宫里

　　盖里的目光中透着疯狂的怒火，衣衫破旧肮脏。他跪倒在地，停了下来，胸膛一起一伏，发出沉重的吸气声。他在屋内到处张望，仿佛一条疯狗在寻找撕咬的对象。没有一个人开口说话，似乎每个人都与托马斯一样不敢相信，大家都觉得盖里只不过是他们想象出来的幻觉。

　　"它们会杀了你们！"盖里尖叫，口沫横飞，"鬼火兽会杀了所有人——每天晚上一个，直到杀光！"

　　托马斯说不出话来，只是看着他。盖里摇晃着站起身，向前走来，拖着一瘸一拐的右腿。房间里所有人都注视着他，一动不动，全都吓呆了。就连纽特也目瞪口呆地站在原地。这个出人意料的访客让托马斯觉得比窗外的鬼火兽更可怕。

　　盖里停下脚步，立在托马斯和纽特面前几英尺的地方，冲托马斯伸出一根带血的手指。"你，"他的口气中带着明显的嘲讽，不再是滑稽，而是令人烦乱，"都是你的错！"毫无征兆，他忽然左手一挥，在空中变成了拳头，刚好击中托马斯的耳朵。托马斯大叫一声，倒在地上，更多的是因为惊诧而不是疼痛。倒地之后，他立刻爬起身来。

纽特终于回过神来，一把将盖里推开。盖里踉跄着向后退了几步，撞上窗边的桌子。台灯从桌边跌落下来，在地上摔成了数不清的碎片。托马斯以为盖里会反扑上来，但他挺直了身子，用疯狂的目光注视着每一个人。

"没有解决办法，"他说，声音变得平静而冷漠，令人毛骨悚然，"可怕的迷宫会杀死你们所有人……鬼火兽会杀了你们……每天一个，直到一切走向终结……这……这是最好的办法……"他的眼睛向地上一垂，"它们每天晚上只会杀死一个……它们愚蠢的变种……"

托马斯胆怯地听着，拼命压制心中的恐惧，在心中记下这个疯狂的孩子说的每一句话。

纽特上前一步。"盖里，闭上你的臭嘴——窗外就有一头鬼火兽。你给我坐下来，不许说话，说不定它自己就会离开。"

盖里抬起头，眯缝起眼睛。"你不明白，纽特。你太蠢了——你总是那么蠢。这地方没有出路——我们不可能赢！他们会杀了你们，所有的人——一个接着一个！"

盖里嚷出了最后一个字，扑向窗户边，开始拉扯窗上的木板，仿佛一头试图挣脱牢笼的野兽。没等托马斯和其他人做出反应，他已经拽下了一块木板，把它扔在了地上。

"不！"纽特大叫着冲上前去。托马斯连忙跟上去帮忙。他不敢相信发生的一切。

在纽特赶到之前，盖里已经扯下了第二块木板。他用双手将它向后一挥，正好打中纽特的脑袋。纽特倒在床上，在床单上溅落下几滴血迹。托马斯猛地停下，准备与他展开搏斗。

"盖里！"托马斯大喊，"你在干什么？"

男孩在地上啐了一口，如同一条喘着粗气的狗。"你闭嘴，托马斯。你闭嘴！我知道你是谁，可我不在乎了。我只会去做正确的事情。"

托马斯感到两只脚好像被钉在了地上，盖里说的话让他目瞪口呆。他眼睁睁看着盖里向后伸出手，拉下了最后一块木板。木板跌落在房间地板上的那一刻，窗玻璃向内炸开了，宛如一群透明的黄蜂。托马斯捂住脸，跌倒在地上，不停地蹬腿，让自己远远地躲开他。他撞在了床上，鼓起勇气抬头看去，准备面对末日的来临。

鬼火兽颤抖着，粗壮的身体已经半挤进了破损的窗户，带钳子的金属前肢在到处抓扯。托马斯吓坏了，他没有注意到房间里所有人已经逃进了走廊里，除了纽特——他倒在床上失去了知觉。

托马斯呆呆地望着鬼火兽的一条长腿向没有了生气的身体探去。这让他从恐惧中惊醒过来，挣扎着站起身，在地上寻找武器。他只看见散落的几把刀，此时刀对他来说毫无用处。惊恐在他体内迸发开来，将他压垮。

这时候，盖里又开口了。鬼火兽抽回了前肢，仿佛需要在一旁观看，聆听。可是，它的身体不停搅动，试图挤到房间里来。

"没有人明白！"男孩压过怪兽可怕的声音尖叫，怪兽向房子里钻得越来越深，墙壁裂成了一块块碎片。"没有人明白我看见了什么，痛变期给我带来了什么！不要回到现实世界里去，托马斯！你不……愿意……记住！"

盖里用迷茫的目光长久注视着托马斯，眼中充满了恐惧。接着，他转过身，跳上了鬼火兽蠕动的身体。托马斯尖叫着，他看见怪兽探出的每一条腿立刻缩了回去，扣住了盖里的四肢，让他无法逃脱。男孩的身体在怪兽黏糊糊的身体上陷下去几英寸，发出可怕的吱嘎声。接着，鬼火兽以惊人的速度退出了破碎的窗框，落回到地面上去了。

托马斯跑到参差不齐的破口前，一低头刚好看见鬼火兽落地，在空地上跑过。那东西转动着，盖里的身体时隐时现。怪兽身体发出明亮的光芒，在敞开的西门的石头中间投下怪异的黄光。鬼火兽出门往迷宫深处去了。紧接着，几头其他的怪兽跟上了它们的同伴，发出嗖嗖和咔嗒的声音，仿佛是在庆祝它们的胜利。

托马斯恶心得差一点吐出来。他刚要从窗边退开，窗外的什么东西引起了他的注意。他连忙探出窗外想看个清楚。一个孤独的身影在林间空地的庭院中飞奔，朝着盖里被抓走的出口方向。

虽然光线很差，托马斯立刻就知道了那是谁。他尖叫起来，大叫着让那人停下，但是已经太晚了。

民浩正全速奔跑，消失在了迷宫里。

40　四处一片混乱

　　大屋里亮起了灯，鬼火兽离开之后，大家立刻你一言我一语地说开了。两个男孩在角落里哭泣，四处一片混乱。

　　托马斯没有去理会这些。

　　他跑进走廊，三步并作两步地冲下楼梯，从前厅的人群中挤过，跑出大屋，奔向西门。他在迷宫边上停下了脚步，他的直觉迫使他在进入迷宫前思量再三。纽特在身后喊他，延迟了他的决定。

　　"民浩跟它过去了！"托马斯喊。纽特赶了上来，用一条小毛巾捂住受伤的头部，一团血迹已经渗透了白色的毛巾。

　　"我看到了。"纽特说，扯下毛巾看了一眼，做了个鬼脸，又把它放回头上，"讨厌，伤口好痛。民浩一定是烧光了最后的一点脑细胞，更别说盖里了，我们都知道他一向很疯狂。"

　　托马斯只为民浩感到担心。"我去追他。"

　　"你又要逞英雄了吗？"

托马斯犀利的目光瞪了纽特一眼，这样的指责让他感到受伤。"你觉得我做事情是为了让大家佩服我？拜托，我只关心如何离开这里。"

"是啊，好吧，你算得上强悍，不过现在我们还有更糟糕的问题要应付。"

"什么？"托马斯知道，如果想赶上民浩，他不能耽误时间。

"有人……"纽特说。

"他在那儿！"托马斯喊起来。民浩刚转过一个弯，朝他们来了。托马斯把双手合拢在嘴边喊："你在干什么，白痴？"

民浩一直坚持跑过大门，然后才弯下腰，两只手扶住膝盖，喘了好几口气才回答："我只是……希望……确证。"

"确证什么？"纽特问，"要是你跟盖里一起被抓走就好了。"

民浩直起身，双手叉腰，依然气喘吁吁。"得了，伙计们！我只是想看看，它们是否朝悬崖去了，朝鬼火洞的方向。"

"那结果呢？"托马斯问。

"确认。"民浩抹了一把额头的汗水。

"难以置信，"纽特说话的声音很小，"真是一个不同寻常的晚上。"

托马斯在想鬼火洞，以及这一切意味着什么，但他忘不了民浩回来之前纽特说的话。"你刚才打算告诉我什么？"他问，"你说我们有更糟……"

"没错，"纽特的大拇指冲后一指，"你还能看见烟。"

托马斯朝他指的方向望去，地图室沉重的金属门微微敞开，一股黑烟正从里面冒出来，飘向灰色的天空。

"有人烧掉了装地图的箱子，"纽特说，"所有的地图。"

出于某种原因，托马斯不那么在乎地图了——它们显得毫无意义。他站在监狱的窗外，纽特和民浩去调查地图室的损失去了。托马斯注意到，与他们分别前，他们交换了一个奇怪的眼色，似乎是用眼神在进行某种秘密交流，不过此刻托马斯只能想到一件事。

"特蕾莎？"他问。

她的面孔出现了，两只手揉着眼睛。"有人死了吗？"她问，显得有些头昏眼花。

"你睡着了吗？"托马斯问。看到她没事，他松了一口气，放松下来。

"是的，"她回答，"直到我听见什么东西把大屋撕成了碎片。出什么事了？"

托马斯难以置信地摇摇头。"我不明白，有那么多鬼火兽出现，你竟然还能睡着。"

"换你从昏迷中苏醒过来试试看，看你表现如何。"现在回答我的问题。她在他头脑中说。

托马斯眨眨眼，特蕾莎的声音让他有些吃惊，因为她已经有好一会儿没这样做了。"把那东西关掉。"

"告诉我发生了什么。"

托马斯叹了一口气，这说来话长，他并不想从头到尾叙述整件事情。"你还不认识盖里，他是个发疯的孩子，逃走了。晚上他突然露面，跳到一头鬼火兽身上，被带入了迷宫，这一切太诡异了。"他仍然不敢相信刚才发生的事情。

"这说明很多问题。"特蕾莎说。

"是啊。"他看看身后，希望能在什么地方找到艾尔比。现在他肯定会放了特蕾莎。空地人四散在各处，却不见他们首领的踪影，他回头看着特蕾莎。"我只是不明白，为什么鬼火兽抓到盖里之后就离开了？他说了一句话：它们每天会杀死我们中的一个，直到把我们杀光。而且他至少说了两遍。"

特蕾莎把手伸出了铁条外，胳膊撑在混凝土窗台上。"每天只杀一个？为什么？"

"我不知道。他还说，这与……实验有关，或是变种，好像就是这么说的。"托马斯有种和前天夜里同样的奇怪冲动，想去握住她的手。不过，他控制住了自己。

"汤姆，我在考虑我说过的话，你告诉我的那些。迷宫是个代码，被关在这里的确能让大脑充分发挥它的功效。"

"你觉得那会是什么意思？"托马斯的兴趣被激发起来，他尽量不去理会林间空地上传来的叫喊声和话语声——大家都发现了地图室被烧毁的事实。

"嗯，高墙每天都会移动，对吗？"

"没错。"他预感她即将说出什么重要的东西。

"而且民浩说，其中存在某种规律，对吗？"

"没错。"托马斯的脑子里渐渐出现了一个轮廓，仿佛之前的记忆开始挣脱了束缚。

"嗯，我记不得为什么我会跟你提到什么代码。我知道，从昏迷中苏醒过来的时候，各种各样的思想在我脑子里发疯似的涌动，我似乎能感觉到有人在清除我的思想，将一切吸走。我感觉自己必须提到代码，赶在我把它忘记之前。所以，这其中一定隐藏着重要的原因。"

托马斯几乎没听见她在说什么——他心中在苦苦思索。"他们一直在将每个区的地图与前一天进行比较，前一天再与更早一天比较，日复一日。每一个行者只是在分析各自的区域。如果他们本应该把地图与其他区域进行比较呢……"他的声音小了下去，感觉有什么东西呼之欲出。

特蕾莎没有理会他，继续着自己的推断。"代码这个词首先让我想到的是字母，字母表中的字母，也许迷宫是在设法拼写某种东西。"

各种思路飞快地在托马斯心中汇聚起来，他似乎听到清晰的咔嗒一声响，所有的片段忽然在顷刻间融合在了一起。"你说得对——你说得对！行者一直搞错了，他们用错误的方法在分析！"

特蕾莎抓住铁条，抓得指节都已发白。她把脸紧贴在铁条上。"什么？你在说什么？"

托马斯抓住她手握之处的铁条，靠在近前，近得能嗅到她的味道——令人惊异的混合着汗水与花香的迷人气息。"民浩说过，规律会不断重复，只是他们无法搞懂其中的含义。可是，他们一直在分区进行分析，将一天跟一天进行比较。如果每一天都是代码的一个部分，若他们把所有的八个区集中在一起去看呢？"

"你是说，也许每一天在透露一个字？"特蕾莎问，"随着高墙的移动？"

托马斯点点头。"或者是每天一个字母，我不知道。不过他们一直认为，墙的变化会揭示逃脱的办法，而不是在拼写什么。他们把它当作一张地图来研究，而非当作一个画面。我们得——"说到这里他停下了，猛然想起纽特刚刚告诉他的话，"噢，不。"

特蕾莎的目光中闪动着担忧。"怎么了？"

"不，不，不……"托马斯放开铁条，退后一步。现实猛地击中了他。他回头去看地图室。烟已经变小，但还在从门里飘出来，一片黑色的烟云笼罩了天空。

"怎么了？"特蕾莎又问。从她的角度看不到地图室。

托马斯回过头望着她。"我觉得已经不重要了……"

"什么呀？"她追问。

"有人烧毁了所有的地图。如果那中间隐藏有什么代码，也全完了。"

41　下一个坏消息

"我一会儿就回来，"托马斯说完转身准备离开，他胃里泛起一阵酸水，"我得去找纽特，看看还有没有地图留下。"

"等等！"特蕾莎喊他，"先放我从这儿出去！"

没有时间了，托马斯感觉糟糕极了。"不行——我会回来的，我保证。"赶在她反对之前，他转过身，全速向地图室和雾霭般的黑色烟云奔去。他的内心有如针扎一般。如果特蕾莎说得没错，他们眼看就要寻找到线索，离开这地方。然而，他却只能眼睁睁看着这一切烟消云散……这个恼人的事实让他心痛不已。

托马斯跑上前去，首先看到的是一群空地人挤在硕大的铁门外。门还微微敞开，门边已经被熏得发黑。走近之后，他发现大家把地上的什么东西围在中间，所有人都低头在看。他看到纽特跪在人群中间，在什么人的身体前弯下腰。

民浩站在他身后，心神不宁，身上沾满污渍。他先看见了托马斯。"你去哪儿了？"他问。

"去跟特蕾莎谈了谈——出什么事了？"他急切等待着即将到来的下一个坏消息。

民浩气得眉头紧蹙。"我们的地图室被人放了火，你却跑去跟女朋友聊天？你有什么毛病？"

托马斯知道，这样的指责本来很伤人，但他的心思不在这上面。"我认为这不重要了——如果你到现在还没研究懂地图……"

民浩显得很生气，苍白的光线和烟雾让他的脸更显阴沉。"是啊，这正是个该死的好机会，让我们放弃。你究竟——"

"对不起，告诉我究竟怎么回事。"托马斯在一个瘦瘦的男孩身后张望，向地上躺着的那个人看去。

平躺在地上的是艾尔比，他额头上有一道很长的伤口。鲜血从脑袋两边滴淌下来，有一些流进了眼睛里，凝固了。纽特正用一条湿布替他擦拭，用很低的声音在询问什么，托马斯听不见他们的对话。虽然艾尔比近来脾气很坏，但托马斯仍然替他感到担心。他回头看看民浩，重复了一遍刚才的问题。

"温斯顿在这里发现了他，奄奄一息，地图室着了火。一些傻蛋跑进去把火扑灭，但太迟了，所有的箱子都被烧成了灰。我一开始怀疑是艾尔比干的，但显然是放火的人把他的头撞在了桌子上，你能看见伤口的位置，太恶毒了。"

"你觉得会是谁干的？"托马斯不愿意提起他和特蕾莎刚刚获得的发现。没有了地图，这没有了丝毫的意义。

"也许是盖里，在他出现在大屋和发疯之前？也许是鬼火兽？我不知道，也不在乎，这不重要。"

民浩态度的突然变化让托马斯没有料到。"现在是谁要放弃？"

民浩的头猛地抬起来，托马斯后退了一步。他脸上闪过一道怒火，但很快便化作了惊讶与迷惑的复杂表情。"我不是那意思，傻蛋。"

托马斯好奇地眯缝起眼睛："那是什么——"

"你还是先闭上嘴吧。"民浩把手指放在唇边，四处张望，看是否有人在注意他，"闭上嘴，你很快就会明白。"

托马斯深吸了一口气，心中不断猜测。如果他希望别人诚实，他自己也必须做到。他决定把迷宫代码的可能性告诉大家，无论还有没有地图。"民浩，我需要跟你和纽特说一些事情。还有，我们得放了特蕾莎，说不定她饿坏了，我们需要她的帮助。"

"那个傻女孩是我最不担心的。"

托马斯没有理会他的无礼。"只需要给我们几分钟，我们有个想法。如果有足够多的行者还能记得他们的地图，这个办法也许依然有效。"

这话着实引起了民浩的注意——可是，同样怪异的神情又浮现在他脸上，仿佛托马斯忽略了某个显而易见的东西。"一个想法？什么想法？"

"跟我到牢房去，你和纽特一起。"

民浩想了想。"纽特！"他喊。

"什么？"纽特站起身，重新叠起带血的白布，寻找一块干净的地方。托马斯注意到，布上的每一寸都被染红了。

民浩指着艾尔比说："让医护工去照顾他吧，我们需要谈谈。"

纽特迟疑地看了他一眼，把布递给身边最近的空地人。"去找克林特，告诉他，我们有比那些受了小伤的人更严重的问题需要他来处理。"男孩照他的吩咐跑开了。纽特从艾尔比身边走过来说："谈谈什么？"

民浩冲托马斯点点头，但一句话也没说。

"跟我来就行了。"托马斯说。说完他转过身，没等他们反应便向监狱跑去。

"把她放出来，"托马斯站在牢房门外，"把她放出来，然后我们再谈。相信我，你们一定想听到下面的话。"

纽特一身的烟灰和尘土，头发也因汗水扭结在了一起。他明显情绪不佳。"汤米，这是——"

"拜托，请打开门，放她出来，求你。"他不会放弃这个时机。

民浩站在门前，双手叉腰。"我们怎么能信任她？"他问，"她刚一醒过来，这地方就变得支离破碎。连她自己都承认，说她启动了什么。"

"他说得有道理。"纽特说。

托马斯指指门内的特蕾莎。"我们可以信任她，每一次我跟她交谈，都是关于如何帮助我们逃离这地方。她被人送到这里，跟我们所有人一样——指责她应该对这一切负责是愚蠢的。"

纽特哼了一声。"那她说的启动了什么，又究竟是什么意思呢？"

托马斯耸耸肩，不肯承认其实纽特言之有理，这其中一定存在一个解释。"谁知道——她苏醒过来的时候脑子做出了很多怪异的反应。我们都从传送箱里穿越到这里，在我们完全清醒之前，说不定我们谁都会胡言乱语，你只要先把她放出来就好了。"

纽特与民浩对视了许久。

"来吧，"托马斯坚持，"她还能干什么？跑来跑去，刺死每一个空地人吗？快开门吧。"

民浩叹了一口气。"好吧，那就把这傻女孩放出来。"

"我才不傻呢！"特蕾莎嚷道，她的声音被墙壁减弱了许多，"而且我能听见你们几个傻瓜说的每一个字！"

"快点儿，"托马斯说，"我相信，在今晚鬼火兽回来之前，我们还有很多事情要做——如果它们不在白天出现的话。"

纽特哼了一声，走到监狱门前，掏出钥匙。叮当响过几声之后，门开了。"出来吧。"

特蕾莎走出了小房子，从纽特身边走过的时候对他怒目而视。她对民浩投去同样不快的目光，最后站在了托马斯身边。她的胳膊与他轻轻碰在一起，一股触电般的感觉从他皮肤上传来，他觉得尴尬极了。

"好吧，快说，"民浩说，"什么事情那么重要？"

托马斯看了特蕾莎一眼，心里在考虑该如何开口。

"什么？"她说，"你说啊——显然他们认为我是个连环杀手。"

"是啊，你似乎很危险。"托马斯嘟囔，将目光转到纽特和民浩身上，"好吧，特蕾莎刚从沉睡中醒来的时候，有很多记忆在她头脑中闪过。她，呃——"他差一点说漏了嘴，说她懂得传心术，"她后来告诉我，她记得迷宫是一个代码。或许我们并不能通过破解迷宫找到出口，它在试图给我们传递一条信息。"

"一个代码？"民浩问，"它怎么会是个代码？"

托马斯摇摇头，希望自己能够给出答案。"我不确定——你比我更熟悉地图。我有个推测，正因为如此，我希望你们还能回忆起其中一些。"

民浩望着纽特，扬起的眉毛表示出他的疑问，纽特点点头。

"什么呀？"托马斯问，他受够了两个人对他守口如瓶的态度，"你们俩总像在隐瞒什么秘密。"

民浩用双手揉了揉眼睛，深吸了一口气。"我们把地图藏起来了，托马斯。"

托马斯一开始没反应过来。"什么？"

民浩指了指大屋。"我们把地图藏进了武器室，在原先的地方放的是替代品。多亏了艾尔比的提醒，也多亏了你的女朋友启动的所谓的终结程序。"

这个消息令托马斯感到振奋，他把糟糕的局面暂时忘到了一边。他还记得民浩一天前曾表现得非常可疑，说他有一项特别任务。托马斯看了看纽特，他点点头。

"它们安然无恙，"民浩说，"所有的地图。你刚说你有个推测，接着往下说。"

"带我去看看。"托马斯说道，感觉心痒难耐。

"好吧，我们一起去。"

42　隐秘的储藏室

民浩打开灯，托马斯眯起眼睛，适应这里的光亮。一箱箱武器散落在桌上和地板上，投下可怕的影子。刀子、棍子和各式丑陋的工具似乎是在等待，随时准备活过来，杀死愚蠢到靠近它们的人，潮湿发霉的味道更是增添了房间里的阴森气氛。

"这后面有一个隐秘的储藏室，"民浩说着走过一排架子，踏进一个黑暗的角落里，"只有我们两个人知道。"

托马斯听到陈旧的木地板发出吱嘎的声响，民浩在地板上拖过一个硬纸箱，摩擦的声音仿佛一把刀刮在骨头上一般。"我把每箱地图单独放进一个箱子，总共是八箱，全都在这儿了。"

"这一箱是什么？"托马斯问。他跪倒在箱子边，迫不及待想要开始。

"打开看看吧，每一页都有标记，还记得吗？"

托马斯拉开交叠在一起的箱盖，箱子打开了。第二区的地图杂乱地堆成一堆，托马斯伸手拿起一摞来。

"好吧，"他说，"行者总在按天进行比较，看能否找到规律，帮助我们寻找到出口。你甚至还说，你并不知道自己在找什么，但你们没有停止研究，对吗？"

民浩点点头，胳膊交叉在一起。他的神情仿佛即将揭开永生的秘密。

"那么，"托马斯接着说，"如果墙的移动与地图、迷宫之类的东西并没有关系呢？要是我们要找的并不是图形，而是拼写的单词，或某种帮助我们逃走的线索呢？"

民浩指指托马斯手中的地图，失望地叹了一口气。"伙计，你知道我们花了多少工夫研究这些东西吗？如果它真是在拼写单词，难道我们会注意不到吗？"

"也许很难用肉眼发现，仅仅靠一天一天进行比较的话。也许你不应该前后比较，而是一次查看一天呢？"

纽特哈哈大笑。"汤米，我也许算不上林间空地最机灵的人，但你的话听起来就像没经过大脑。"

他说话的时候，托马斯脑子转得更快了。答案就在嘴边——他知道它已触手可及，只不过很难用语言去表达。

"好吧，好吧，"他说着又从头开始，"你一直在每个区安排一名行者，对吗？"

"没错。"民浩回答。他表现出浓厚的兴趣，打算搞个清楚。

"行者每天绘制一张地图，然后与之前进行比较，只针对某一个区。如果你应该做的是每天将八个区放在一起互相比较呢？每一天都会是一个独立的线索或代码？你有没有在不同区之间互相比较过呢？"

民浩挠挠下巴，点了点头。"是的，差不多吧。我们曾试过把它们放在一起，看是否能看出什么——我们当然这样做过，我们试过所有的办法。"

托马斯盘起腿，在腿上研究起了地图。从上面的一张，他很难看清楚第二张图上描绘的迷宫的线条。在这一刻，他恍然大悟，他抬头看看其他人。

"蜡纸。"

"什么？"民浩问，"究竟——"

"相信我，我们需要蜡纸和剪刀，还有你们可以找到的所有黑色记号笔和铅笔。"

一整盒蜡纸卷要被人拿走，弗莱潘不大高兴，特别是在他们已经被切断了补给的情况下。他争辩说，这是他经常需要用到的东西之一，用于烘焙。他们最后只能告诉他用它来做什么，这才说服他放手。

寻找铅笔和记号笔花了十分钟——大多数都在地图室被烧毁在火里。托马斯坐在地下武器室的工作台边，与纽特、民浩和特蕾莎一道。他们没有找到剪刀，所以托马斯抓来一把他能找到的最锋利的刀子。

"最好这能管用。"民浩说，言语之中带着警告的意味，但他的眼神表示出了兴趣。

纽特向前弯下腰，用胳膊撑在桌上，仿佛在等待一个即将上演的魔术。"动手吧，菜鸟。"

"好吧。"托马斯急于马上开始，但又感到害怕，害怕最终或许会无功而返。他把刀递给民浩，指了指蜡纸。"先裁一些方形的纸，跟地图一样大小。纽特和特蕾莎，你们帮我从每一箱找出最近的十张地图。"

"这是在干吗？做美工吗？"民浩举起刀，恨恨地看了一眼，"你干吗不告诉我们，这究竟是在干什么？"

"我解释得够多了。"托马斯说。他很清楚，必须让他们也看到自己心中的想法。他站起来，在储藏室里摸索。"让我展示给你们看更容易。如果我错了，那我认错，我们可以回到迷宫，像老鼠一样继续奔跑。"

民浩叹了一口气，显然被激怒了，他低声嘟囔了几句什么。特蕾莎静静地待了一阵，但她在托马斯心中说话了。

我想我明白你要干什么了。的确很高明。

托马斯吃了一惊，但他表面上尽力掩饰。他知道，他必须假装头脑中并没有听到声音，否则别人会认为他疯了。

只要……来……帮……我，他设法做出回应，将每一个字分开去想，在眼前想象出这条讯息，发送。可是，她没有反应。

"特蕾莎，"他大声说，"你能帮我个忙吗？"他冲储藏室点点头。

两个人走进遍布灰尘的小房间，打开所有箱子，从每一个里面拿出一小摞地图。托马斯回到桌边，发现民浩已经裁好了二十张纸，在他右边胡乱堆成了一堆，同时还在不停把新的放在上面。

托马斯坐下来，拿起几张纸。他把其中一张举到灯光下，从纸中间透过乳白色的光线。这正是他所需要的。

他拿起记号笔。"好啦，每个人把最近十天左右的地图拓在这种纸上。记得把信息写在顶上，让我们清楚它是什么。完成以后，我想我们也许就能发现点儿什么了。"

"什么——"民浩开口说。

"接着裁你的纸就行了,"纽特命令道,"我想我知道他想干什么了。"终于有人理解,托马斯不由得松了口气。

几个人着手开始工作,将原先的地图拓到蜡纸上,一张接着一张,尽力保持干净和没有差错,并且以最快的速度。托马斯用一块木板权且当作了尺子,方便他画出直线。很快,他已经完成了五张地图,接下来又是五张。其他人保持着与他同样的速度,以狂热的态度投入工作。

托马斯一边画,一边开始感到慌张,那是一种恶心的感觉,他害怕他们所做的一切不过是在浪费时间。不过,坐在他身边的特蕾莎专注于工作之中,舌尖翘在嘴角,上下左右描画线条。她似乎显得更加自信,认为他们一定能发现什么。

一箱接一箱,一个区接着一个区,工作在继续。

"我够了,"纽特终于打破了沉寂,"我的手指疼得要命,现在看看是不是有结果了。"

托马斯放下记号笔,舒展了一下手指。他只能寄希望于自己的想法是正确的。"好吧,把各区最后几天的地图给我,在桌上摆放好,从第一区一直到第八区。一区在这边,"他指指桌子的一头,"第八区在那边。"他又指指另一头。

几个人默默地遵照他的吩咐,整理好各自拓好的地图,八摞蜡纸在桌上摆放整齐。

揣着紧张与不安,托马斯从每一摞拿起一张纸,首先确保它们来自同一天,再按顺序放好。他把地图一张张摞在一起,每一张迷宫地图与之前之后都来自同一天。就这样，他同时看到了迷宫八个区的地图。得到的结果令他大吃一惊。宛如魔法一般，一个画面渐渐清晰起来，映入眼帘，旁边的特蕾莎倒吸了一口冷气。

线条上上下下交错在一起，举在托马斯手中如同一张棋盘的网格。可是，部分线条出现在中间——而且它们出现的频率比别的更高，比其余的地方颜色更深。画面很淡，但不容置疑，结果就在那儿。

出现在地图正中央的是字母 F。

43 　飘浮的猫

托马斯百感交集：成功带来的欣慰、惊喜、激动，以及对它可能带来的后果的猜测。"天哪。"民浩用两个字概括了托马斯的心情。

"也许只是个巧合，"特蕾莎说，"让我们多做几个，赶快。"

托马斯照做了。他把每天的八页放在一起，按照从第一区到第八区的顺序。每一次，都有一个清晰的字母出现在纵横交错的线条中央。F之后的是L，然后是O,A,T。接下来是C……A……T。

"瞧，"托马斯指着他们拼出的一行字母说，心中感到迷惑。不过，清晰的字母却又让他开心不已。"拼出来的是 FLOAT（飘浮——译者注）和 CAT（猫——译者注）。"

"飘浮的猫？"纽特问，"听起来可不像是什么救援代码。"

"我们还得继续。"托马斯说。

接下来的两个字母让他们意识到，第二个词实际上是CATCH（抓住——译者注），FLOAT 和 CATCH。

"这绝不是个巧合。"民浩说。

"绝对不是。"托马斯表示赞同，他迫不及待想去了解更多。

特蕾莎指了指储藏室。"我们需要查看所有地图——那边箱子里的所有内容。"

"没错，"托马斯点点头，"我们动手吧。"

"我们可帮不上什么忙。"民浩说。三个人一齐朝他看去，他迎着众人的目光，"至少我和托马斯不行，我们需要集合行者，赶到迷宫里去。"

"什么？"托马斯问，"现在这件事可重要多了！"

"也许吧，"民浩镇定地回答，"但我们不能错过任何一天，现在还不行。"

托马斯有些失望，与破解这些代码相比，在迷宫中奔跑像是在浪费时间。"为什么，民浩？你说过，那些规律基本上是在重复出现——多一天并不能说明什么问题。"

民浩的手在桌上一拍。"那是胡扯，托马斯！这么多天来，这也许算得上最重要的发现。也许有些事情已经改变，也许有些东西已经开启。事实上，如今高墙已不再关闭，我认为我们更应该去试试你的主意——留在外面过夜，开展更深入的探索。"

这一点倒激起了托马斯的兴趣——他一直希望这样去做。怀着矛盾的心情，他问道："可是代码怎么办？可是——"

"汤米，"纽特安慰他，"民浩说得对，你们出去继续奔跑。我去召集几个可以信任的空地人，继续这项工作。"纽特的口气比从前更像一位领袖了。

"我也这样认为，"特蕾莎表示赞同，"我会留下来帮助纽特。"

托马斯看着她。"你确定吗？"他渴望能有机会去亲手破解代码，不过他也觉得民浩和纽特言之有理。

她微笑着抱起胳膊。"如果你打算从一个复杂的迷宫中破解出隐藏的代码，我相信你需要一个女孩的头脑来掌控全局。"她的微笑变得有些得意。

"随你怎么说。"他也在微笑中注视着她，忽然又不忍离去。

"好啦，"民浩点点头，转身准备离开，"一切都十全十美。"他朝门边走去，当他发现托马斯没有跟上他，又停下了。

"别担心，汤米，"纽特说，"你女朋友不会有事的。"

托马斯感到无数个念头在他脑子里同时闪过——对破解代码的渴望，纽特关于他和特蕾莎的想法带来的尴尬，他们在迷宫中可能发现的秘密，以及恐惧。不过，他暂时将这一切抛在了一边。甚至没有说一句再见，他就跟民浩走上了楼梯。

托马斯帮助民浩集合好行者，把新消息通知给大家，组织他们踏上征途。让他吃惊的是，每个人都欣然同意。是时候去深入探索迷宫，在外面过夜了。虽然感到紧张，感到害怕，但他告诉民浩说自己能独立负责一个区，然而守护人拒绝了他的请求。他们有八个有经验的行者去完成这项工作。托马斯仍将跟随民浩，这让托马斯觉得释然，但同时又为自己冒出这样的想法感到羞愧。

他和民浩在背包里装进了比平时更多的补给——没人知道他们会在外面待多久。尽管感到害怕，托马斯又抑制不住心中的兴奋——说不定这一次他们就会找到出口。他和民浩正在西门边热身，查克走过来跟他告别。"我很想跟你一起去，"男孩用快活得有些过头的口气说，"不过我可不愿悲惨地死去。"

托马斯没想到，自己笑了。"谢谢你的鼓励。"

"你一定要当心，"查克说，口气很快变成了真心的关切，"我希望能帮上你们的忙。"

托马斯有些感动——他相信，如果真到那一步，查克一定会走出去。"谢谢你，查克，我们一定会格外小心。"

民浩哼了一声。"小心有什么用？现在是孤注一掷的时候了，宝贝。"

"我们得走了。"托马斯心中仿佛有无数只蝴蝶在飞舞，他只盼望**马上行动**，什么都不用再去想。无论如何，走进迷宫并不见得比待在大门洞开的林间空地更危险。然而，这个念头并没有让他感觉好受些。

"是啊，"民浩平静地回答，"我们走吧。"

"好吧，"查克低头看了看脚，然后才望向托马斯的目光，"祝你好运。如果你的女朋友感到孤单，我会给她我的爱。"

托马斯白了他一眼。"她可不是我女朋友，臭脸鬼。"

"哇哦，"查克说，"你都会说艾尔比的脏话了。"他显然在尽力掩饰近来的变化给他带来的恐惧，然而他的眼神透露了一切，"真的，祝你好运。"

"谢谢，那对我很重要。"民浩也白了他一眼，"再见。"

"是啊，再见。"查克嘟囔道，转过身走了。

托马斯感到一丝哀伤——也许他再也见不到查克、特蕾莎，还有别的人了，一股突然的冲动涌了上来。"别忘了我的承诺！"他喊道，"我一定会带你回家！"查克回过身，冲他竖起大拇指，泪光在眼中闪动。托马斯竖起两只大拇指，和民浩挎上背包，走进了迷宫。

44　无法回避的事实

　　托马斯和民浩没有停下脚步，一直跑到距离第八区尽头一半的路程。天空是灰色的，托马斯庆幸自己还有手表可以看时间。他们的速度很快，因为出发不久之后情况就变得明了了，自从前天开始，墙就没有再移动过。一切还是原来的样子，没有必要再绘制地图或是做记录。他们唯一的任务是跑到尽头，然后折回，与此同时寻找先前没有注意到的东西——任何方面。民浩同意休息二十分钟，然后两人开始返程。

　　一路上他们没有说话。民浩告诉过托马斯，讲话只会浪费能量，所以他把注意力集中在步伐和呼吸上。保持匀速。步调平稳。吸气，呼气。吸气，呼气。他们向迷宫中跑得越来越深，只剩下心中如潮的思绪和脚踏在坚硬的石头地面上发出的咚咚声。

　　第三个小时，特蕾莎忽然吓了他一跳——她在林间空地对他讲起了话。

　　我们正在取得进展——已经找到了另外两个词，不过还没有

一个能让人明白的。

托马斯的第一直觉是不去理她，再次否认有人能够闯入他的心，侵犯他的隐私。不过他希望跟她沟通。

你能听得到我吗？ 他问，那几个字在他心中浮现。他用意念将它们传送到她心中，以一种他自己无法解释的方式。他集中精神又说了一次：**你能听得到我吗？**

听到了！ 她回答，**你第二次说得非常清楚。**

托马斯吃惊得差一点停下脚步，他成功了！

搞不懂为什么我们能这样做。 他在心中说。以这样的方式与她讲话非常耗费脑力——他开始感到头疼。

也许我们曾经是恋人。 特蕾莎说。

托马斯绊了一跤，摔倒在地，他羞涩地对民浩笑笑，民浩回头看过来，并没有放慢速度。托马斯爬起身，追上了他。**什么？** 他问。

他觉得她在笑，一张水嫩明丽的面孔。**这太奇怪了**，她说，**好像你是个陌生人，但我知道你不是。**

虽然浑身是汗，托马斯感到一阵凉爽的快意。**抱歉扫你的兴，可是我们的确是陌生人。我刚刚才认识你，还记得吗？**

别傻了，汤姆。我认为有人改变了我们的大脑，在我们来到这里之前，把什么东西植入里面，让我们能够实现心灵感应。我认为，之前我们俩就已经互相认识了。

这也正是他的猜测，也许她说得对。希望如此——他真的开始喜欢上她了。**改变了我们的大脑？** 他问，**如何改变？**

我不知道，我无法抓住某些记忆，我想我们曾做过一些大事。

托马斯想起，自从她来到林间空地后，自己总觉得与她之间存在着某种关联。他希望借此进一步探究下去，看她会怎么说，**你在说什么啊？**

我也希望能够了解，我只是在试探你的想法，看能不能激发你心中任何的记忆。

托马斯想到盖里、本和艾尔比说过的话——他们怀疑他与空地人为敌，认为他不可信任。他还想到了特蕾莎第一次对他说的话——似乎这一切都是他们俩造成的。

代码一定有什么含义，她又说，**还有我写在胳膊上的那几个字——灾难总部是好的。**

也许它并不重要，他回答，**也许我们会找到出口，谁都不清楚。**

托马斯的眼睛紧紧闭上了几秒钟，他努力集中意念。每一次他们交谈的时候，便仿佛有一团气体在他胸中飘浮，膨胀起来，让他既恼怒又兴奋。他意识到，即便在他没有尝试与她沟通的时候，她或许也能读懂他的心思。他睁开了眼睛。他在等待回答，但没有了声息。

你还在吗？他问。

在，不过这样做总会让我头疼。

了解到这样的情况并非只发生在自己身上，托马斯放下了心。**我的头也会疼。**

好吧，她说，**待会儿见。**

不，等一等！他不想让她离去。她能够帮助他打发时间，让奔跑变得更加轻松。

再见，汤姆。如果我们搞清楚了什么，我会通知你。

特蕾莎，你胳膊上写的字是怎么回事？几秒钟过去了，没有回答。**特蕾莎？**

她走了，托马斯感到胸中的那团气体炸开了，在他身体里释放出毒药。他觉得胃痛，想到还要跑完这一天剩下的时间，他感到沮丧。

从某种程度上，他很想把他跟特蕾莎之间的心灵互通告诉民浩，在这件事令他脑子爆炸之前与人分享，可他不敢那样去做。在目前这样的局面下，再提起传心术并不是个好主意，一切都已经怪异得够大家受的了。托马斯低下头，长长地吸了一口气。他只能紧紧闭上嘴，继续奔跑。

两次休息过后，民浩终于放慢脚步，开始行走，他们走过一条长长的通道。通道在一面墙边到了尽头。他停下来，在通道尽头坐下。这里的常春藤格外茂密，一片浓绿，难以穿透的坚硬石块被隐藏在了其中。托马斯在他身边坐下，他们吃起了最简单的午餐——三明治和水果片。

"就这样了，"民浩咬了第二口之后说，"我们已经跑完了整个区域。除了惊喜还是惊喜——这里没有出口。"

托马斯已经知晓这个事实，但从民浩口中说出来更是让他心里一沉。他们没有再多说一个字，无论是他自己还是民浩。他吃完午饭，准备继续探究，去寻找连自己都不清楚是什么的东西。

接下来的几个钟头，他和民浩仔细查找了地面，沿墙壁摸索，在随意选择的地方爬上常春藤。他们没有任何发现，托马斯越发垂头丧气。唯一一件能让人提起兴趣的事情，是他又找到一个诡异的标牌，上面写着"灾难世界：杀戮地带实验总部"。民浩甚至连看都懒得看一眼。

两人又吃了些东西，继续搜寻了一阵，依然一无所获。托马斯开始准备接受一个无法回避的事实——那就是没什么好找的。已是大门关闭的时间了，他开始留意鬼火兽的踪迹，在每一个拐弯处都多了一分谨慎。他和民浩一直把刀紧紧攥在手里，然而直到将近午夜，什么都没有出现。

民浩发现一头鬼火兽消失在前方的拐角处，没有再回来。三十分钟过后，托马斯又看见一头，与先前的那头一样消失了。一个钟头过后，一头鬼火兽忽然从他们面前冲过，没有丝毫停顿，突如其来的惊吓让托马斯差一点摔倒。他和民浩继续前进。

"我觉得这是它们在故意捉弄我们。"过了一会儿民浩说。

托马斯意识到，他已经放弃了在高墙间寻找的努力，只是垂头丧气地走回林间空地。从脸上的表情来看，民浩也跟自己一样。

"你在说什么？"托马斯问。

守护人叹了一口气。"我想创造者们希望我们明白，这地方没有出路。高墙甚至不再移动——这一切不过是个愚蠢的游戏，是该结束它的时候了。他们希望我们回去告诉其他空地人。你敢不敢打赌，回去的时候我们会发现，一头鬼火兽又带走了他们当中的一个，跟昨晚一样？我猜盖里是对的——他们会一个个杀死我们。"

托马斯没有作声——他觉得民浩说的是事实。出发时在他心中升起的希望早已被摔得粉碎。"我们回去吧。"民浩带着倦意说。

托马斯不肯承认失败，但他点点头表示赞同。此刻代码似乎成为他们唯一的希望，他决心要专注于它。他和民浩一言不发地走回到林间空地，路上再也没有看见一头鬼火兽。

45　破解代码的线索

按照托马斯手表的时间，现在是上午十点左右，他和民浩通过西门回到了林间空地。托马斯累得只想躺下来好好睡上一觉，他们已经在迷宫里度过了差不多二十四个钟头。

让人惊讶的是，除了死气沉沉的光线和狼藉一片，林间空地里新开始的一天一切照旧——耕作、种植、清扫。没过多久，一些男孩子就注意到了他们。纽特得到通知，也赶来了。

"你们是最先回来的，"他走上来对他们说，"怎么回事？"他脸上有如孩子般充满希望的神情让托马斯感到心碎——他显然以为他们发现了什么有用的东西，"告诉我你们带来了好消息。"

民浩冷漠的目光望着灰色天空下的远处。"没有任何发现，"他说，"迷宫就像个可恶的玩笑。"

纽特看看托马斯，不解地问："他在说什么？"

"他只是有些灰心，"托马斯疲倦地耸耸肩，"我们没发现任何改变。墙没有移动，也没有出口，什么都没有，鬼火兽昨天晚上来了吗？"

纽特犹豫了一下，脸上浮现出一丝阴郁。终于，他点点头。"是的，它们带走了亚当。"

托马斯不熟悉那个名字，自己的无动于衷让他感到愧疚。又是一个人，他心想，也许盖里说得没错。

纽特正想要说什么，这时候民浩发作了，吓了托马斯一跳。

"我厌倦了这一切！"民浩冲常春藤啐了一口说，脖子上青筋暴起，"我厌倦了这一切！全都结束了！都结束了！"他解下背包，往地上一扔，"没有出口，从来就没有过，也永远不会有，我们都完了。"

托马斯看着他，感到嗓子发干。民浩大步朝大屋走了。他感到担心，如果民浩放弃，对所有人来说都是个麻烦。

纽特一言不发，他顾不得目瞪口呆的托马斯，自己也站在原地发愣。绝望的情绪在空地上蔓延开来，如同地图室里飘出的烟，厚重而刺激人心。

别的行者在一个钟头内也陆续回来了，从托马斯听到的情况看，他们同样没有任何发现，最终也不得不放弃。空地上到处是一张张阴沉的面孔，大多数工人放下了手中每日的工作。

托马斯明白，迷宫的代码此刻成为他们唯一的希望，它一定能揭示什么，它必须揭示什么。在林间空地漫无目的地走来走去，听过别的行者讲述的故事之后，他从沮丧中摆脱出来。

特蕾莎? 他闭上眼睛在心里说，似乎只有闭上眼睛才能做到，**你在哪儿? 你发现什么了吗?**

长长的沉默之后，他几乎打算放弃了，以为自己没有成功。

什么？汤姆，你说什么了？

是的，他说，重新接通让他感到激动，**你能听见我吗？我做对了吗？**

有些断断续续，不过还算管用。有些捉摸不定，对吗？

托马斯在思索这一点——事实上，他开始习惯了这样的交流。**还不赖。你们还在地下室吗？我刚才见到了纽特，不过现在又不见了。**

还在这儿，纽特和其他三四个空地人帮我们描绘地图，我想我们已经把所有的代码都破解出来了。

托马斯的心提到了嗓子眼。**真的吗？**

快下来。

这就来。话还没说完，他已经在行动，身体也忽然不再如此疲惫了。

纽特把他让进了屋。

"民浩还是没有来，"他一边说，一边和托马斯走下地下室的楼梯，"有时候他会变得有些急躁。"

让托马斯无法理解的是，民浩还把时间浪费在生气上，特别是在代码依然有可能解决问题的情况下。他把这个念头暂时放在一边，走进了房间。几个他不认识的空地人站在桌子旁边，一个个都很疲惫，眼睛深陷。一摞摞地图散落在房间里，包括地板上，仿佛一场龙卷风刚刚光顾过房间中央。

特蕾莎斜靠在一堆架子上，读着一张纸。他进屋的时候，她抬头看了一眼，然后又低下头继续关注手里的东西。这让他有些失落——他本希望见到自己会让她开心，不过他立刻又觉得自己有这样的想法太愚蠢，她显然是在为破解代码而忙碌。

你一定得过来看看。 待纽特遣散了几个帮手之后，特蕾莎对他说。几个人咚咚地走上木楼梯，一路还在抱怨徒劳无功。

短短的一瞬间，托马斯有些担心纽特能猜出他和特蕾莎之间发生了什么。**纽特在场的时候别在我脑子里说话，我不想让他知道我们的……能力。**

"来看看这个。"她大声说，没有刻意去隐藏脸上浮现的得意。

"如果能把它破解，我愿意跪下来亲吻你的脚。"纽特说。

托马斯走到特蕾莎身边，迫不及待地想看他们究竟得到了什么。她举起那张纸，眉毛一扬。

"毫无疑问这几个词都是对的，"她说，"只是不清楚这究竟意味着什么。"

托马斯接过那张纸，飞快地扫视了一遍。左边有几个画了圈的数字，从一到六，每一个数字旁用黑色的粗体字写下了一个词。

① FLOAT （飘浮）

② CATCH （抓住）

③ BLEED （流血）

④ DEATH （死亡）

⑤ STIFF （坚硬）

⑥ PUSH （推动）

就这些，六个词。

失望的情绪向托马斯袭来，他一直坚信，一旦他们破解出代码，它的目的便会一目了然。他带着沉重的心情望向特蕾莎："就这些吗？你确定顺序是对的？"

她把纸从他手上接过去。"几个月之中，迷宫一直在重复这些词——当这一切明了之后，我们便停止了工作。每一次当PUSH这个词出现之后，都会有整整一个星期的空白，然后又从FLOAT重新开始，所以我们判断它就是第一个词，而顺序就是现在这样子。

托马斯抱起胳膊，靠在特蕾莎身旁的架子边。连想都不用想，他就记住了这六个词并把它们深深烙在了心里。Float Catch Bleed Death Stiff Push，听起来没有任何意义。

"你不觉得振奋吗？"纽特说。这话透露出他内心的失落。

"是啊，"托马斯失望地抱怨了一句，"我们需要把民浩找来，也许他了解一些我们不知道的情况。如果我们能有更多的线索——"忽然一阵眩晕袭来，他僵住了。若不是靠在架子上，他可能已经摔倒在地上。一个念头刚刚在他心中冒了出来：一个可怕、恐怖、糟糕的念头，一个最最可怕、最最恐怖、最最糟糕的念头。

可是直觉告诉他，他是对的。他必须做点儿什么。

"汤米？"纽特叫他，皱起的额头表露着他的关切，他走上前，"你怎么了？你的脸色白得吓人。"

托马斯摇摇头，努力让自己镇定下来。"哦……没什么，对不起。我的眼睛有点儿痛，我想我需要睡眠。"他故意揉了揉太阳穴。

你没事吧？特蕾莎在他心中问。看到她与纽特一样担心，托马斯感到高兴。

没事，我真的累了。我只是需要休息。

"好吧，"纽特说，伸手捏了捏托马斯的肩头，"你们在迷宫里待了整整一个晚上——去睡会儿吧。"

托马斯看看特蕾莎，又看看纽特。他很想道出心中的想法，但最后决定不这样去做。他点点头，朝楼梯走去。

无论如何，托马斯有了个计划。无论多么蹩脚，他有个计划。

他们需要更多的线索来破解代码，他们需要记忆。

所以，他必须被鬼火兽蜇，经历痛变期，他打算故意这样去做。

46　在虚无中漫游

这一天里接下来的时间，托马斯拒绝跟任何人说话。

特蕾莎试了好几次，可他一直告诉她，自己觉得不舒服，只想一个人待会儿，在树林里的老地方睡上一觉，也许再花点时间去思考，发掘他心中隐藏的秘密，这也许会帮助他们了解该如何去做。

然而事实上，他在为那天晚上的计划做好精神上的准备。他努力说服自己，这是个正确的决定，唯一的办法。此外，他感到害怕极了，不希望任何人注意到这一点。

后来，他的手表显示傍晚来临的时候，他跟其他人一起去了大屋。在吃到弗莱潘匆忙准备的饼干和番茄汤之前，他几乎没有注意到自己饿了。

接下来，又一个不眠之夜开始了。

建筑工已经重新钉好了怪兽带走盖里和亚当时留下的窟窿，最终的成果在托马斯看来如同几个醉汉的杰作，不过倒还算得上结实。纽特和艾尔比终于又恢复了常态，在四处查看。纽特的脑袋上依然缠着厚厚的绷带，他坚持在每晚睡觉的地方安排人轮流值夜。

托马斯最后待在了大屋底层的大客厅里，与两天前同样的几个人在一起。房间里很快就归于沉寂，不过他不清楚这究竟是因为大家真的睡着了，还是仅仅因为害怕，在无声地祈祷鬼火兽别再光顾。与两天之前不同的是，特蕾莎被允许跟其他空地人一起待在房子里。她离他很近，裹在两张毛毯里。不知怎的，他感觉到她已经睡着，真的在睡觉。

托马斯自然睡不着，虽然他明白自己的身体极度需要睡眠。他尝试过——想方设法闭上眼睛，强迫自己放松下来，但总是不成功。夜晚在一点点过去，强烈的期待感如同一块巨石压在他的胸口。

后来，正如他们所预料的，鬼火兽令人不安的机械声从屋外传来，时间到了。

大家都挤在一起，离窗户边远远的，尽可能不发出一点儿声响。托马斯挤在一个角落里，与特蕾莎靠在一处。他抱住自己的膝盖，紧盯住窗户。他先前做出的可怕决定如同一记重拳挤压着他的心脏。不过他明白，也许一切都得靠他的这个决定。

房间里的紧张气氛在一点点增加，空地人悄无声息，一动不动。远处传来的机械摩擦在木头上的声音穿透了房子，托马斯似乎听到一头鬼火兽正爬上大屋的后侧，与他们的房间相反的地方。几秒钟过后，更多的噪声响了起来，从四面八方传来，最近的就在他们的窗外。房间里的空气仿佛被冻成了冰，托马斯用拳头压在眼睛上，对攻击的期待让他难以承受。

巨大的木头和玻璃的碎裂声从楼上的什么地方传来，震撼了整座房子。几声尖叫响起，伴随着叮叮咚咚的惊慌失措的脚步声，托马斯感到麻木。嘈杂的吱嘎声和呻吟声之后，一群空地人跑到了一楼。

"它抓走了戴夫！"有人在呼喊，声音因为恐惧而高了八度。

托马斯的房间里没有一个人敢动，他知道，也许大家都为松了一口气感到愧疚——至少被抓走的不是自己，也许他们又能平安地度过一个晚上。连续两个晚上，每天只有一个孩子被抓走，大家开始相信，盖里说的也许是真的。

一阵可怕的破碎声从他们右边的门外传来，伴随着尖叫与木头的碎裂声，仿佛铁颚怪兽正在吃掉整个楼梯，托马斯跳了起来。一秒钟过后，又传来木头的炸裂声——这次从前门传来。鬼火兽从房子中间穿过，眼看就要离开。

恐惧在托马斯心中迸发开来，机不可失。

他跳起身，冲向房门，一把将门拉开。他听到纽特在尖叫，但他没有理会，径直跑过走廊，跳过数不清的木头碎片。他看到原来前门的地方变成了一个参差不齐的窟窿，露出屋外灰白的夜空。他朝门边奔去，跑进了空地。

汤姆！特蕾莎在他头脑中尖叫，**你在干什么？**

他没去理会，只顾拼命奔跑。

鬼火兽抓住了戴夫——托马斯从未跟他说过话。鬼火兽正旋转着朝西门移动，发出搅动和嗖嗖的声响。其他的鬼火兽已经聚在庭院中间，准备跟随它们的同伴返回迷宫。托马斯没有犹豫——他知道别人会认为他这是在自杀，向怪兽的方向一阵猛跑，最后站在了一群怪兽中间。鬼火兽吃了一惊，都愣住了。

托马斯纵身跳上抓住戴夫的鬼火兽，打算奋力把他拉下来，希望怪兽会回击。特蕾莎在他脑子里惊声尖叫，仿佛一把匕首穿透了他的头骨。

三头鬼火兽立刻向他围了上来，长长的钳子、触角和尖刺从四面八方飞来。托马斯手脚并用地抵挡着，推开可怕的金属臂，踢向鬼火兽不停悸动的柔软身体——他只想被螫，并不希望像戴夫一样被抓走。怪兽无情的攻击越来越猛烈，托马斯感到痛楚在身体的每一寸迸发出来——针刺的感觉告诉他，他成功了。尖叫中，他又踢又打，将身体缩成一团，试图摆脱掉它们。挣扎着，他的身体里肾上腺素在涌动，他终于找到一块空地，爬起身来，用尽全力向前飞奔。

他刚一跑出鬼火兽的攻击范围，它们便弃他而去，消失在迷宫里。托马斯瘫倒在地上，发出痛苦的呻吟。

纽特一转眼就来到他身边，紧随其后的是查克、特蕾莎和另外几个人。纽特抓住他的肩膀，把他架起来，扶在他两条胳膊下面。"抓住他的脚！"他大叫。托马斯感到四周在晃动，他神志恍惚，恶心作呕。有人，他不知道是谁听从了纽特的命令，抬着他走过庭院，穿过大屋的前门，走过支离破碎的走廊，进入一个房间，放在一张沙发上。世界一刻不停地旋转、坠落。

"你在干什么？"纽特在他面前叫喊，"你怎么能这么傻？"

托马斯必须赶在昏迷之前说出心中想说的话。"不……纽特……你不明白……"

"闭嘴！"纽特嚷嚷，"别浪费你的能量！"

托马斯感到有人在查看他的胳膊和腿，替他扯下身上的衣服，查看他的伤势。他听到了查克的声音，他的安然无恙让托马斯感到欣慰。一个医护工说了几句什么，好像是他被螫了几十下。

特蕾莎站在他脚边，用手捏住他的右脚踝。**为什么，汤姆？你为什么要这样做？**

因为……他没有力气，无法集中精神。

纽特大叫让人去拿血清。一分钟过后，托马斯感到胳膊上被扎了一下。一股暖流从被扎的地方涌遍了全身，让他平静下来，减轻了疼痛。可是，世界依然在崩塌，他知道，在几秒钟之间，它便会从他面前消失。

房间天旋地转，无数的色彩交织在一起，晃动得越来越快。他使出所有的力气，在黑暗降临之前说了最后一句话。

"别担心，"他轻声说，希望他们都能听见，"我是故意去这样做的……"

在经历身体痛变期的时候，托马斯完全丧失了时间感。

一开始的感觉同他在传输箱里醒来时相差无几——黑暗且寒冷。不过这次他并没有感到有东西触碰他的双脚和身体。盯着黑暗中的某一点，任由自己的思绪在虚无中漫游。他什么都看不见，什么都听不到，也什么都闻不到。就像是有人拿走了他的五感，任他在真空中自生自灭一样。

时间一点点地过去，恐惧先是转为好奇，继而又变为无聊。

最终，经历了无休止的等待之后，情况开始发生变化。

虽然感觉不到，但是托马斯听见从远处吹来一阵风。接着远方出现一团白色旋雾——烟雾如飓风般不停旋成一个长柄漏斗，这白色旋风持续拉伸，直到托马斯再也看不到它的首尾。继而他能够感觉到大风了，他被吸进旋风里，风从他的背后穿过，衣服和头发被风撕扯着，就像是被暴风扯碎的旗帜。

浓雾形成的巨塔开始朝着他的方向移动——或者是他自己渐渐向浓雾靠近，他分辨不出——移动正以惊人的速度不断加快。上一秒他刚能看见模糊的轮廓，下一秒就只能看见白茫茫的一片了。

紧接着迷雾占据了他整个身体，他感到迷雾控制着他的思想，记忆如潮水般涌向大脑。

其他的感觉都化为了难忍的疼痛。

47　隧道中的回音

“托马斯……”

呼喊声从远处传来，带着颤音，像是幽深隧道中的回音。

“托马斯，能听见我说话吗？”

他并不想回答，当他觉得再也不能忍受疼痛的时候，便封闭了自己的意识；他害怕一旦重新让自己恢复意识，疼痛感就会再次袭来。尽管闭着眼就能感到外面的光线，但是疼痛让他睁不开眼，他一动不动。

“托马斯，我是查克。你还好吗？伙计，你可千万别死。”

他瞬间想起了一切：林间空地、鬼火兽、尖刺、身体痛变期、记忆、解不开的迷宫。迷宫的出口超乎他们的想象，令人恐惧战栗。他完全绝望了。

呻吟着，他迫使自己睁开眼睛。眯着眼看见了查克圆胖的脸——他正惊恐地盯着自己。但很快查克就满眼喜色，咧嘴笑了。不论多痛苦，不论这一切是多么让人毛骨悚然，幸好还有查克的微笑。

"他醒了！"查克对着所有人大喊，"托马斯醒了！"

他这一声呐喊让托马斯皱了下眉，于是托马斯又闭上了眼。"查克，你用得着这么大声吗？这让我觉得很糟糕。"

"抱歉——你能活下来我真是太高兴了，我没给你一个大大的吻就算你走运了。"

"千万别那么做，查克。"托马斯再一次睁开眼睛，强迫自己在床上坐直，努力让背靠着墙，双腿伸直。他的关节和肌肉都十分酸痛。"我这样有多长时间了？"他问道。

"三天了，"查克答道，"为了保证你的安全，晚上我们就把你放在牢房里——白天再把你带回这里。从你开始经历身体痛变期，至少有三十次我们觉得你已经死了，但是看看你现在——简直焕然一新！"

托马斯却只能想到自己现在看起来有多糟糕。"怪兽来过没？"

查克突然低头看地，脸上的愉悦消失殆尽。"来过了，带走了扎特和另外几个伙伴。一天晚上，民浩和其他探索者对迷宫进行了搜索，试图找到一个出口或是能用到你们想出来的那个愚蠢密码的地方，但是一无所获。你为什么觉得怪兽一次只会带走一个人呢？"

托马斯的心情变得很坏——他现在知道这个问题的准确答案，当然还有其他问题的。这就足以让他明白：有时知道太多并不是好事。

"去叫纽特和艾尔比过来，"他终归还是做了回答，"跟他们说我们必须开个议事会，越快越好。"

"当真？"

托马斯叹了口气："查克，我刚刚经历了痛变期，你觉得我是不是认真的？"

查克突然站起来，一言不发地朝屋外跑。他越跑越远，直到听不到他呼喊纽特的声音。

特蕾莎。

一开始她没有回应，但随后他的脑中响起了她的声音，这声音清晰得仿佛她就坐在他身旁。**汤姆，你这么做真傻。真的，真的太傻了。**

我别无选择。他回答。

过去这几天我可恨你了，你是没看见自己的样子，没看见你的皮肤、你的血管……

你恨我？她这么在意他，这让他感到害怕。

她停顿了一下。**我的意思是你要是敢死，我就先杀了你。**

托马斯顿时感到胸口一团热火不断上升，让他实实在在地感到了温暖，这令他很是吃惊。**呃……我想，我该说声谢谢。**

你恢复了多少记忆？

他想了想。**足够多了，像是你跟我说的我俩的身份，还有我们对他们所做的一切……**

所以这都是真的？

特雷莎，我们做了一些不好的事。他感到她情绪沮丧，似乎有很多问题要问，却不知从何说起。

你想起我们要怎么才能从这儿出去没？她问道，似乎她并不想知道自己在这一切中扮演的角色，**知道那密码的用途了吗？**

托马斯沉默了，目前他并不想讨论这个——在他还没有理清思路之前他不想多说，他们逃出去的唯一机会或许会是个死亡愿望。**也许，他最终回应，但这很难。我们需要开议事会。我会请求让你出席——我可没有将这一切说两遍的勇气。**

一时间两人都不说话了，一股绝望感萦绕在两人心中。

特雷莎。

怎么了？

其实迷宫根本就走不通。

在应答之前她沉默了好一会儿。**我想现在我们都知道这个事实了。**

托马斯不喜欢她声音中所带的痛楚——因为他也感同身受。**别担心，创造者的目的就是让我们逃出去，我有个计划。**他希望多少能给她点希望，尽管这希望微乎其微。

哦，是吗？

是的，这计划挺可怕的，而且我们中会有人丧命，听上去还不错吧？

好极了，计划是什么？

我们必须——

他还没说完，纽特已经走进房间了，打断了他。

稍后再跟你细说。托马斯迅速结束对话。

快点！说完这句，她就不再交谈了。

纽特走向他的床，在他身边坐下。"汤米，你看上去一点儿都不像是生病了。"

托马斯点点头说："我有点恶心，不过除了这一点，一切都好，本来以为会很难受的。"

纽特摇了摇头，他的脸上混合着愤怒和敬畏这两种表情。"这件事你做得既勇敢又极其愚蠢，看起来你挺擅长做这类事。"他停顿了一下，摇了摇头，"我明白你为什么这么做。你都想起了什么？想起些有用的没？"

"我们需要开个议事会。"托马斯一边说一边动了动双腿，好让自己舒服点儿。让他吃惊的是，他并没有感到很疼痛，只是有点儿头晕。"在我还能记得所有事之前。"

"我知道，查克跟我说了。我们马上就开。但为什么呢？你都想出了什么？"

"纽特，这是个测试——整件事就是个测试。"

纽特点点头说："就是个实验。"

托马斯摇摇头回答："不，你没明白我的意思。他们在对我们进行淘汰，观察我们是否会放弃，从而在我们中挑选最合适的人选。之所以用各种实验变量来测试我们，其目的就在于迫使我们放弃。测试我们与困境斗争以及维持希望的能力。测试的最后一部分就是送特雷莎到这里并关闭所有的一切，这是最终的分析环节。现在就剩最终测试了——逃离迷宫。"

纽特皱着眉，感到困惑。"你的意思是——你知道怎么出去？"

"是的，现在召集议事会吧。"

48　逃跑计划

　　一小时后，同一两周前一样，托马斯坐在守护人们前面。他们不让特蕾莎进来，这让他和特蕾莎很气愤。看来现在除了纽特和民浩，其他人还是怀疑她。

　　"好吧，新来的。"艾尔比说道，他靠着纽特坐在摆成半圆形的椅子的中间位置，看上去好多了。除了两把椅子外，其他位子上都坐了人——残酷地提醒着大家扎特和盖里都被怪兽带走了。"大家都有话直说，别拐弯抹角尽说废话。"

　　托马斯没有完全从身体痛变期中缓过来，但还是强迫自己镇定下来。他有很多话要说，不过他可不想自己说出来的话听上去愚蠢可笑。

　　"说来话长，"他打开话匣子，"时间不允许我一一叙述，但我会告诉你们重点。在经历身体痛变期的时候，我的眼前闪现出很多画面——成百上千的画面——就像是快速放映的幻灯片。我能记得不少，但是能够说清楚的并不多。大多数画面我不是忘了就是快要记不住了。"他停了停，最后一次集中思绪，"但是我能记得的已经足够了。创造者们在测试我们。迷宫永远都不可能走通，所有的一切都是个测试。他们要的是胜利者——或者说是幸存者——来完成某项重要任务。"他的声音渐渐变弱，不知道该用怎样的顺序把事实说出来。

"你说什么？"纽特问。

"让我从头说起，"托马斯揉揉眼睛说，"我们每个人都在很小的时候就被选中了。我不记得原因和程序——只是模模糊糊感到这世界曾经有过变化，发生过十分可怕的事。我不知道是什么事情。创造者们将我们偷走，而且我觉得他们认为这么做是绝对正当有理的。之所以会选中我们，是因为他们发现在某种程度上我们的智力在平均值之上。不过我并不确定，大部分都只是粗略的信息，而且也无关紧要。"

"至于和家里人有关的事情，我一点儿都想不起来，也不知道他们身上发生了什么。但是在被带走之后的几年里，我们在特殊的学校里学习。在创造者拥有足够建造迷宫的资金之前，我们的生活还算正常。我们所有人的名字都是他们编造出来的可笑绰号——像是艾尔比代表阿尔伯特·爱因斯坦，纽特就是艾萨克·牛顿，而我的名字——托马斯，是爱迪生。"

艾尔比看上去就像是被扇了一耳光。"我们的名字……并不是真名？"

托马斯摇了摇头。"在我看来，我们大概永远也不会知道自己的真名是什么了。"

"你在说些什么？"弗莱潘问，"你的意思是我们都是怪胎或者……搞不好是科学家们养大的？"

"是的，"托马斯说，他希望自己的表情看不出有多绝望，"他们推测我们是真的聪明，因此观察我们的一举一动，对我们进行分析，看我们谁会放弃，谁能坚持，谁又能在测试中存活下来。毫无疑问，这里到处都有刀锋甲虫监视我们。另外，我们中有些人……大脑里被植入了什么。"

"要我相信这些鬼话就像要我相信弗莱潘做的饭对你有好处一样。"温斯顿嘟囔着说，表情疲倦且满不在乎。

"我为什么要编造这些？"托马斯提高了嗓门儿说，自己有意让怪兽螫伤就是为了能够记起所有的一切，"还是说，你觉得要怎么解释这一切？我们生活在另一个星球上？"

"你继续说下去，"艾尔比说，"但我不明白为什么我们中从没有人想起过这些事。我也经历了身体痛变期，但是我所看到的都是……"他迅速地看了看四周，就好像他说了什么不该说的话，"我没有得到任何有用的东西。"

"我马上就能告诉你为什么我比别人知道得多，"托马斯说，很害怕即将要说的这部分内容，"我是要接着往下说还是就此打住？"

"说下去。"纽特说。

托马斯深呼吸了一下，仿佛马上就要开始赛跑似的。"好吧，他们抹去了我们的记忆——不光是我们的童年记忆，还有进入迷宫之前的所有记忆。他们用传输箱把我们送到这里——起初是一大群人，然后在过去的两年里每个月一个。"

"但这是为了什么呢？"纽特问，"到底是为了什么呢？"

托马斯抬手示意大家静下来。"我就快说到了，就像我刚刚说的，他们想要测试我们，观察我们对他们所谓的实验变量和一个无解的问题做出的反应。看看我们是不是能够团结合作——甚至是建立一个社区。他们向我们提供一切，设计出一个有关文明的最常见的问题——迷宫。所有的这一切让我们觉得一定会有解决办法，在鼓励我们更加努力地寻找的同时，也让我们因为找不到而更加沮丧。"他停下来看看周围，确定所有人都在认真听他说，"我想说的就是，根本就没有解决方法。"

一下子，大家开始交头接耳，到处都是质疑的声音。

托马斯再次举手示意，希望所有人都能迅速把他的话听进去。"明白了吗？你们的反应证实了我的观点。到目前为止大部分人都还没有放弃。但是我想每个人都是不同的。我们不能接受任何无解的问题——尤其是像迷宫这样简单的问题。于是不论有多绝望，我们还是继续寻找解决办法。"

托马斯发现自己的声音越来越大，感到脸上发烫。"不论是因为什么，都让我觉得讨厌！所有的这些——悲鸣者怪兽、移动的高墙、悬崖——都是一个愚蠢测试的组成部分。我们像工具一样被人操控利用。创造者们想让我们为了一个根本不存在的解决方法持续努力。送特蕾莎过来也是出于同样的目的，用她来促成最后的完结——无论那意味着什么——这个地方会被关闭，只剩下无尽的灰色天空。他们用极其疯狂的手段对待我们来观察我们的反应，测试我们的决心，看我们会不会自相残杀。最终，他们会让幸存者去完成某个重要的任务。"

弗莱潘站了起来。"也包括杀人吗？这也是他们计划中美好的一小部分？"

托马斯感到一阵恐惧，担心在知道这么多之后，守护人们会把所有的怒气都撒在他身上，而且情况只会越来越糟。"没错，弗莱潘，包括杀人。怪兽之所以会将我们一个一个杀死，是为了不让我们在计划的结局到来之前全都死掉。适者生存，我们中只有最强的人才能成功逃出去。"

弗莱潘踢了下他的椅子。"好吧，你现在最好说说看那神奇的逃跑计划！"

"他会的，"纽特平静地说，"都闭嘴好好听。"

整个过程中民浩几乎一言不发，这时，他清了清嗓子说："我隐约觉得我不会喜欢你接下来要说的话。"

"大概是吧。"托马斯说。他双臂交叉，闭了一会儿眼睛。接下来的几分钟将会非常难熬。"创造者们想要挑选出我们中最强的，不管怎样这就是他们的计划。而我们却不得不自己争取——"一时间整个屋子都静了下来，所有人都看着他，"那个密码。"

"密码？"弗莱潘重复道，他的声音让大家重燃了一丝希望，"密码是什么？"

托马斯看着他，停顿了片刻好让大家都注意听。"密码就藏在因为某种原因而移动的迷宫高墙之中。我应该是知道的——创造者们设计这个的时候我在场。"

49　启动最后测试

很长一段时间，大家都沉默不语，托马斯只看到一张张茫然的面孔。额头上的汗珠打在他的双手上，他不敢再继续说下去。

纽特一头雾水，但最终他打破了沉默："你想说什么？"

"好吧，首先，有关我和特蕾莎，我有些事要向你们坦白：盖里对我进行那些指控的原因，以及为什么所有经历过身体痛变期的人都认出了我。"

他指望会有人提问——瞬间爆发出许多提问——但是整个屋子里一片死寂。

"特蕾莎和我……跟你们是不同的，"他继续说道，"我们从一开始就参与了迷宫测试——不过我发誓，我们是被迫的。"

现在民浩成了那个大胆提问的人。"托马斯，你到底是什么意思？"

"我和特蕾莎被创造者们利用了，如果你能记起一切的话，肯定会想杀了我们。但是为了让你们相信我俩，我不得不亲自告诉你们这些。这样，在我告诉你们从这里逃出去的唯一办法时，你们才会相信我。"

托马斯迅速扫了一眼这些守护人的表情，最后一次怀疑自己应不应该说出来，他们能不能理解。但他知道他别无选择，他必须说出来。

托马斯深吸了一口气，开口道："特蕾莎和我参与了迷宫的设计，我们帮助他们建造了这所有的一切。"

所有人似乎都吃惊得说不出话来了，一张张迷茫的脸庞又一次看向了他，托马斯觉得他们既不理解也不相信他。

"这到底是什么意思？"最后纽特问，"你只有十六岁，怎么可能创造迷宫？"

托马斯自己都禁不住有点儿怀疑——但是他知道自己都记起了什么。尽管很疯狂，但他知道这是事实。"我们……真的很聪明，而且我想这是实验变量的一个内容。不过最重要的是，我和特蕾莎……有着某种天赋，因而在他们设计和建造这个地方时，我俩变得很有价值。"他停顿下来，清楚地知道这些话听上去非常荒谬。

"说下去！"纽特吼道，"痛快地把一切说完！"

"我俩之间能够心灵感应！我俩能用我们该死的大脑进行交谈！"大声说出这一事实几乎让他感到羞愧万分，就好像他刚刚承认自己是个小偷那种羞愧。

纽特惊讶地眨了眨眼，有人在咳嗽。

"但是听我说，"托马斯继续说，急忙为自己申辩，"他们强迫我们帮他们。我不知道原因，也不知道他们采取了什么手段，但是他们强迫我们。"他停顿了一下，"也许他们就是想看看曾是他们一分子的我俩能不能得到你们的信任，也许一直以来我俩的作用就是揭露如何逃出去。不管是因为什么，我们要想得出密码，必须用到你的地图，我们现在就需要使用地图。"

托马斯看了看四周，出乎意料，他惊奇地发现，看上去没有人很愤怒。大部分空地人要么依旧茫然地盯着他，要么困惑地摇着头，或是根本就不相信。并且，因为某个奇怪的原因，民浩居然在微笑。

"我说的都是真的，我很抱歉，"托马斯继续说，"但是有一点我可以告诉你们——现在我和你们是同坐一条船的。和别人一样，特蕾莎和我也被送了过来，我俩很容易就会被杀死。创造者们已经看够了——是时候启动最后的测试了。我猜我需要用身体痛变期来完成最后一块拼图。无论如何，我想让你们知道真相，知道我们是有机会逃出去的。"

纽特一直盯着地面，不停地摇晃着脑袋。然后他抬起头，看向其他的守护者。"创造者们——那些家伙这样对待我们，特蕾莎和汤米不是他们一伙儿的。这些创造者，他们终有一天要后悔的。"

"随便吧，"民浩说，"鬼才想理会这些——早就该开始研究怎么逃出去了。"

托马斯的喉咙哽住了。他如释重负，几乎说不出话来。他本以为在说出事实之后，就算不会被扔下悬崖，也会被他们的怒火烧死。现在看来，要把没说完的内容说出口变得容易许多。"在一个我们没有搜查过的地方有个计算机工作站。用这个密码能打开一扇让我们走出迷宫的门。用这个密码还会关闭鬼火兽，这样它们就不能再追踪我们——只要我们能够活到那个时候。"

"我们之前没有搜查过的地方？"艾尔比问，"那你觉得我们这两年都在做什么？"

"相信我，你们从来没有到过那个地方。"

民浩站了起来。"好吧，那它在哪儿？"

"去那个地方无异于自杀，"托马斯说，他知道自己并没有给出答案，"只要我们试图找到那个地方，怪兽就会追踪我们。它们会倾巢出动，这就是最后的测试。"他必须让所有人都知道这件事的危险性，每个人存活下来的机会都会变得渺茫。

"那么到底在哪里呢？"纽特从椅子上探过身来问。

"在悬崖对面，"托马斯回答，"我们必须要穿过鬼火洞。"

50 短期记忆障碍

艾尔比噌地站了起来，速度快得椅子都向后倒了下去，他充血的双眼被额头上的洁白绷带衬得格外醒目。他走了两步后站定，一副要冲上去攻击托马斯的样子。"现在你成了个该死的笨蛋，"他愤怒地瞪着托马斯说，"或者是叛徒。既然你帮着设计了这个地方，还把我们送到这里，我们凭什么要相信你的话？在自己的地盘上我们都对付不了一只怪兽，更不用说是在它们那个小小的洞里面对付一群怪兽了，你到底在搞什么鬼？"

托马斯非常愤怒。"我在搞什么鬼？什么都没有！我为什么要编造这些？"

艾尔比紧握双拳，胳膊僵直。"既然知道送你过来的目的就是让我们全都死光，我们凭什么相信你？"

托马斯难以置信地盯着他。"艾尔比，你是不是出现了短期记忆障碍？我冒着生命危险从迷宫中把你救了出来——如果不是我你早就死了！"

"也许这不过是赢得我们信任的把戏罢了。如果你和送我们过来的那帮人是一伙儿的，就根本不用担心怪兽会伤害你——或许一切都是在演戏。"托马斯的怒火因为这话稍稍平息，他感到很遗憾。气氛有些奇怪——充斥着怀疑。

"艾尔比，"民浩终于插嘴了，这让托马斯松了口气，"这大概是我听过的最蠢的理论了。三天前他刚刚遭受了可怕的伤害，你觉得那也是演戏？"

艾尔比草率地点了点头说："也许是的。"

"我的确是故意这么做的，"托马斯含着所有的怒火大声说，"为了有机会能恢复记忆以让我们大家逃出去，要不要看看我全身的伤口和瘀青？"

艾尔比一言不发，他的脸仍因愤怒而抽搐着。他的双眼含着泪水，脖子上青筋暴突。"我们回不去了！"最终，他转身看着房间里的所有人喊了出来，"我看见了我们大家的命运——我们都回不去了！"

"那就是你想告诉我们的，是吗？"纽特问，"你在开玩笑吧？"艾尔比怒火中烧地转向纽特，他甚至都举起了拳头。不过他还是控制住了，放下拳头从纽特身边走过，然后瘫坐在椅子上，双手捂脸，完全崩溃了。托马斯实在是太吃惊了，那无所畏惧的林间空地首领居然在哭泣。

"艾尔比跟大伙儿说说，"纽特不愿意放过他，催促道，"到底是怎么回事？"

"是我做的，"艾尔比抽泣着说，声音非常痛苦，"是我做的。"

"做了什么？"纽特问。就像托马斯一样，他看上去很困惑。

艾尔比抬头看，两眼含泪地说："我烧掉了地图。是我干的。是我自己用头去撞桌子的，这样你们就会认为是别人干的。我撒了谎，我把地图全烧了，是我干的！"

守护人们互相交流了下目光，从扬起的眉毛和睁大的双眼能明显看出他们的震惊。不过对于托马斯来说，一切都能说得通了。艾尔比想起了他来这儿之前的糟糕记忆，这让他一点儿都不想再回到过去。"好吧，幸好我们抢救下了那些地图，"民浩几乎面无表情地嘲笑道，"感谢你在身体痛变期之后给我们的提示——让我们保护地图。"

托马斯观察艾尔比如何应对民浩的嘲讽——近乎残忍无情的评论，但是他表现得就像没听到一般。纽特并没有生气，相反，他要求艾尔比解释。托马斯知道纽特没有发火的原因——地图平安无事，密码也被破解出来了，因此这也就不重要了。

"听我说，"艾尔比的声音听起来像是在乞求——差不多是歇斯底里了，"我们回不到我们原来的地方了。我全看到了，想起了那些可怕的，可怕至极的事情。燃烧的大地，一种疾病——一种名叫闪焰症的疾病。实在是太可怕了——比我们这儿还要糟糕。"

"要是我们留在这儿，我们都会死！"民浩大声说，"比死还要糟糕！"艾尔比没有回答，他盯着民浩看了很久。托马斯现在满脑子都是艾尔比刚刚说的话。闪焰症，多么熟悉的词，但他确定自己在经历痛变期时，并没有记起这些事。

"是的，"艾尔比终于说话了，"更糟糕，回家还不如死掉。"

民浩窃笑着向后靠着椅子。"伙计，你真没用。听着，我站在托马斯这边，我百分之百站在托马斯这边。如果我们会死，该死的，那就让我们战斗到死吧。"

"是在迷宫里还是在迷宫外？"托马斯补充道，民浩坚定的支持令他如释重负。他转向艾尔比，勇敢地看着他。"在你所记得的那个世界里，我们都活了下来。"

艾尔比再次站了起来，一脸挫败。"做你想做的吧。"他叹了口气，"无所谓。不管怎样我们都会死。"说完，他朝着门的方向走去，离开了屋子。纽特摇着头深深地吐了口气。"自从他被螫伤后就和从前不一样了——也许是因为记忆出了大问题，有着闪焰症的世界是什么样的？"

"我才不管这个呢，"民浩说，"怎么都比死在这儿好。一旦我们逃出去了就可以对付那些创造者了，但是现在我们只好按他们的计划行事，穿过鬼火洞然后逃出去。如果注定我们中有人会死，那就顺其自然吧。"

弗莱潘哼哼着说："你们这些人要把我逼疯了，走不出迷宫，在鬼火兽的单身公寓里陪着它们是我这辈子听过的最傻的想法，那我们还不如自杀呢。"

其他的守护人一下子争论起来，谁都想说服对方，纽特最后不得不大喊着让他们住口。

所有人都安静下来之后，托马斯再一次开口："我要穿过鬼火洞，就算死在半路上也在所不惜。看来民浩也会做同样的决定，我保证特蕾莎也会加入我们。如果我们能够击退怪兽并坚持到有人成功输入密码，把怪兽关闭，我们就能从它们进来的门逃出去。我们可以通过测试，就能直面那些创造者了。"

纽特咧嘴笑着，却不是因为心情好。"你觉得我们可以击退怪兽？就算我们没有死，也很可能被它们蜇伤。在我们到达悬崖时，所有怪兽都会在那儿等着我们——刀锋甲虫可是一直都在那儿的，创造者们清楚地知道我们什么时候会去那儿。"

纽特对此产生了恐惧，不过托马斯知道现在该把自己计划的最后一部分告诉他了。"我觉得它们不会蜇伤我们——身体痛变期是设定在我们生活在林间空地时的实验变量，但是一旦离开这儿这个变量就不存在了。另外，也许有件事会对我们有利。"

"是吗？"纽特转着眼珠问，"真想知道是什么。"

"要是我们全都死了，这对创造者们一点儿好处都没有——这件事本来就很难，当然也不是不可能。我想我们现在确定怪兽的设定是，每天只杀死我们中的一个人。那么在我们奔向鬼火洞的时候，有人可以牺牲自己来保全大家，我觉得也许这一点也是设计好的。"

整个屋子一片寂静，直到血屋的守护人突然大笑起来。"抱歉，"温斯顿问道，"所以你的意思就是，我们把一个可怜虫扔进狼群，好让其他人逃命？这就是你高明的建议？"

这个建议听起来很差劲，托马斯不想认同，不过他又想到了一个主意。"是的，温斯顿，你能认真听我说话我很高兴。"他故意忽视了温斯顿的怒视，"况且，那个可怜虫是谁，是显而易见的。"

"噢，是吗？"温斯顿问，"是谁？"

托马斯抱着双臂说："我。"

51　绝对最佳方案

议事会突然就变成了大家齐声争论，纽特十分平静地站起来，走到托马斯面前一把抓住了他的胳膊。纽特拖着托马斯朝着门走去。"现在，你出去。"

托马斯惊呆了。"出去？为什么？"

"对于一个议事会来说，你说得已经足够多了。我们需要讨论一下，决定到底要怎么做——在**没有**你在场的情况下。"他们俩走到门口，纽特轻轻地把他推出门外，"在传输箱那儿等我。等我们讨论完，我俩单独再说。"

纽特刚想转身，托马斯就伸手拽住了他。"你一定得相信我，纽特。这是逃出去的唯一办法——我们能做到，我发誓，我们注定能逃出去。"

纽特拉下脸，生气地贴着托马斯的耳朵粗声说道："是的，我尤其喜欢你自告奋勇去送死这一点。"

"我是真心实意要这么做的。"托马斯是认真的，但只是出于挥之不去的愧疚感，因为协助设计了迷宫感到愧疚。然而在内心深处，他坚信自己可以坚持下去，在怪兽杀死所有人之前，让别人输入密码关闭它们，最后打开门逃出去。

"哦，是吗？"纽特问，他看起来已经被激怒了，"贵族老爷要亲力亲为，是吧？"

"我有我的理由。某种程度上说，我们被困在这儿，也有我的原因。"他停下来吸口气，好让自己平静，"总之，无论如何我都会去，你最好不要再浪费唇舌了。"

纽特皱了皱眉，突然眼里满是同情之色。"就算你真的帮忙设计了迷宫，汤米，这并不是你的错。你只是个孩子——你是无法反抗他们强迫你做事的。"

不过纽特说什么都没用，任何人的劝说都不管用。不论如何托马斯都要担起这份责任——他对这份责任思考得越多，就越发觉心里沉重。"我只是……觉得我必须要解救每个人，这样才能弥补我的过错。"

纽特向后退了一步，慢慢地摇着头。"汤米，你知道最可笑的是什么吗？"

"什么？"托马斯小心翼翼地问。

"我真的相信你，你眼里透出的真诚证明你没有撒谎。该死的，我不敢相信自己居然会这么说。"他停下来，然后接着说，"但是我得先回去，让大伙儿相信我们应该穿过鬼火洞，照你刚说的那样做。让他们相信与其坐等怪兽把我们一个一个带走，不如同它们一战。"他举起一根手指，"但是听我说——我不想再听到你去送死这样烦人的话，还有那些英雄主义之类的废话。如果我们决定逃出去，那就全都做好牺牲的准备——所有人，你听明白了吗？"

托马斯举起双手，完全被他说服。"听得一清二楚，我正想要证明这值得我们冒险。如果每天晚上都要死一个人，我们倒不如利用这点。"

纽特皱了下眉。"好吧，真让人振奋啊！"

托马斯转身离去，但是纽特叫住了他："汤米？"

"怎么了？"他停下脚步，但是并没有回头。

"如果我能说服大伙儿——概率很大——出逃的最佳时间是夜晚。我们寄希望于怪兽会在晚上出动，并在迷宫活动——而不是待在它们的老巢里。"

"那再好不过了。"托马斯赞同纽特的看法——他只是希望纽特能够说服那些守护人。他转身看着纽特点了点头。

纽特微微笑了笑，但他表情焦虑几乎看不见一丝笑容。"我们今晚就必须行动，在有人被杀之前。"托马斯还没来得及说话，纽特就已经踪影全无了。

纽特最后的话让托马斯有些吃惊，他离开了居住地朝着传输箱旁的旧长凳走，然后坐了下来。他的脑袋里像是刮旋风似的一团乱。他一直在想艾尔比关于闪焰症的话，想弄明白那会是什么，那个大男孩还提到了燃烧的大地和一种疾病。关于这些托马斯一点儿都想不起来，但是如果是事实，那么听起来他们试图要回去的那个世界不怎么样。尽管如此——他们还有别的选择吗？现在不仅是鬼火兽每晚都会攻击他们，整个林间空地也已经基本关闭了。

实在是被自己的想法弄得挫败、焦虑和疲惫不堪，他呼唤了特蕾莎。**你能听见我说话吗？**

是的，她回答，**你在哪儿？**

在传送箱旁。

我一会儿就来。

托马斯发现自己急需她的陪伴。**好的，我要跟你说说那个计划，我觉得它行得通。**

计划是什么？

托马斯向后靠着长凳靠背，右脚放在左膝上，想象着特蕾莎对他将要说的话会是怎样的反应。**我们要穿过鬼火洞，用那个密码来关闭鬼火兽并打开门逃出去。**

一阵沉默。**我是这么计划的。**

托马斯思索了一会儿，又加了一句，**除非你有更好的主意。**

没有，但这会非常可怕。

他的右拳用力击了一下左手，尽管他知道她根本就看不见。**我们能办到。**

我很怀疑。

好吧，我们必须试试。

又是一阵沉默，这次时间更长，他能感受到她的决定。**你是对的。**

我认为我们今晚就得出发，离开这里，我们再进行更深入的计划。

我过会儿就到。

托马斯的胃紧张地拧成了一个结，他刚刚建议的那个事实——那个纽特正试图说服守护人们接受的计划——开始让他感到难过。他知道这是个危险的计划，但是同怪兽搏斗的想法——不仅仅是从它们身旁跑过——更让人害怕。绝对的最佳方案就是他们中只有一个人会死，现在即便是这点都令人怀疑。也许创造者们会修改怪兽的程序，那样所有赌注就成泡影了。

他试着让自己不去想这些。

特蕾莎出现了，比他预计的时间要短，她在他旁边坐了下来。长凳上还有很多空间，但她还是紧挨着托马斯。她伸手握住他的手。他也紧紧握住她的手，力道大得他自己都知道也许会伤到她。

"跟我说说吧。"她说。

托马斯照做了，把他和守护人们说的话原原本本地复述了一遍。他很不喜欢特蕾莎眼里的担忧——和惊骇。"这计划说起来容易，"在告诉她所有事情之后他说道，"但是纽特认为我们今晚就该行动，现在它听起来还不怎么样。"尤其是一想到查克和特蕾莎也在其中就令他不寒而栗——打败过怪兽的他对它们再熟悉不过。他希望自己能靠那恐怖的经历来保护朋友，但是他知道自己不行。

"我们会成功的。"她平静地说。

听到她这么说反而令他更加担心。"我的天，我很害怕。"

"我的天，你是人类，本就应该害怕。"

托马斯没有回应，很长一段时间他俩就坐在那儿，手拉着手，没有交流，不论是说出来还是心灵感应都没有。他觉得内心有了些许的平和，转瞬即逝，但还是试着在它消逝前尽情享受这一刻的平静。

52 密码数字

议事会终于结束的时候托马斯颇为悲伤，看到纽特从居住区出来时，他知道休息的时间结束了。

这个守护人找到了他们，一瘸一拐地朝他们的方向跑来。托马斯想都没想就放开了特蕾莎的手。纽特终于停下来，双手交叉抱在胸前，低头看着坐在长凳上的他俩。"这实在是太疯狂了，你懂的，对吧？"虽然没看懂他的表情，但他的眼神似乎透露着一点点胜利的暗示。托马斯站了起来，感到一股兴奋激荡着全身。"那么，他们同意一起去了吗？"

纽特点点头。"所有守护人都同意，说服他们并不像我想的那么难，那些家伙已经见识过迷宫里那些该死的门在夜晚打开的景象了。既然无法走出这讨厌的迷宫，不如试试其他法子。"他转身看向那些开始集中各自工作小队的守护人，说道，"现在我们只需要说服那些空地人了。"

托马斯知道这要比说服守护人们难得多。

"你觉得他们会和我们一起走吗？"特蕾莎问，她终于站起来加入他们的谈话。

"并非所有人，"纽特说，托马斯能看到他眼里的沮丧，"一些人会留下来听天由命——这是肯定的。"

托马斯毫不怀疑会有人因逃出去这个想法而退缩，同怪兽搏斗这一要求对他们来说太高了。"那艾尔比怎么说？"

"谁知道呢？"纽特答道，环顾林间空地，观察着守护人和他们的族群，"我敢肯定，对那个胆小鬼来说，让他回家比面对怪兽更让他害怕。但是我会让他同我们一起的，别担心。"

托马斯希望自己能够记起那些令艾尔比痛苦的记忆，但是他一点儿都想不起来。"你要怎么说服他？"

纽特哈哈大笑道："我会编点瞎话，跟他说我们会在这世界的另一个地方开始新的生活，从此幸福地生活在一起。"

托马斯耸耸肩。"好吧，也许我们可以这么说。你知道的，我向查克保证要带他回家。或者，至少帮他找到一个家。"

"是的，"特蕾莎小声说，"哪儿都比这儿好。"

托马斯环视着周围，到处都有争执爆发，守护人们正尽自己最大的努力说服队员们放手一搏，为到达鬼火洞而战。一些空地人跺着脚走开了，但大部分人似乎都在认真听，一副若有所思的样子。

"那么接下来要做什么呢？"特蕾莎问。

纽特深吸一口气，说："先弄清楚谁去谁留，准备好食物、武器等必备品再出发。托马斯，这是你的主意，我会让你全权负责。不过就算不让一个新人来领导大家，光是让大家站在我们这一边就已经够困难的了——我没有冒犯你的意思。所以尽量保持低调，好吗？我们会让特蕾莎和你来完成输入密码的任务——你们可以在隐蔽的地方完成。"

托马斯对让他低调这事再乐意不过了——同他担负的责任相比，找到计算机工作站输入密码实在太小儿科了，这比克服自己不断上升的恐惧还要容易。"你感觉这事好办多了？"他终于开口，尽力想让气氛轻松点儿，至少听上去如此。

纽特再次抱起双臂，认真地看着他。"正如你所说——今晚留在这儿，要死一个人；离开，也会死一个人。这又有什么分别呢？"他指着托马斯说，"如果你是正确的。"

"我是的。"托马斯知道他对鬼火洞、密码、那扇门，以及必须要反抗的判断都是正确的。至于是只会死一个还是很多，他毫无头绪。不过，直觉告诉他不要承认自己的任何疑惑。

纽特拍了拍他的背。"很好，我们开始干活吧。"

接下来是疯狂的几个小时。

大多数空地人最终同意一起逃离——人数要比托马斯预想的多得多，甚至艾尔比都决定一试。尽管没有人承认，但托马斯敢打赌大部分人都相信只会有一个人被怪兽杀死的理论，他们很有可能不会成为那个不幸的傻瓜。决定留在林间空地的人数不多，但都十分固执。他们中大多数都闷闷不乐地走来走去，并试图让其他决定逃离的人相信自己的愚蠢。最后，他们放弃说服，与大家拉开距离。

对托马斯和决定逃离的人来说，眼下有一堆工作要做。

弗莱潘把装满了给养品的背包分发给大伙儿——纽特告诉托马斯，厨子是最后一批离开的守护人中的一个——他负责搜集所有食物，再平均分配到每个背包里，血清注射器也包含在内，不过托马斯觉得怪兽并不会蜇伤他们。查克负责给每个瓶子注满水，再发给每个人。特蕾莎给查克帮忙，托马斯让她尽可能美化这趟行程，哪怕是赤裸裸地撒谎，其实这场出逃基本也就是个谎言。从知道他们要逃出去的那一刻，查克就努力装出勇敢的样子，但他出汗的皮肤和茫然的双眼都显示出他很怕。

民浩同一队探索者去了悬崖边，他们带着藤蔓拧成的绳子和石头最后一次考察那看不见的鬼火洞，他们只能寄希望于那些怪兽会同平日一样不在白天行动。托马斯打算一旦到达就立刻跳进洞里，迅速输入密码，但是他不知道该期望什么，该设想会有什么在等着他。纽特是对的——他们最好等到晚上再行动，希望那时大部分怪兽都在迷宫里而不是在洞里。

民浩安然无恙地回来了，托马斯觉得他看上去十分乐观，看来真的有个出口，或是入口，这取决于个人看法了。

托马斯帮着纽特分发武器，其中甚至有些很有创意的武器，都是大家在与怪兽长期奋力搏斗中做出来的。木杆被削成长矛，或缠上带刺铁丝；磨尖小刀的刀刃，再用麻绳把从树林里砍下的结实的树枝绑在刀柄上；铁锹上用胶带缠着大块的玻璃碎片。一天快结束了，空地人变成了一支小小的军队。在托马斯看来，这是一支寒酸、装备差劲的军队，但好歹是军队。

他和特蕾莎在帮完忙之后，就前往墓地的秘密地点，为应对鬼火洞里面的情况制订计划，并商量他们如何完成密码输入。

"必须由我俩来完成，"托马斯说，两人背靠着粗糙的老树，曾经一度碧绿的叶子因为缺乏人造阳光开始变灰，"那样的话，就算我俩被分开，也还是可以保持联络并互相帮助。"

特蕾莎抓着一根棍子剥着上面的树皮。"但是如果有事发生，我们必须互相支援。"

"必须这样，民浩和纽特也知道密码数字——我们要告诉他们必须在我俩……呃，你懂得什么时候输入密码。"托马斯不愿去想那些也许会发生的不幸。

"那么这就和计划没多大关系了。"特蕾莎打着呵欠说，就好像现在的生活完全正常一般。

"的确是毫无关联，对抗怪兽，输入密码，逃出那扇门。然后我们就去惩罚那些创造者——不惜一切代价。"

"密码只有六位，但是谁知道会有多少怪兽呢？"特蕾莎把棍子折成两半，"话说回来，你觉得WICKED代表了什么？

托马斯觉得他的胃像是被猛击了一拳，因为某种原因，一旦从别人的口中听到这个词，就击中了散落在他脑中的某一个记忆，于是它一下子就变得清晰了，他惊讶于自己没能早早将其关联起来。"我在迷宫里看过那个记号——记得吗？那个印有这些字母的金属标记？"托马斯的心脏激动地快速跳动起来。

特蕾莎皱着眉头困惑了一会儿，但是紧接着她的双眼似乎亮了一下。"哇，灾难中的世界，杀戮地带实验总部。WICKED。WICKED是好的——这是我在胳膊上写的话。但这是什么意思？"

"不知道，这也是我害怕死亡的原因，怕我们将要做的事其实愚蠢至极，有可能会带来一场大屠杀。"

"每个人都知道自己将会面对什么。"特蕾莎伸手握住他的手，"我们本就一无所有，你没忘吧？"

托马斯记得的，但是因为某个原因，特蕾莎的话语毫无作用——他们并没有抱很大希望。"一无所有。"他重复道。

53 危险的任务

就在大门即将关闭前，弗莱潘准备了最后一顿饭，让大伙儿度过这一夜。吃饭的时候，所有人都提心吊胆，恐惧令他们无精打采，心情阴郁到极点。托马斯坐在查克旁边，漫不经心地小口吃着饭。

"那么……托马斯，"小男孩含着一大口土豆泥说道，"我的名字是根据什么取的？"

托马斯不禁摇了摇头——在大家准备开始执行一生中最危险任务的关键时刻，查克居然突然对自己的名字的由来感到好奇。"我不知道，也许是达尔文吧，就是那个搞出进化论的老兄。"

"我打赌从未有人称他为老兄。"查克又吃了一大口，看上去似乎在思考什么时候适合说话，他的嘴里塞满了食物，"你要知道，我真的一点儿都不害怕。我是说，过去的几晚，坐在居住区，干等怪兽进来带走我们中的一个是我这辈子做过的最差劲的事了。现在至少我们要去面对它们，尝试做些什么了，至少……"

"至少什么？"托马斯问。他不相信查克一点不害怕，看着他假装勇敢几乎让人心碎。

"好吧，每个人都在推测它们只会杀死一个人。也许我这么说像个傻瓜，但这给了我不少希望。至少大部分人能够活下来——只有一个倒霉鬼会死。总比我们全都死要好。"

想到大家都寄希望于只死一个人，托马斯觉得很难过，他根本就不相信。创造者们知晓整个计划——他们或许会重新设定怪兽的程序。即便如此，有一个虚假的希望总比什么都没有要好。"也许我们可以全都逃出去，只要大家都参战。"

查克不再往嘴里塞东西，他端详着托马斯。"你真是那么想的，还是只想让我高兴？"

"我们能做到。"托马斯吃完最后一口饭，喝了一大口水。他这辈子从未像现在这样觉得自己是个骗子。有人会死，他只能尽全力保证查克不是其中之一，还有特蕾莎。"别忘了我的承诺，你还是可以继续你的计划。"

查克皱皱眉。"那可是大事——我不断听到有人说外面的世界糟糕得一塌糊涂。"

"嘿，也许吧，但是我们会找到那些关心我们的人的——等着瞧吧。"

查克站起来。"好吧，我不想考虑这个，"他宣布，"只要把我带出迷宫，那我就会是个开心的人了。"

"好极了。"托马斯赞同道。

其他桌的骚动引起了他的注意，纽特和艾尔比正在召集空地人，通知他们出发的时刻到了。艾尔比看上去和平常差不多，但托马斯还是担心这家伙的精神状态。在托马斯看来，现在是纽特说了算，但有时他还会变得难以控制。

过去几天席卷托马斯内心的冰冷的恐惧和惊慌再一次掠过他的心头。就这样，他们出发了。尽量不去想害怕什么，只是行动，他紧抓着自己的背包。查克也是这样，他们朝着通向悬崖的西门进发。

托马斯看见，民浩和特蕾莎在靠近大门左侧的地方讨论着什么，俩人正研究进入鬼火洞后输入逃跑密码这一仓促做出的计划。

"你们做好准备了吗？"在他们走近后，民浩问道，"托马斯，这全是你的主意，最好可行。要不然，我会在怪兽杀死你之前弄死你。"

"谢谢。"托马斯说。但他无法摆脱内心的扭曲感。如果某种程度上他是错的会怎么样呢？如果他恢复的记忆是虚假的呢？也许是植入的呢？这想法让他恐惧，他干脆不再去想。已经无法回头。

他看向特蕾莎，她左右脚来回晃着，使劲扭着双手。"你还好吧？"他问。

"我没事，"她带着一丝微笑回答，但显然一点儿都不好，"就是想到要完成任务有点紧张。"

"阿门，姊妹。"民浩说。托马斯觉得他看上去是最平静的那个，最有信心又最大胆。这令托马斯十分羡慕。

在集齐所有人之后，纽特要求大家安静，托马斯把注意力转到他即将要说的话上。"现在我们有四十一个人。"他拉了一下背在肩上的背包，举起一根顶端缠着带刺铁丝的粗木棒。那玩意儿看上去绝对致命。"确保你们都拿到了武器。除此之外，不再多说烦人的话了——你们都知道这个计划了。我们要杀出一条血路，到达鬼火洞，汤米会在那儿输入他那神奇的小密码，我们就能向创造者讨回公道，就这么简单。"

托马斯没怎么听他说话，注视着艾尔比闷闷不乐地走到一旁，远离人群。艾尔比低头看着地，拉扯着自己领结上的系带。他的肩上背着满满一筒箭。艾尔比情绪不稳定，使得托马斯禁不住忧虑起来，总觉得他会搞砸所有事，他下定决心尽力看住艾尔比。

"难道不该有人说些鼓舞士气的话吗？"民浩问，把托马斯放在艾尔比身上的注意力拉了回来。

"你来吧。"纽特回答。

民浩点点头，面向人群。"大家小心，"他干巴巴地说，"千万别死了。"

要是可以的话，托马斯绝对会哈哈大笑，但他太害怕了，压根笑不出来。

"好极了，我们备受鼓舞。"纽特回答说，接着指向迷宫，"你们都知道那个计划了。两年来我们被当作老鼠一样对待，今晚我们要奋起反抗。今晚我们要向创造者们发起反击，不论有多艰难，我们都要到达那里，今晚鬼火兽们最好小心了。"

有人欢呼，紧接着另一些人也开始欢呼。不一会儿，人群中爆发出一阵吼声和战斗的呼喊声，音量不断提高，如同雷声充斥着整个天空。托马斯感到身体里涌起一阵勇气——他抓住这勇气，紧紧抓住不放，驱策它变大。纽特是对的。今晚，他们必须战斗。今晚，他们必须反抗，一次了结。

托马斯准备好了。他同其他的空地人一道怒吼。他知道他们本该保持安静，而不是吸引更多的注意力，但是他管不了那么多了，游戏开始了。

纽特高举他的武器刺向天空，呼喊道："创造者们，听好了！我们来了！"

随着这声怒吼，他转身向迷宫跑去，没人发现他脚步蹒跚。迷宫里天空灰暗，看起来要比空地里还要暗，满是阴影。大家围绕在托马斯四周，依然兴奋不已，拿着武器跟着他跑，甚至艾尔比也是如此。托马斯跟上去，排在特蕾莎和查克之间，举着一支巨大的木制长矛，顶端绑着一把小刀。托马斯心中突然涌起一阵要对朋友负责的责任感，差点把他压倒——令他难以跑步前行，但是他仍然向前，下定决心要赢得胜利。

你能做到的，他心里想着，只要到达鬼火洞就好了。

54　战斗无法避免

托马斯保持匀速，同其他人一起沿着石头小路向悬崖跑去。他已慢慢适应了在迷宫里奔跑，不过这次感觉完全不一样。不断变换的脚步声在围墙间回荡，刀锋甲虫发出的红光在常青藤中显得更加危险邪恶——创造者们肯定在观察，监听着他们的一举一动，战斗无法避免。

害怕吗？ 奔跑中特蕾莎问道。

不，我喜欢脂肪和钢铁做出的东西，我迫不及待地想看到它们。 他没觉得自己身上有幽默感，怀疑自己是否还能再次拥有。

真滑稽。 她答道。

她就在他身旁，但是他的双眼一直紧盯着前方。**我们都会没事的，你只要紧紧跟着我和民浩就好。**

啊，我是穿着金光闪闪的铠甲的骑士。什么？你觉得我不能保护自己？

事实上，他的想法恰恰相反——特蕾莎看上去和其他人一样坚强。**不是的，我只是想对你好点儿。**

这支队伍占据了整个走廊的宽度，平稳而快速地奔跑着——托马斯想知道那些非行者能坚持多久。像是对他这一想法的回答，纽特落后了，他拍拍民浩的肩膀。"现在由你带队。"托马斯听见他这么说。

民浩点点头跑到前面，带领空地人经过每一个转弯处，每一步都让托马斯感到极度痛苦。他好不容易聚集的勇气全都变成了恐惧，他一直在想怪兽会在什么时候追击他们，战斗又会在什么时候开始。

随着他们不断前行，这想法一直萦绕在他心间。其他人并没有跑过这么长的距离，都在大口喘气，但没有一个人停下来。他们一直在跑，并未看见怪兽的任何踪迹。随着时间的推移，托马斯渐渐燃起一丝微弱的希望——也许他们能在被袭击之前完成一切，也许。

终于，托马斯人生中最长的一小时过去了，他们到达通向悬崖前最后一个转弯的巷子——右手边的一条短短的走廊，如同字母 T 的交叉点。

托马斯向前跑至民浩后面，特蕾莎在他旁边，他的心脏怦怦直跳，皮肤上满是汗水。民浩的脚步在拐角处慢了下来，停住，并抬手示意托马斯和其他人也停下来。接着他转过身，脸上现出惊恐的表情。

"你们听见没？"他小声问道。

托马斯摇了摇头，试图抑制住民浩的表情带给他的恐惧。

民浩悄悄走上前，小心地四下查看着岩石锋利的边缘，看向悬崖。托马斯之前看过他这么做——上次他们追踪一头怪兽到这个地方的时候。和上次一样，民浩匆忙返回，转身看着他。

"噢，不，"这个守护人呻吟着说，"噢，不。"

紧接着托马斯也听到了。怪兽的声音，它们仿佛一直隐藏在暗处静静等待着，现在都苏醒了。他甚至都不用去看——他知道在他说出事实之前民浩会说什么。

"至少有一打怪兽，也许是十五头，"他抬起双手用手掌根擦了擦眼睛，"它们正等着我们呢！"

恐惧引起的冰冷透骨的寒意让托马斯感到前所未有的难受。他看向特蕾莎，刚想说点什么，却在看见她苍白脸上的表情时止住了——他从没见过这么明显直露的恐惧。

纽特和艾尔比走向正在等待的空地人，加入到托马斯和其他人当中。显然民浩的宣告已经在队伍中小声传开了，因为纽特说的第一句话就是："好吧，我们知道要开战了。"他颤抖的嗓音出卖了他——他只是在说自己该说的话而已。

托马斯有着同样的感受，嘴上说说其实很容易——一场无所畏惧的战斗，希望他们中只会有一个人被带走，最终大家能一起逃出去。现在战斗来了，就在拐角处。自己能熬过这场战斗吗？怀疑渗透进他的大脑和心中。他思索着怪兽们等待的原因——刀锋甲虫肯定告诉了他们，我们来了，创造者们此刻是否十分享受这一切？

他有个了想法。"也许它们已经在空地里带走了一个孩子，也许我们可以径直经过它们——不然它们为什么之前一直坐着——"

身后一声巨响打断了他——他回头看见更多的怪兽从走廊那

头朝着他们的方向行进，尖刺闪闪发光，金属腿摸索着前进，它们是从空地的方向过来的。托马斯刚想说话，就听到从巷子另一头传来的声响——更多怪兽即将到来。

敌人从四面八方赶来，死死挡住了他们的去路。

所有人向着托马斯的方向涌动，形成了一支紧密的队伍，迫使他不得不退到巷子与悬崖走廊交会的开放处。他看见在悬崖和他们之间也有一群怪兽，它们伸着尖刺，黏糊糊的皮肤闪着亮光。它们等待着，观望着。另外两群怪兽在离大家还有十几米远的地方停了下来，将他们围住，也是同样等待着，观望着。

托马斯慢慢地转了一圈，在接受这一事实的同时抑制着自己的恐惧，他们被包围了。现在他们别无选择——已经无路可退，眼睛后传来一阵剧烈的抽痛。

空地人围着他，挤成一支更加紧密的队伍，每个人都面朝外，在 T 字交叉点的中心挤成一团。托马斯被挤在纽特和特蕾莎中间——他能感到纽特的颤抖。没有人说话。唯一能听到的就是鬼火兽发出的可怕呻吟声和呼呼的机械转动声，它们就坐在那儿，似乎是在享受它们为人类所设的这小小陷阱。伴着呼哧呼哧机械声响的呼吸声，它们那令人作呕的身躯在不停起伏。

它们在干什么？托马斯向特蕾莎大喊道，**它们在等什么？**

她没有回答，这令他很担心，他握住她的手。周围的人们都默默地站着，紧握着简陋的武器。

托马斯看向纽特。"有什么主意没？"

"没有，"他回答，他的声音几乎就是微弱的颤音，"我不明白它们在等什么该死的东西。"

"我们根本就不应该来这儿。"艾尔比说。他之前一直没有说话，现在突然开口，声音听起来很是奇怪，被迷宫的高墙弹回的空洞的回声则更为奇怪。

托马斯连抱怨的心情都没有——他们必须做点什么。"呃，我们留在居住地也不会好到哪里去。我本来不想这么说，但是我们中只有一个人死总比大家一起死要好。"他现在特别希望每晚死一人的理论是真的。看着所有这些怪兽靠近并击中要害，一个疑问在他心底炸开——他们真能打过全部的怪兽吗？

过了很久，艾尔比开口道："也许我应该……"他的声音弱了下去，开始朝前走——朝着悬崖的方向——缓慢地，浑浑噩噩一般。托马斯茫然而敬畏地看着他——他简直不敢相信自己的眼睛。

"艾尔比？"纽特说，"快回来！"

艾尔比没有回应，他跑了起来——径直朝着他和悬崖之间的那群怪兽。

"艾尔比！"纽特尖叫道。

托马斯也开始说话了，但是艾尔比已经跑到怪兽那儿，跳到一头怪兽头上。纽特从托马斯身旁离开朝着艾尔比跑去——但是只看见一团模糊的金属和皮肤的影像，五六头怪兽突然醒过来似的，对艾尔比发起攻击。纽特还未跑远，托马斯伸手抓住他的胳膊，把他拽了回来。

"我们走！"纽特吼道，尽量让自己的呼吸变得平缓。

"你疯了吗？"托马斯叫道，"你什么也做不了！"

又有两头怪兽冲出来袭击艾尔比，互相推挤，对男孩一顿抓咬切砍，凶恶残酷的本性尽显无遗。难以置信的是，艾尔比居然没有叫。托马斯刚在拦阻纽特，没看清艾尔比的身影——感谢纽特让他分神。纽特最终放弃了，挫败感让他崩溃，向后一倒。

艾尔比跳了起来，托马斯想，这是他最后一次跳跃了，极力压抑着呕吐感。他们的首领害怕回到那个他曾见过的世界，选择了自我牺牲。他走了，永远地走了。

托马斯帮助纽特站了起来，这名空地人双眼一直盯着伙伴消失的地方。

"我不相信，"纽特小声说，"我不相信他会这么做。"

托马斯摇头，他没法回答。看着艾尔比被那样击倒，他内心充满了一种从未体验过的痛楚——一种让人作呕、心烦意乱的痛苦，这比身体上的痛苦要糟糕许多。他甚至都不知道这是否与艾尔比有关系——他从来就没怎么喜欢过那家伙。他突然想到，刚看见的那幕同样也可能发生在查克或是特蕾莎身上……

民浩向托马斯和纽特靠近，他用力按住纽特的肩膀。"我们不能让他白白牺牲。"他转向托马斯，"如果别无选择，我们就与它们战斗，为你和特蕾莎清出一条道，好让你俩到达悬崖，进到洞里做你们该做的——在你们喊我们进去之前，我们会尽量不让它们靠近。"

托马斯看了看那三群怪兽——没有一头向大伙儿在的方向移动——于是点点头。"但愿它们能再休眠一会儿，我俩输入密码应该只需一分钟。"

"你们几个怎么能那么无情？"纽特喃喃道，他声音中的那种厌恶感令托马斯吃惊。

"那你想怎么样呢，纽特？"民浩说，"我们是不是都该穿上盛装再办个葬礼？"

纽特没有回答，依然盯着那个地方，在那儿怪兽们似乎在啃食它们身下的艾尔比。托马斯忍不住偷看了一眼——他在一头怪兽身上看见一大块亮红色污迹。他觉得反胃，赶忙转过脸去。

民浩接着说道："艾尔比不想回到他以前的生活，他为我们牺牲自己——而它们也没有再攻击，这方法也许可行。如果我们浪费这个机会，我们就真的是无情了。"

纽特只是耸耸肩，闭上了眼睛。

民浩转身面向缩成一团的人们。"听好了！首要任务是保护托马斯和特蕾莎，让他俩到达悬崖进入洞里，这样——"

怪兽们齐齐开始活动，那一下子活跃起来的声音打断了他。托马斯惊悚地抬头看去，队伍两边的怪兽似乎又一次注意到了他们。尖刺在它们油腻的皮肤中闪现，身体起伏摆动。接着怪兽们齐齐向前移动，缓慢张开肢体末端的利爪，伸向托马斯和其他空地人，做好了杀戮准备。怪兽们像收紧绞索一样收紧它们布下的陷阱，迅速向人们发起进攻。

艾尔比的牺牲并没有换来他们想要的结果。

55 最佳冲刺时机

托马斯紧抓着民浩的胳膊。"无论如何我都得穿过去！"他朝夹在他们和悬崖间那群翻滚着的怪兽点点头——它们看上去像是一大块隆隆作响、长着利刺的脂肪，因利刺上的闪光而闪闪发亮。在暗淡的光线里，它们显得更加咄咄逼人。

民浩和纽特长时间交换着眼神，托马斯等着他们的答案，对战斗的期待简直比对它的恐惧还让人感觉糟糕。

"它们来了！"特蕾莎喊道，"我们得行动起来！"

"由你领头，"纽特最终对民浩说，他的声音比耳语大不了多少，"给汤米和那女孩清出条路来，动手吧。"

民浩点了下头，脸上刚毅坚决的表情令他整个外表显得更加冷峻。他转身面向所有人。"我们直接向悬崖进发！从中间突破，把这些该死的东西推到墙边去，最重要的是让托马斯和特蕾莎到达鬼火洞！"

托马斯把视线从他身上移开，重又看向那些不断靠近的怪兽——它们近在咫尺。他紧抓着那用来代替长矛的蹩脚货。

我俩得紧挨着，他跟特蕾莎说，**把战斗交给他们——我们必须到达那个洞。**他觉得自己就是个胆小鬼，但是他知道，如果他们没有成功输入密码、打开那扇通往创造者的门，那一切抗争——全部的牺牲——都会变得毫无意义。

我明白，她回答，**紧挨在一起。**

"准备！"民浩在托马斯旁边大喊，一只手高高举起他那缠着带刺铁丝的大棒，另一只手拿着一把银色长刀。他用刀指着那一大群怪兽，刀刃上闪过一道光。"就是现在！"

没等有人回应，这个守护人就冲了上去。纽特紧随其后，其他人也跟了上去，这群男孩子紧挨在一起，怒吼着向前冲去，他们举着武器，开始一场血战。托马斯拉着特蕾莎的手，让他们从身边经过，被他们猛烈撞击着，闻到他们身上的汗味，感受着他们的恐惧，他在等待最佳的冲刺时机。

天空响彻男孩们冲进怪兽阵营的第一声怒吼——还有刺透机械发出的尖利轰鸣声，木头与钢铁撞击的噼啪声——查克从托马斯旁边跑过，托马斯猛地伸手，一把抓住他的胳膊。

查克向后踉跄了一下，抬头看着托马斯，眼里满是恐惧，托马斯心都碎了。就在这一瞬间，他做了个决定。

"查克，你就和特蕾莎还有我在一起。"他带着威严强硬地说，让人没有怀疑的余地。

查克望向前方激烈的战斗。"但是……"他的声音弱了下去，托马斯知道尽管羞于承认，但这个男孩并不反感这个提议。

托马斯立刻试着替他挽回面子。"在鬼火洞里我们需要你的帮助，以防在那儿也有怪兽等着我们。"

查克快速点点头——太快了。再一次，托马斯心里一阵悲痛，此刻那股想要把查克安全带回家的冲动比任何时候都要强烈。

"就这么说定了，"托马斯说，"拉住特蕾莎的另一只手，我们出发。"

查克照他的话做了，努力让自己勇敢起来。托马斯注意到了，但一句话也没说，这也许是他这辈子最勇敢的时候了。

他们打开了一个缺口！特蕾莎在托马斯的脑袋里大叫——他的头骨猛地一阵剧痛。她指向前方，托马斯看见在走廊的中间形成了一条狭窄的小道，空地人拼着命战斗，把怪兽推向墙边。

"就是现在！"托马斯大叫。

他全力向前冲刺，拉着特蕾莎跟着他跑，特蕾莎又拉着查克，他们的长矛和小刀已做好了战斗的准备，三个人全速向着那满是鲜血和尖叫声的石头走廊跑去，跑向悬崖。

战斗在他们周围四下上演。空地人战斗着，惊慌令他们的肾上腺素激增，这驱使着他们继续向前。回荡在高墙之间的声音刺耳而恐怖——人类的惊叫声、金属间的撞击声、发动机的轰鸣声、怪兽发出的令人难受的尖叫声、锯子旋转的声音、利爪紧抓物体的声音，还有男孩们的求救声。他们的周围阴暗模糊，满是血腥和刀光剑影。托马斯努力让自己看向前方，而不是自己的左右，笔直地看向大伙儿好不容易打开的那道狭窄缺口。

甚至在他们奔跑的时候，托马斯又在心中默念了一遍密码：FLOAT，CATCH，BLEED，DEATH，STIFF，PUSH。还有十几米的路他们就能到了。

我的胳膊被什么东西划伤了！ 特蕾莎惊叫道。就在她说这话的同时，托马斯感到腿上一阵刺痛。他没有回头看，也不想回答。那种感到无法摆脱困境的躁动如滔天的黑色洪水，将他淹没，把他拽向投降的边缘。他反抗着，逼迫自己向前。

悬崖就在前面，在深灰色的天空中展开，离他们大约有六米的距离，他拉着伙伴们朝前猛冲。

战斗在他们两侧激烈展开着，托马斯拒绝去看，也不去帮忙。前面有一头怪兽径直疾驰而来，一个看不清脸的男孩被它的利爪抓住，他狠狠地刺向那如同鲸鱼皮般厚实的皮肤，试图逃跑。托马斯向左闪避，继续奔跑。他经过时听见一声惨叫，这从喉咙里发出的尖厉哀号意味着又一个人的战斗失败了，遭遇那最可怕的结局。连绵不断的惊叫将周围的空气搅得粉碎，掩盖了战斗发出的其他声响，直到那个生命终结才渐渐弱去。托马斯的心在颤抖，希望不是自己认识的人。

继续向前！ 特蕾莎说。

"我知道！"托马斯吼了回去，这次是大声说了出来。

有人从托马斯身旁全速跑过，撞了他一下。一头怪兽从右边袭来，快速转动着它的刀片。有人把它截住，用两把长剑发起攻击，战斗中金属碰撞得噼啪作响。托马斯听见远处有人在说话，不断重复呼喊着同样的话，似乎和他有关，应该是说在他奔跑的时候保护他。是民浩在喊，他的声音里透露着绝望和疲惫。

托马斯继续前进。

查克差点被一头怪兽抓住！ 特蕾莎大喊，巨大的回声在他的脑袋里响起。

向他们扑来的怪兽越多，赶来帮忙的空地人也越多。温斯顿早就拿起艾尔比的弓和箭，将钢头箭射向正在移动的怪兽，只是不幸，射偏的远多于射中的。许多托马斯不认识的男孩从他身边跑过，用他们临时造好的武器猛击怪兽的机械装置，他们跳到怪兽的身上不断进行攻击。各种声音——撞击声、铿锵声、尖叫声、呻吟哀号声、发动机轰鸣声、锯子旋转声、刀剑碰撞的噼啪声、利刺撞击墙壁发出的尖锐声、令人毛骨悚然的求救声——所有这些声音越来越响，让人越发难以忍受。

托马斯大喊着，在到达悬崖之前，他都在不停奔跑。接近悬崖边时，他及时停住脚。特蕾莎和查克一下撞到他身上，差点让他们三人齐齐坠落悬崖。就在这一瞬间，托马斯俯身看见了鬼火洞。常春藤悬挂在稀薄的空气中间，向各个方向延伸。

早前，民浩和几个探索者用粗藤做了些绳子，将绳子捆扎在依附着悬崖壁的藤蔓上，再把没有打结的那头从悬崖边往下投掷，一直到达鬼火洞，现在有六七根藤蔓从岩石边向下延伸至一个隐蔽的高低不平的方形物处，它们悬在空旷的空中，消失在一片虚无之中。

现在该跳下去了，托马斯有些迟疑，最后一次感受十足的恐惧——听着身后传来的可怕声音，看着面前的亦假亦真的画面——重又振作起来。"特蕾莎，你先来。"他想让自己最后一个下去，好确保她和查克不会被怪兽抓走。

让他吃惊的是，特蕾莎毫不迟疑。她紧握了一下托马斯的手，按了按查克的肩，然后迅速绷直双腿，双手放在身体两侧，从崖边跳了下去。托马斯屏住呼吸，看着她滑到那些青藤绳索之间，又消失不见，仿佛轻轻一擦就抹去了她的存在。

"哇哦！"查克喊道，这声惊叹表示他又回到了平时的状态。

"说哇哦就对了，"托马斯说，"轮到你了。"

还没等到男孩反对，托马斯就架着他的胳膊，紧抓住他的身体。"双脚蹬地，我会把你托起。准备好了？一，二，三！"他哼哧哼哧地使着劲，把他向着鬼火洞举起。

查克尖叫着在空中滑翔，差点就错过了目的地，但他的双脚率先着地，接着他的肚子和胳膊撞到了隐蔽的洞口——他消失在洞里。男孩的勇敢让托马斯心里某处凝固了，他爱这个孩子，就像是爱同母兄弟那样爱他。

托马斯拉紧背包带，右拳紧握他那临时凑合用的长矛。他身后的可怕声音令人恐惧——他为自己没有去帮忙而感到内疚。做好你该做的。他跟自己说。

他定了定心神，用长矛敲了敲石头地面，左脚稳稳地踩在悬崖的边缘然后起跳，高高弹起跳进暮色之中。他让长矛紧紧贴着自己的躯干，脚尖向下，挺直身体。

接着，他撞进了鬼火洞里。

56　进入鬼火洞

托马斯进入鬼火洞时，一阵冰冷掠过皮肤，窜向全身，仿佛刚从冰冻的湖面跳出来一样。双脚咚的一声落在湿滑的地上，周围的世界更加黑暗，他的脚下冒出一束光线。他向后倒进了特蕾莎怀里。她和查克帮着他站直。神奇的是，托马斯的长矛居然没戳到他们任何一个人的眼睛。

要不是特蕾莎手电筒的光穿透了黑暗，鬼火洞里绝对是漆黑一片。在托马斯弄清自己所处方位的那一刻，他发现他们正站在一个高三米左右的石质圆筒中。圆筒里很潮湿，内壁覆盖着光亮的油污，在他们面前延伸好几十米，直至消失在黑暗中。托马斯从他们进来的地方向上凝视——看起来就像一扇正方形窗户，通往广袤却没有星星的天空。

"电脑就在那边。"特蕾莎说道，他的注意力被转移了过去。

她用手电筒往隧道下面照去：向下一两米处有一小块油乎乎的方形玻璃，发出暗绿色的光。玻璃下方有一个键盘，嵌在墙上，角度刚好可以让人轻松地站着输入内容。现在它就在那儿，等着他们输入密码。托马斯忍不住在想，这看起来太容易了，令人难以置信。

"输入密码！"查克拍着托马斯的肩膀高喊道，"快点！"

托马斯打手势让特蕾莎来做。"查克和我负责放哨，好让一头怪兽都进不来。"他只希望外面的人已经成功把怪兽的注意力转到迷宫的小道上，让这些生物不靠近悬崖。

"好的，"特蕾莎说——托马斯知道聪明如她不会把时间浪费在争吵上。她走向键盘和屏幕，开始输入密码。

等等！托马斯在心里呼唤她，**你确定自己知道密码**？

她拉着脸转向他。"汤姆，我不是笨蛋。是的，以我的智商绝对记得住——"

一声巨响从他们头顶和身后传来，打断了她的话，托马斯吓得跳了起来。他转过身去，看见一头鬼火兽扑通一声掉进洞里，仿佛是中了那方形暗黑天空的魔法而掉落的。这头怪兽进入洞中时把尖刺和腿缩起——它咯吱咯吱重重落下的瞬间，十几个锋利且令人作呕的物件再次弹出，看上去比刚才还要危险。

托马斯把查克按到身后，向怪兽伸出长矛，好像这样就可以将它挡住。"继续，特蕾莎！"他大喊道。

一根细长的金属棍棒从怪兽潮湿的皮肤中冒出来，前头展开，形成一条带有三个旋转刀片的长肢，径直向托马斯的脸逼来。

他双手紧握长矛，将绑着小刀的那头指向前方。那带着刀片的机械手臂距离托马斯只有两步远了，随时可以把他的皮肤割得支离破碎。在还剩一步的时候，托马斯收紧肌肉用尽全力朝着圆筒顶部挥舞长矛。长矛将机械手臂打飞，手臂呈弧形旋转，砰的一声撞回怪兽身上。怪兽愤怒尖叫着向后退了几步，并收回尖刺。托马斯大口喘着气。

也许我能抵挡住它，他对特蕾莎飞快说道，**快点儿！**

我就快完成了。她回答。怪兽的尖刺再次出现，它飞速袭来，另一条手臂从皮肤中探出，直直向前射出，上面的巨钳快速移动想要抓住长矛。托马斯挥动长矛，这次在头顶方向挥舞，使出全身力气猛烈攻击。长矛击中巨钳正中间，响起巨大的金属撞击声，一阵吱吱响声过后，整条手臂被连根拔起，掉在地上。怪兽用托马斯看不见的类似嘴的东西发出一声巨大而刺耳的尖叫，再次向后退去，所有的尖刺都不见了。

"这些东西是能被打败的！"托马斯大叫着。

我不能输入最后一个词！特蕾莎在心里对他说。

托马斯几乎没听见她说话，也没明白她说的是什么。他再次呼喊着，抓住怪兽正虚弱的时机，勇猛地冲上前去。他用力舞动着长矛，跳到怪兽圆圆的身躯上，噼啪巨响过后，他砍掉了怪兽两条金属胳膊。他将长矛举过头顶，稳稳站住——他感到自己的双脚陷进了脂肪里——迅速向下把长矛刺进怪兽身体。在托马斯用力将长矛深深刺入怪兽的身体时，怪兽肉体里喷出一种黏糊糊的黄色液体，溅了他一腿。他赶忙拔出长矛，跳了下来，跑回查克和特蕾莎的身边。

托马斯用病态的心理着迷地看着怪兽失控地抽搐，涌出的黄色油状物喷得到处都是。尖刺反复从它的皮肤里冒出，身体上的腿胡乱抽动着，时不时刺中它自己。它的动作很快慢了下来，血——或者说是燃料——流尽了，它力气全无，最后死了。

几秒后，它不再动弹。托马斯不敢相信这是真的。他完全不能相信。他刚刚杀死了一头怪兽，令所有人恐惧了两年的怪兽。

他看了一眼身后的查克，查克睁大了眼站着。

"你杀死了它！"男孩说。他大笑起来，仿佛这一举动能解决他们所有的问题似的。

"并没有那么难。"托马斯小声说，转身看着特蕾莎疯狂地敲击着键盘。他这才意识到出了问题。

"怎么回事？"他几乎是喊着问道。他跑过去站在她身后，看见她一直反复输入 PUSH 这个词，但屏幕上没有任何显示。

她指着那块方形脏玻璃，上面什么都没有，发出的绿光却显示它在运转。"我输入了全部的单词，它们一个接一个显示在屏幕上。接着什么东西发出嘟嘟声，单词就都消失了，最后一个单词却怎么都输不进去，一点儿反应都没有！"

听完特蕾莎的话，托马斯全身一阵寒意。"呃……为什么？"

"我不知道！"她又试了一遍，接着又一遍。什么都没有。

"托马斯！"查克的喊声从他们背后传来。托马斯回头看见他正指着鬼火洞的洞口——另一头怪兽也在往里爬。它压在它那已死的兄弟身上，又一只怪兽也开始进入到洞里。

"怎么花了那么长时间？"查克大声吼道，"你说过只要输入密码，它们就会被关闭的！"

那两头怪兽调整好自己，张开利刺，向他们的方向前进。

"并不是让我们输入 PUSH 这个词（PUSH 也有"按"的意思——译者注）。"托马斯心不在焉地说，并没有在对查克说话，而只是想找出解决问题的方法……

我不明白。特蕾莎说。怪兽在不断靠近，离他们只几步之遥。托马斯觉得自己的意志在渐渐变弱，他失神地稳住双脚，举起拳头。本应该成功的，密码本应该——

"或许你该按按那个按钮。"查克说。

托马斯被这无心的话惊到了，转身看着男孩，背对着怪兽。查克指向靠近地面的一个地方——就在屏幕和键盘的正下方。

他还没走过去，特蕾莎已屈膝俯下身去。托马斯出于好奇，也为了瞬间出现的希望，也坐在地上，以看得更清楚。怪兽的呻吟声和吼叫声从背后传来，利爪抓挠着他的衬衣，背后一阵刺痛，他强迫自己专心凝视。墙上装着一个红色小按钮，距离地面只有十几二十厘米。上面印着四个黑字，这四个字是那么清晰，托马斯不敢相信之前他居然没有看到。

毁掉迷宫

疼痛越发剧烈，托马斯从恍惚中回过神来。那头怪兽伸出两个装置，抓住了他，把他向后拽。另一头绕到了查克背后，正用一柄长刀向男孩砍去。

一个按钮。"快按！"托马斯叫道，声音大得已经超出了他想象中人类可以发出的最大喊声。特蕾莎照做了。她按下按钮，一切陷入安静。接着，从黑暗的隧道深处，传来一声大门滑开的声响。

57　陡峭的斜坡

怪兽被立刻关闭，装置缩回满是脂肪的皮肤里，身上的灯也熄灭了。身体里的机器停止运转，只剩下死一般的寂静。而那扇门……

怪兽的利爪松开托马斯，他一屁股跌坐在地上。背上和肩上多了几处伤口，疼痛不已，一阵强烈的欣喜涌过全身，他都不知如何是好。他喘了口气，哈哈大笑起来，呜咽地呛了一口，又禁不住继续大笑。

查克从怪兽身旁跑开，撞上了特蕾莎——她紧紧抓住他，给了他一个热烈的拥抱。

"是你做到的，查克，"特蕾莎说，"我们在密码词上花了太多的心思，根本就没有想到看看周围有什么是用来按的——最后一个词语，是谜题的最后一个部分。"

托马斯又大笑起来，不敢相信在经历了那么多苦难后，能在这么短的时间内完成如此艰难的事。"她是对的，查克——是你拯救了我们，老弟！我说过我们需要你！"托马斯爬起来，和他们俩抱在一起，兴奋不已，"查克是个绝顶大英雄！"

"其他人怎么样了？"特蕾莎朝着洞外点头说道。托马斯一下子就没了好心情，他退后一步，转身向洞口走去。

像是回答她的问题似的，有人从黑色方形入口摔了下来——是民浩，看起来他身上百分之九十的部位都受了抓伤和刺伤。

"民浩！"托马斯大叫，心里的石头落了地，"你还好吧？其他人呢？"

民浩跛着脚走向隧道弯曲的墙壁，倚在墙上大口喘气。"我们死了很多人……那里全是血……之后它们全都被关闭了。"他停下来，深深吸了一口气，快速呼了出来，"你们成功了，我不敢相信这居然有用。"

纽特也进来了，后面跟着弗莱潘，接着是温斯顿和其他人。不久，共十八个男孩进到隧道里，加入托马斯和他的朋友们，现在这里一共有二十一个空地人。那些殿后的男孩每个人身上都满是怪兽的黏液和鲜血，衣服被撕成了一条一条的碎布。

"剩余的人呢？"托马斯问，他害怕听到答案。

"我们有一半人……"纽特说，声音十分虚弱，"死了。"

一时一片寂静。很长时间没有一个人说话。

"你知道吗？"民浩说，稍稍挺直了他的背，"一半人或许是死了，但我们有一半人实实在在地活了下来，而且没有人被螫中——正和托马斯想的一样，我们就要离开这儿了。"

很多。托马斯心想，就目前而言很多。他的欢乐渐渐散去，转而变成对那二十个失去生命的伙伴的沉痛哀悼。尽管这是个人选择，尽管他知道就算他们没有试着逃跑，现在可能也都死了，但他还是很悲痛，即便对他们没有什么了解。在目睹了这样一场死亡之战后，他又怎么能认为这是胜利呢？

"让我们离开这儿，"纽特说，"立刻离开。"

"我们要去哪儿？"民浩问。

托马斯指着长隧道的深处说："我听见那边有门打开的声音。"他努力不去想这所有的伤痛——刚刚赢得的那场战斗中所有令人恐惧的事，所有逝去的生命。他知道即便是他们，也并没有就此变得安全，他不再多想。

"好吧，我们出发吧。"民浩回答。没有等人回应，这个年纪大一点儿的男孩转身沿着隧道向前走去。

纽特点点头，指挥着其他人跟上去。一个接一个，最后只剩下他、托马斯和特蕾莎。

"我殿后。"托马斯说。

没有人表示异议，纽特向着黑暗的隧道走去，跟着是查克，然后是特蕾莎。隧道太过黑暗，手电筒的光芒都快被黑暗吞噬了。托马斯看都没看一眼身后怪兽的尸体，跟了上去。

走了大概一分钟，他听见前方传来一声尖叫，另一声接着响起，跟着又是一声。他们的叫声渐渐消失，好像他们也在逝去一样。

前面一路传来人们的窃窃私语，特蕾莎最后转身对托马斯说："似乎声音到前面的滑门那儿就消失了，一路向下。"

托马斯一想到这些就觉得胃痉挛，这看起来像场游戏——至少，对建造这个地方的人来说是的。

他听见前方一个又一个的人发出尖叫，声音渐渐变弱。之后纽特也大叫了一声，下一个是查克。特蕾莎打开电筒向下照去，看见一个光滑的黑色金属槽，金属槽陡峭且不断向下延伸。

我想我们别无选择。她通过心灵感应对他说。

没错。托马斯强烈地感到这不会是他们噩梦的终结，他只希望它不会把他们引向另一群怪兽。

特蕾莎兴奋地尖叫着从金属槽上向下滑去，托马斯还没来得及说服自己——反正任何事都要比迷宫好得多，就跟着她滑了下去。

他落到了一个陡峭的斜坡上，身体在滑坡时沾上了一种油状黏液，闻起来令人恶心——仿佛烧焦的塑料或是过度使用的机器发出的味道。他扭动身体，把双脚移到前面，接着他试图伸出双手让自己滑落的速度慢下来。但都无济于事——石头上到处都是那油乎乎的液体，他什么都抓不住。

就在他们在油腻腻的金属槽上向下滑时，其他人的尖叫声在隧道墙壁间回荡着，托马斯心里充满了恐惧。他的脑海里不断闪现他们被某个巨型猛兽吞噬，滑入猛兽长长的食道中，随时都有可能掉进它的胃里的画面。滑着滑着，他的想象仿佛变成了事实，气味发生了变化——似乎是发霉腐烂的味道。他感到一阵恶心，用尽全力才没让自己吐出来。

隧道开始弯曲，变成了崎岖的螺旋形，正好让他们的速度慢下来，托马斯的脚踢中了特蕾莎，结结实实击中她的头部。他赶忙缩回脚，整个人被强烈的痛苦感淹没。他们还在往下坠，时间似乎在延长，无限延长。

他们在这条隧道管子里一圈又一圈地向下滑，身体挤压着黏液，黏液的气味，不断地转圈——这些都令他的胃泛着阵阵恶心。就在他准备把头转向隧道一边大吐特吐的时候，特蕾莎发出一声刺耳的尖叫——这次并没有回声。没一会儿，托马斯就冲出了隧道，撞到她身上。

到处都是自己人，他们身体相互堆叠，边呻吟边扭动身躯，试图将彼此推开。托马斯摆动自己的手脚，同特蕾莎分开，爬了几步开始狂吐，把胃好好清了一番。

托马斯还在为刚才的经历而颤抖，他用手抹了抹嘴，发现手上满是黏糊糊的秽物。他坐了起来，两只手在地上擦拭着，终于有机会仔细看着他们到达的这个地方。他大张着嘴，看见其他所有人也聚在一起，形成了一个小组，一同观察研究新环境。托马斯在身体痛变期的时候，曾看到过这个地方，但是直到进入这里，他才真正回想起来。

他们身处一个巨大的地下室中，这地下室有九到十个居住区那么大。从上到下，从一边到另一边，这地方到处是各种机器、电线、管道和电脑。在地下室的一边——在他的右手边——有一排看上去像巨大棺材的白色大型容器，差不多有四十个。另一边，在这些容器的对面竖着些大玻璃门，不过灯光让人看不见另一边有什么。

"快看！"有人叫道。他看见了，呼吸堵在了嗓子眼，鸡皮疙瘩起了一身，一股毛骨悚然的恐惧感顺着他的脊椎往下走，就好像有蜘蛛爬过一样。

在他们的正前方，一排二十个左右模糊的淡色窗户水平展开，一个连着一个。每扇窗户后面都有一个人——有男有女，每个人都面容苍白，体形消瘦——正坐着观察空地人，眯着眼透过玻璃紧盯着他们。托马斯阵阵发抖——他们看上去像是一群幽灵，一群生前从未快乐过的愤怒、饥饿、邪恶的幽灵，更不用说死后了。

托马斯当然知道他们并不是幽灵，他们就是那些把所有人送进林间空地的人，就是那些想要杀死他们的人——

创造者们。

58　仇恨的种子

托马斯向后退了一步，发现其他人也和他一样向后退。大家都凝视着那一排窗户，盯着那一排观察者，死一般的沉寂令人窒息。托马斯看见他们中一个人正低头写着什么，另一个人抬起手戴上眼镜。他们都穿着白色衬衫，外罩深色外套，左胸上别着一个单词——他不太能看清是什么单词。没有人脸上能看出有任何表情——他们都面色憔悴发黄，看上去极度痛苦悲伤。

他们继续目不转睛地看着大家，一个男人摇头，一个女人点头。另一个男人抬手抓了抓自己的鼻子——这是托马斯看到的他们做得最像人类的动作了。

"那些是什么人？"查克小声问，他粗哑的声音在房间里回响着。

"是创造者，"民浩说，朝地上吐了口唾沫，"我要打烂你们的脸！"他叫道，声音大到托马斯就快用手捂住耳朵了。

"我们要怎么做？"托马斯问，"他们在等什么呢？"

"他们大概要让怪兽快速回来支援，"纽特说，"它们也许正赶过来——"

一声响亮缓慢的蜂鸣声打断了他，像是对一辆逆行的巨型卡车的警报声，但声音更加有力。这声音从四面八方传来，不断增大，在房间里产生回声。

"现在该怎么办？"查克问，声音里丝毫没有掩饰他的担忧。

不知怎的，大家都看着托马斯。他用耸肩作答——他只想起那么多，现在他和其他人一样毫无头绪。他也很害怕，伸长脖子上下扫视这个地方，力图找到蜂鸣声是从哪儿发出的，但一切照旧。突然，他瞥见其他人正向门的方向望去。他也看了过去：其中一扇门朝着他们转动打开了，他的心跳得更快了。

蜂鸣声停止了，周遭一下子安静得如同这间房进入了外太空。托马斯屏住呼吸等待着，做好了会有什么恐怖东西从那扇门里飞出的准备。

相反，两个人走了进来。

其中一个是女的，一个标准的成年人。她看上去很普通，身着黑色长裤和一件领尖带扣的白衬衫，胸口有一个标识——用蓝色大写字母拼写的 WICKED。一头棕色齐肩头发，消瘦的面庞上嵌着一双乌黑的眼睛。她向大家伙儿走来，脸上既没有微笑也没有皱眉——似乎根本就没注意，也不关心站在那里的他们。

我认识她。托马斯心想。但脑子里只剩下一团模糊的记忆——他想不起她的名字或者她和迷宫的关系，只是她看起来很面熟。熟悉的不仅仅是她的外表，还有她走路的方式，她的举止——刻板而没有一丝喜悦。她在离大家还有几步的地方停了下来，从左至右缓慢地把所有人看了一遍。

站在她身旁的另一个人，是一个穿着宽大运动衫的男孩，运动衫的帽子盖过头顶，遮住了他的脸。

"欢迎回来，"那个女人最终开口说道，"经过了两年，也没死多少，真令人称奇。"

托马斯张开了嘴——他感到自己的脸已经气红了。

"你说什么？"纽特问。

在看向纽特之前，她的眼睛又一次扫视人群。"一切都按计划进行，纽特先生，尽管我们本期望一路上你们中会有更多的人放弃。"

她看了一眼身旁的人，伸手拉下那个男孩的帽子。他抬头看向大家，双眼被泪水打湿。屋子里的每个人大吃一惊，托马斯有些腿软。

是盖里。

像动画片里演得那样，托马斯先眨了眨眼，又揉了揉眼睛，他内心充满了震惊和愤怒。

居然是盖里。

"他在这儿做什么？"民浩大叫。

"你们现在安全了，"那个女人回答道，仿佛根本没听见他说话似的，"请放心。"

"放心？"民浩咆哮道，"你是谁？让我们放心？我们要见警察、市长、总统——一些管事的人！"托马斯担心民浩也许会——但同时，他又有点希望他在她脸上狠狠打一拳。

她眯着眼看向民浩。"孩子，你不知道自己在说什么。我本以为通过迷宫测试的人会很成熟呢。"她那纡尊降贵的腔调让托马斯吃惊。

民浩想要反驳,但纽特一胳膊肘撞在他肚子上。

"盖里,"纽特说,"怎么回事?"

那个黑头发男孩看着他,目光闪了一下,头轻微地摇动着,但他没有回答。他身上有什么被去除了。托马斯想,比以前更糟了。

女人似乎是在为他感到骄傲,她点了点头。"总有一天你们会感激我们为你们做的一切。我只能这么保证。相信我们,接受吧。你如果不接受,那整件事就是个错误。黑暗时期,纽特先生,黑暗时期。"

她停顿了一下。"当然,还有一个终极实验变量。"她向后退。

托马斯的注意力集中在盖里身上,那个男孩浑身颤抖,苍白得近乎无色的面色令他湿润发红的双眼显得格外突出,如同白纸上那要命的污迹一样。他的上下嘴唇紧紧贴在一起,唇边皮肤抽搐着,似乎想说什么但又说不出来。

"盖里?"托马斯问,努力压抑着自己对他的仇恨。

突然,盖里嘴里蹦出话来。"他们……能控制我……我不——"他的眼睛凸了出来,像是喘不过气似的,把一只手放在喉咙上,"我……不得……不……"每个词都如同嘶哑的咳嗽声。之后他不动了,他的表情变得平静,身体放松下来。

这和在林间空地里经历过身体痛变期后躺在床上的艾尔比一模一样,在他身上发生了同样的事情,是什么——

但没时间让托马斯想明白了,盖里走到他身后,从后口袋里掏出一个长长的闪闪发光的东西。屋子里的光线随着那东西银色的表面闪了闪——他手里紧紧攥着一把邪恶的匕首。他向后跳起，用让人意想不到的速度将匕首向托马斯掷去。就在他投掷匕首的时候，托马斯听见右边传来一声尖叫，他感到有人在动，朝着他冲过来。

刀刃旋转着，托马斯能清晰地看见它的每一次旋转，如同整个世界都慢了下来，似乎这么旋转的唯一目的就是让他感受匕首慢慢朝他飞来的恐惧。匕首向他靠近，不停转动着。他的喉咙里发出一声奇怪的喊声，催促自己闪避，然而却动弹不得。

就在此时，查克居然出现了，他扑到前面。托马斯感到双脚仿佛被冻成了冰块，只能眼睁睁地看着令人恐惧的一幕在他面前发生，无助极了。

伴着一声低沉而让人害怕的声响，匕首插进查克的胸膛，刀刃深深没入，只剩刀柄还留在外面。男孩尖叫着，倒在地上，身体抽搐。鲜血，暗红色的鲜血从伤口往外涌。死亡来得太过突然，他的双脚踢打着地面，双腿痉挛。托马斯的世界瞬间崩塌，心被碾得粉碎。

他倒在地上，把查克颤抖的身体拉进怀里。

"查克！"他喊道，嗓子仿佛被酸腐蚀过，"查克！"

男孩的身体不受控制地抖动着，鲜血流得到处都是，染红了托马斯的双手。查克的眼球翻到了眼窝上方，苍白无神，他的鼻子和嘴也开始流血。

"查克……"托马斯说，这次他的声音很小。他们还是可以做些什么。他们可以把他救回来。他们——

男孩停止了抽搐，不再动了，眼珠重又回到正常的位置，凝视着托马斯，透露出对生命的渴望。"托……马斯。"就只说了一个词，微弱得几乎听不见。

　　"坚持住，查克，"托马斯说，"别死……坚持下去，快来帮忙！"

　　没有人过来，内心深处，托马斯也知道原因。现在做什么都不会有用了，一切都结束了。托马斯眼前一片漆黑，整间屋子在倾斜晃动。不要。他想，不应该是查克，不能是查克，除了查克外任何人都可以死。

　　"托马斯，"查克气若游丝地说，"找到……我的妈妈。"他猛烈地咳嗽着，从肺里咳出血来，"告诉她……"

　　话还没有说完，他闭上眼睛，身体僵硬起来，最后一口气也没了。

　　托马斯盯着他，死死盯着好朋友那已无生命迹象的身体。

　　托马斯的心理急剧变化着，他心里最深处埋下了一颗愤怒的种子。一颗仇恨、想要复仇的种子，他的内心产生了某种黑暗而可怕的东西。接着这颗种子爆炸开来，从他的肺部一直冲到脖子，再到手臂和双腿，占据了他整个心脏。

　　他松开查克，站了起来，颤抖着看着面前的不速之客。

　　托马斯失控了，他彻底地失控了。

　　他朝前猛冲，直接撞上盖里，手像爪子一样抓着他。他掐着那男孩的喉咙，压在他身上，倒在地上。他跨坐在盖里的身上，抓着他的双腿不让他逃跑，用拳冲他一阵猛击。

　　他的左手压制住盖里，把他的脖子按在地上，右拳如雨点般打在盖里的脸上，一拳又一拳——像是要把自己的全部愤怒都发泄出来一般痛打他。

后来他被民浩和纽特拉开了，他的胳膊仍然不停挥动，哪怕打中的只是空气。他们把他拽到地上，他身体扭动着同他们厮打，叫嚣着让他们放开自己。最后他静静地躺在地上，眼睛一直盯着盖里。托马斯感到自己不断散发着仇恨，两人仿佛被一股火焰牵连在一起。

接下来，就这样，一切都消失不见了，只剩下对查克的思念。

他摆脱民浩和纽特的压制，一瘸一拐地朝着死去的朋友跑去。他拽起查克，把他拉进自己怀里。

"不！"托马斯喊道，内心充满了悲伤，"不！"

特蕾莎走过去把手放在他肩上。他甩开了她的手。

"我答应过他！"他尖叫道，这才发现自己的声音有些不对劲，他歇斯底里道，"我答应过会救他，带他回家！我答应过他！"

特蕾莎没有回答，只点了点头，低头看着地。

托马斯抱着查克，让他紧紧贴着自己的胸口，用尽全力抱着他，仿佛这样就可以让他活过来，又好像在感谢他的救命之恩，感谢他在别人唾弃他时做了他的朋友。

托马斯大声哭泣，声音大得仿佛从未哭过。他巨大颤抖的哭泣声响彻整个房间，好像受到折磨发出的惨叫声。

59　冰冷的护身符

最后，他把一切都深埋在心里，自己消化着这痛楚。在林间空地里，查克对他来说是一种象征——是一座昭示着他们能让这个世界再次恢复正常的灯塔。他们能够躺在床上睡觉，得到晚安吻，早饭有培根和鸡蛋，能够去真正的学校上课，快乐地生活着。

但现在查克死了，托马斯紧紧抱着他僵硬的身躯，仿佛一块冰冷的护身符——现在不仅充满希望的未来永远不会实现，生活也永远都不会回到最初的样子了，即便逃亡中那种前途未卜的悲惨日子也不会回来了。多么令人悲伤的生活。

回忆不断展开，可在这些杂乱的记忆中，并没有太多美好的回忆。

痛楚紧紧缠绕着托马斯，封闭住他内心深处某个地方。他对特蕾莎，也对纽特和民浩封闭了这块地方。不管还有多少黑暗在等待着他们，他们都必须团结在一起，现在这是最重要的。

他放开查克，向后瘫倒，尽量不去看男孩带血的衬衫。他擦掉脸上的泪珠，揉了揉眼睛，他觉得自己应该感到羞愧，但却毫无此意。终于，他抬起头向上看。他抬头看着特蕾莎，望着她那双大大的蓝眼睛，眼睛里充满了沉重的忧伤——他肯定，这忧伤和他对查克的不相上下。

她伸手握住他的手，帮他站起来。他站起来后她并没有松开手，他也没有。他紧握着她的手，想用这种方式表达他的感受。没有一个人说话，大多数人面无表情地凝视着查克的身体，似乎他们毫无知觉。没人看向盖里，大家一动不动，只有呼吸声。

从 WICKED 来的女人打破了沉默。

"发生的这一切都是有目的的，"她说，声音里透着一股恶意，"你们一定已经知道这一点了。"

托马斯看着她，带着自己压抑的全部恨意瞪着她，但他没有任何举动。

特蕾莎把另一只手放在他的胳膊上，紧握着他胳膊上的肌肉。**现在怎么办？**她问。

我不知道，他回答，**我不能——**

入口处突然响起一连串惊叫声，他的话被这阵骚动打断了。很明显她很惊慌，转向门口，脸上血色全无，托马斯随着她的视线望了过去。

门口突然出现几个男女，穿着沾满污垢的牛仔裤和湿透了的外套，他们手里拿着枪，大声喊着话，谁都听不懂他们在说什么。他们的枪——有步枪和手枪——看上去……陈旧而原始，像是被遗弃在树林里的玩具枪，最近刚被要玩战争游戏的孩子们找到。

托马斯目瞪口呆，看着两名闯入者把 WICKED 的女人拽到地上。另一人退后一步，举枪，瞄准。

没门儿，托马斯想，不——

几声枪响，火光照亮天空，子弹射进那个女人的身体，她死了。

托马斯向后退了好几步，差点摔倒。

一个男人向前走到大家面前，其他人迅速散开。那男人端着枪从左至右地扫射着观察窗，把它们打得粉碎。托马斯听到惊悚的尖叫声，看见不断溅出的鲜血，他转过头，把注意力放在那个向他们逼近的男人身上。他的头发是深色的，脸庞年轻，但眼角周围满是皱纹，似乎每天都在担忧要怎么才能活到第二天。

"现在没时间解释，"那个男人说，他的声音和他的表情一样紧张，"跟着我跑，就当你不跑就会死，不过事实也的确如此。"

那人对自己的同伴做了些手势，转身向巨大的玻璃门外跑去，把抢牢牢抱在胸前。屋子里仍然不时响起枪声和痛苦的尖叫声，但托马斯尽力不去理会，按指示行事。

"快走！"其中一个救援人员——托马斯只能这么想他们——在后面大喊。

大家迟疑了一下，赶紧跟了上去。大家慌忙往外逃，只想远离迷宫、远离怪兽，差点踩到彼此。托马斯紧握着特蕾莎的手，跟着最后一拨人向前跑。他们别无选择，只能丢下查克的尸体。

托马斯没有任何情绪波动——他彻底麻木了。他沿着一条长长的过道跑着，跑进一条昏暗的隧道，再跑上一段蜿蜒的楼梯。一片黑暗，空气里似乎有种电子设备散发的味道。他继续跑着，沿着一条过道往下，再往上，跑过更多的楼梯、更多的过道。托马斯希望自己能为查克感到难过，为自己可以逃出去感到兴奋，为特蕾莎在身边感到欣喜。可是他已经看到了太多的东西，现在只剩下空虚，一片空虚。他只得继续前进。

逃跑时，前面有几个男女在带队，后面有人高声鼓励他们向前。

他们穿过另一扇玻璃门，跑进一场大雨中，大雨从黑色的天空往下落，除了不断溅起的水花，什么都看不见。

那个领头人一直跑到一辆大汽车前，才停下脚步，汽车一侧满是凹痕和划伤，大部分窗户的玻璃上布满了裂痕。

大雨不断落下，托马斯想象有一头巨大的怪兽要从海里冒出来。

"上车！"那人喊道，"快点儿！"

他们照做了，一群人密密麻麻挤在车门口，一个挨着一个。上车这个动作似乎永不会停止，大家互相推搡，登上那三级台阶，坐到座位上。

托马斯排在最后，特蕾莎就在他前面。托马斯抬头望向天空，感受着雨水打在脸上的感觉——雨水是温热的，甚至近乎滚烫，带有一种奇异的黏稠感。奇怪的是，他不再恐惧，能够静下心来，也许这就是暴雨的力量。他把注意力转向汽车，转向特蕾莎，放在整个逃跑计划上。

就在他们快要靠近车门时，一只手突然拍了下托马斯的肩膀，一把抓住他的衬衫，有人把他猛地往后一拽。托马斯松开了紧握着特蕾莎的手，他一声惊叫——看到特蕾莎被带着旋转起来，她也刚好看见托马斯被撞倒在地，溅起一串水花。一个女人的头突然出现在离他两英尺的地方，脊柱上传来一阵剧痛，他翻倒在地，正好挡住了特蕾莎。

下垂着的油腻头发轻扫着托马斯，勾勒成一张隐藏在黑暗中的脸孔。她的鼻子喷着可怕的气味，像是变质的鸡蛋和牛奶散发的气味。那个女人向后退到手电筒能够照出她外貌的地方——苍白且布满皱纹的皮肤被可怕的溃疡覆盖着，还向外渗着脓水，托马斯被吓得彻底僵住了。

"快拯救我们所有人！"那个丑陋的女人说，嘴里唾沫横飞，喷了托马斯一脸，"把我们从闪焰症中拯救出来！"她大笑着，没笑多久又干咳起来。

一名救援人员抓着她的双手使劲把她从托马斯身边拉开，这女人不停地叫喊着，托马斯重又恢复理智，挣扎着爬起来。他回到特蕾莎身边，看着救援人员把那名女子拖走，她的双腿无力反抗着，眼睛死死盯住托马斯。她指着他，高喊道："不要相信他们对你说的每个字！把我们从闪焰症中拯救出来的人是你！"

救援人员在离汽车几米远的地方，把女子扔在地上。"待着别动，不然我就打爆你的头！"他朝她喊道，又转身向托马斯走去，"上车！"

托马斯被这种冷酷的做法吓得直抖，连忙跟着特蕾莎踏上台阶进入到汽车的过道。所有人都睁大眼睛，看着他们走向后排座位，砰的一声坐下。他俩紧紧挨在一起。窗外黑色的雨水冲刷着玻璃，雨点重重打在车顶上，头顶上雷声震天。

那是什么？特蕾莎在他脑海里问道。

托马斯答不上来，只能摇摇头。对查克的思念潮水般袭来，代替了刚刚那个疯女人，让他的心变得麻木。他不在乎，丝毫未因离开迷宫而感到解脱。查克……

一个救援人员——一个女人——坐在托马斯和特蕾莎的对面；之前对他们说话的那个领头人爬上车，坐在驾驶座上发动引擎，汽车开始向前行驶。

就在那时，托马斯看见一个身影在窗外一晃而过。那个满脸溃烂的女人站了起来，冲着车头方向冲去，一边疯狂挥动胳膊，一边嘴里大喊着什么，但她的声音被暴风雨声淹没了。她的双眼发亮，或是因为精神失常，或是出于恐惧——托马斯说不出到底是因为什么。

她消失在前方视野，托马斯连忙把头凑近车窗玻璃。

"等等！"托马斯叫道，但没有人听见他说话。也许他们听见了，但没人关心。

司机加大油门——车子撞上那个女子，车身晃动了一下。前轮从她身上碾过，猛烈的震荡差点把托马斯甩出座位，接着又是一次震荡——后轮也碾了过去。托马斯看着特蕾莎，确信自己的表情绝对同她一样：几欲作呕。

司机一言不发地一直用脚踩着油门，汽车向前艰难行驶，驶进大雨滂沱的黑夜。

60   走进新世界

接下来的一小时里，托马斯只看到一片模糊的景象，听见含混不清的声音。

汽车一路飞驰，穿过小镇和城市，大雨令大部分视野变得模糊不清。路灯和建筑物看上去都是弯曲的，且湿漉漉的，就像是药物引起的幻觉。车外时而有人冲向汽车，他们衣衫褴褛，湿发粘在头上，脸上都是惊恐之色，全是之前托马斯在那个女人身上看见的奇怪溃疡。他们敲打着车身两侧，似乎也想上车，逃离他们现在的恐怖生活。

但车从未慢下来，特蕾莎依然沉默地坐在托马斯身边。

终于，他鼓足勇气同坐在过道对面的女人开口说话。

"这到底是怎么一回事？"他问，也不知道该怎么发问。

那个女人看向他。潮湿的黑色头发成缕垂在颊边，黑色的双眼满是哀愁。"说来话长。"她的声音要比托马斯想象的和善，这让他相信她真的是他们的朋友——所有的救援人员都是，即便他们刚刚冷血地碾死了一名妇女。

"请，"特蕾莎说，"请跟我们说说吧。"

那个女子来回看着托马斯和特蕾莎，长叹一口气。"如果可以的话，要花好长时间你们才能恢复记忆——我们不是科学家，不知道他们都对你们做了什么，也不知道他们是怎么做的。"

想到自己可能永远也无法恢复记忆，托马斯心中一沉，但也只能如此。"他们是什么人？"他追问道。

"一切都起因于太阳耀斑。"那个女人说，目光渐渐疏离。

"什么——"特蕾莎开口问，但托马斯叫她别说话。

让她说完，他在心里对她说，**看起来她会告诉我们。**

好的。

那个女人说话时神情有点恍惚，一直望着模糊的远处，视线从未移开。"太阳耀斑不可预计，但也不稀奇，不过这些耀斑是前所未有的，规模巨大，且温度不断上升——一旦我们能观察到它们，那它们爆发出的热量要不了几分钟，就会冲击到地球。一开始，被烧毁的是我们的卫星，接着成千上万人迅速死亡，几天后，死亡人数达到上百万，不计其数的土地变成荒地。之后，那种疾病就出现了。"

她停下来，换了口气。"生态系统崩溃了，人们无法控制这一疾病——就连控制在南美洲内都无能为力。丛林消失了，昆虫仍然活着。现在人们把这种疾病称为闪焰症，这是一种非常、非常可怕的疾病。只有最富有的人才能接受治疗，但没人能被治愈，除非从安第斯山脉那边来的传闻是真的。"

托马斯差点就要破坏自己的规定——他心中充满了问题，恐惧也在他心底蔓延，他继续坐着听那女人说。

"你们，你们所有人——只是上万名孤儿中的一小部分。他们测试了上千名孤儿，选择你们作为重点实验对象，就是那个终极测试，你们生活的世界都是经过仔细计算和考量的。用催化剂来研究你们的反应、脑电波和思想。所有这些尝试都是为了寻找能够帮助我们战胜闪焰症的方法。"

她又一次停顿下来，把一缕头发撩到耳后。"大部分生理反应是由其他因素导致的，人们先是出现错觉，接着动物本能压倒了人类本性，最后将他们完全毁灭，人性尽失。这一切都发生在大脑中，闪焰症毒存活在他们的大脑之中。这绝对是可怕的事，得了这个病还不如死了好。"

那个女人不再怔怔地看着远方，注意力重又转到托马斯身上，看了看特蕾莎，又看了看托马斯。"我们不允许他们这么对待儿童，我们用生命起誓，要同 WICKED 战斗到底。不论结局如何，都不能丧失自己的人性。"

她把双手叠放在膝部，俯视着他们。"时间流逝，你们会学到更多的东西。我们住在北部偏远地区，被隔离到距离安第斯山脉上万米的地方。他们称那里为焦土——介于这里和那里之间，主要以他们过去称为赤道的地方为中心——那里现在只剩下高温和尘土了，挤满了感染闪焰症变成野人的无助者。我们正试图穿过那片土地，寻找治愈办法。在找到之前，我们都会同 WICKED 抗争，阻止那些实验和测试。"她凝视着托马斯，然后是特蕾莎，"希望你们能够加入我们。"

她再次收回视线，看向窗外。

托马斯看着特蕾莎，满心疑问地扬起眉头。她只是摇头，把头靠在他的肩上，闭上双眼。

我太累了，没法思考，她说，**至少现在我们是安全的。**

也许是吧，他回答，**也许。**

他听见她熟睡中发出的轻柔的声音，却知道自己无法入睡。各种矛盾的情感形成猛烈的风暴向他袭来，他无法辨别到底是什么感觉。即便如此，也比他之前经历过的无聊的虚无好多了。他只是坐着，透过窗户看着大雨和黑暗，独自沉思诸如闪焰症、疾病、实验、焦土和 WICKED 之类的词。他只是坐着，期望现在的一切要比他们在迷宫里的经历要好。

托马斯的身体随着车子摇晃摆动，每次车开到不平的路面颠簸时，特蕾莎的头就会撞到他的肩膀。托马斯听见她稍稍动了一下，又再次睡去。他还听到其他人的小声对话，思绪又回到一个人身上。

查克。

两小时后，车停了下来。

他们驶进一个泥泞的停车场，这个停车场被一栋难以形容的建筑包围着，建筑上有几排窗户。女人和其他救援者领着这十九个男孩和一个女孩走到前门，爬上一段台阶，来到一间巨大的宿舍，床铺沿着墙面并排摆放，另一边是衣橱和桌子。窗户都带窗帘，使得每面墙看起来都不一样。

带着冷漠而沉默的怀疑，托马斯接受了这一切——他再也不会为任何事感到惊讶，也不会被压制住。

房间里满是色彩，明黄色的油漆、红色的毯子、绿色的窗帘。在林间空地的单调乏味的灰色中待了那么长时间后，似乎被带进了真正的彩虹里。看着周围的一切，看着那些床和衣橱，一切都是那么整洁新鲜——他几乎要被一种过正常生活的感觉压倒了，好得太不真实了。民浩走进新世界时说的那句话最应景："我简直惊呆了，我来到天堂了。"

托马斯很难感到快乐，他觉得这么做就是对查克的背叛。但这里有哪儿不对劲，一定有。

开车的领头人把大家交给一群工作人员——十来个男女，穿着贴身黑色长裤和白衬衫，头发光洁，脸和手都很干净，脸上挂着微笑。

颜色、床铺和工作人员，这一切让托马斯觉得，一种不真实的幸福感正闯进他的心里。尽管他的内心深处藏着一个巨大的坑洞，那种沉重的悲伤也许永远不会消失——那感觉来源于对查克和他被残忍谋杀的记忆，他的牺牲。即便如此，即便发生了这一切，即便车上那个女人跟他们说了这个世界的一切，托马斯还是觉得这是自他从传输箱出来后，头一次感到了安全。

床铺已分配好，衣物和卧室用具也都分发到位，晚饭也摆上来了。是比萨饼。真正的、实实在在的、拿在手里会让手指变得油腻的比萨饼。托马斯狼吞虎咽，饥饿压倒一切，他明显感觉到周围人无比满足和放松。大多数人都很安静，也许是害怕一说话，这一切就会消失不见，不过处处都是微笑。托马斯已经过于习惯看见绝望的表情，以至于他面对着张张笑脸，反倒有些不安，尤其是在度过了那么艰难的时刻后。

饭后不久，有人通知他们就寝时间到了，无人提出异议。

托马斯也不例外，他觉得自己能睡上足足一个月。

61 抹不去的记忆

托马斯和民浩睡一个上下铺,民浩坚持要睡上铺;纽特和弗莱潘就睡在他俩旁边。工作人员安排特蕾莎单独睡一个房间,她还没来得及道晚安就被带走了。托马斯在她离开三秒后,就开始疯狂想念她了。

就在托马斯在柔软的床垫上准备睡觉时,他被打断了。

"嘿,托马斯。"民浩在他上面说。

"什么事?"托马斯累得快说不出话来了。

"你觉得那些留在林间空地的人现在怎么样了?"

托马斯根本就没想过这个问题,他的心先是被查克占据着,现在满脑子都是特蕾莎。"我不知道,但想到为了到达这里我们死了多少人,我现在绝对不想成为他们中的一个,怪兽此刻说不定已经吞噬了他们所有人。"他不敢相信自己说这番话时声音是那么冷漠。

"你认为他们和我们在一起会安全?"民浩问。

托马斯思考了一会儿这个问题，只有一个答案能够令人坚信。"是的，我认为我们安全了。"

民浩还说了其他的话，但托马斯没听见。他精疲力竭，思绪飘回了他在迷宫的短暂时间，他作为行者的时光，想起自己当初想成为行者的急迫心情——从他来到林间空地的第一个晚上就开始了。这一切似乎是一百年前的事了，真像一场梦。

房间里不时飘过小声说话声，但在托马斯听来，似乎是从另一个世界传过来的。他盯着上铺交错的木板看，感到睡意袭来。他还是想和特蕾莎说会儿话，便硬生生地把睡意赶跑了。

你的房间怎么样？他在心里问，**真希望你能在我这儿。**

哦，是吗？她回答，**和你们这些臭男生在一起？想都别想。**

我想你是对的，刚过去的那一分钟里，民浩大概放了三次屁。托马斯知道这个笑话很蹩脚，但这已经是他能讲的最好的笑话了。

他感到她在大笑，希望他也能够哈哈大笑，很长一段时间两人都没开口。**查克的事我真的很难过。**她最后开口道。

托马斯感到一阵剧痛，闭上眼睛，陷入夜晚无尽的痛苦中。**他肯定很气愤。**他说。他不说话了，回忆起查克在浴室里吓得盖里不敢废话的那个夜晚。**但这感觉真的很痛苦，感觉像是我失去了一个弟弟。**

我明白。

我承诺过——

别说了，汤姆。

什么？他希望特蕾莎能让他好受些，说些有魔力的话，让他的痛苦消失。

别再说那些关于承诺的话了，我们有一半人逃了出来，如果留在迷宫里我们全都会死。

但是查克没能逃出来。托马斯说。负罪感折磨着他，他知道，他绝对愿意用屋子里任何一个人的生命来交换查克一命。

他为救你而死，特蕾莎说，**这是他自己的选择，千万不要白白浪费他的牺牲。**

托马斯眼里满是泪水，一颗泪滴流了出来，顺着右太阳穴向下淌，流进他的头发，两人沉默了整整一分钟。接着，他说：**特蕾莎？**

怎么了？

托马斯不敢说出他的想法，但还是说了。**我想记起你，记起我俩。你知道的，之前的事。**

我也是。

看起来我们似乎……他还是不知道该怎么说。

我明白。

好奇明天会是什么样吗？

几个小时后就知道了。

是的。好了，晚安。他还想再多说一会儿，他还有很多话要说，但什么都没说。

晚安。她说，就在那时灯熄灭了。

托马斯翻了个身，庆幸现在是深夜，没有人能看见他脸上的表情。确切来说，挂在他脸上的并不是个笑容，那表情称不上开心，但也差不离了。就目前而言，这样已经很好了。

尾 声

灾难世界：杀戮地带实验总部（WICKED）备忘录

日期：232 年 1 月 27 日　时间：22：45

收件人：我的同事们

发件人：负责人，艾娃·佩奇

关于：A 组迷宫测试意见

　　从各个方面来看，我想大家都认同此次测试非常成功。二十名幸存者的素质与我们之前设想的完全吻合。测试者对实验变量的反应令人满意，让我们为之欢欣鼓舞，男孩被害和"救赎"绝对是此次测试最有价值的结果。我们必须撼动他们的体系，观察他们的反应。老实说，最终能有这么多孩子没有放弃希望，得以生还，让我着实吃惊。

　　说来也奇怪，看着他们这样，想着一切都很顺利，却成了我观察中最困难的部分。但现在没有后悔的时间，为了我们大家，必须将测试进行到底。

对于要选谁做他们的领袖，我心里一直有数。但为了不影响大家的判断，我暂时不会公布我的答案。但就我个人而言，人选显而易见。

我们都清楚地意识到关键所在，而我则是深受鼓舞的那一个。还记得那个女孩在失去记忆之前在她胳膊上写下的话语吗？那句她一直坚信的话语？灾难总部是好的（WICKED is good）。

最后，实验对象一定会回忆并理解我们对他们业已实施或即将实施的这些磨难的目的。WICKED 的任务就在于不惜一切代价服务和保护人类，我们的确是"好的"。

请诸位反馈意见，在第二阶段实施之前，测试者们可以舒舒服服睡上一晚。现在，让我们大家都心怀希望吧。

B 组的测试结果也几近完美，数据分析还需要一点儿时间，明天上午进行讨论应该不成问题。

那么明天见了。

致 谢

史黛西·惠特曼,她是我的朋友和编辑,感谢她帮我看到未能看到之物。

感谢忠实读者雅各比·尼尔森对本书提出的反馈意见和对我的一贯支持。

感谢作家布兰登·桑德森、艾玻妮·派克、朱莉·赖特、杰·司各特·萨维吉、萨拉·扎尔、艾米丽·温·史密斯,以及安妮·鲍恩,感谢你们对我的鼓励和支持。

感谢我的经纪人迈克尔·布瑞特,是你让我梦想成真。

同时衷心感谢劳伦·阿布拉莫和迪斯特尔&戈德里奇版权管理公司的每位员工。

还要感谢克里斯塔·马里诺卓越的编辑工作。

你真是个天才,你的名字应该和我的名字一起出现在本书封面上。